Duke of Sin
by Elizabeth Hoyt

心なき王が愛を知るとき

エリザベス・ホイト
緒川久美子[訳]

ライムブックス

DUKE OF SIN
by Elizabeth Hoyt

This edition published by arrangement with
Grand Central Publishing, New York, USA
through Tuttle-Mori Agency, Inc., Tokyo.

主要登場人物

ブリジット・クラム……………………ハウスキーパー
バレンタイン（バル）・ネイピア ……モンゴメリー公爵
イブ・ディンウッディ…………………バレンタインの異母妹
エイサ・メークピース…………………イブの婚約者
ラザルス・ハンティントン……………ケール男爵
レディ・アメリア・ケール……………ラザルスの母親
テンペランス・ハンティントン………ラザルスの妻
ヒッポリタ・ロイル……………………裕福な女相続人
カイル公爵ヒュー・フィッツロイ……国王の庶子
コペルニクス・シュラグ………………国王の個人秘書
ダイモア公爵……………………………バレンタインの亡父の友人
メフメト…………………………………バレンタインの従者

心なき王が愛を知るとき

『心のない王様』

1

むかしむかし、心のない王様がいました……。

一七四一年一〇月
イングランド、ロンドン

非の打ちどころのない経歴を誇るハウスキーパーが雇い主のベッドの上にのっているところを見つかるなんて、絶対にあってはならない。しかも、こちらに不利な事実がさらにふたつ重なっているのだからなおさらだ、とブリジット・クラムは絶望的な思いに駆られた。不利な事実とは、ひとつは雇い主がロンドン一危険な人物とされているモンゴメリー公爵バレンタイン・ネイピアであること。そしてもうひとつは、盗み出したばかりの小さな細密画を右手に持っていること。

とびきり濃い紅茶を飲んで気持ちを落ち着けたいけれど、それにはまず、公爵の怒りをどうにかしてやり過ごさなければならない。

「教えてくれ、ミセス・クラム。いったい何を探している?」公爵のゆったりとした甘い声には、鋭い脅しが秘められている。

モンゴメリー公爵は特別体が大きいわけではなく、威圧的に見えないどころか、一見して受ける印象はまったく逆だ。ギリシア彫刻並みに整った目鼻立ちと頬骨に、晴れ渡った空のように澄んだ青い目。本人もその美しさをじゅうぶんに承知しているであろう、ぴかぴかの金貨の色をした華麗な巻き毛は長く伸ばし、髪粉を振りかけずに大きな黒いリボンで束ねている。今日は黒と真紅の糸で刺繍《ししゅう》をした金色のベストに優雅な紫色の上着という服装で、袖口と襟元にはたっぷりとレースがあしらわれていた。彼はその姿で肘掛け椅子にゆったりと腰をおろし、長い脚を片方、前に投げ出した。ろうそくの光を受けて、靴のバックルについたダイヤモンドがきらきらと輝いている。まさに究極の伊達《だて》男と言っても過言ではないが、彼を人畜無害と思う人間は何もわかっていない。

この公爵は知らぬまに足元でとぐろを巻いていた毒ヘビのように、危険きわまりない男だ。

それがわかっているので、ブリジットはあわててベッドから立ちあがりはしなかった。

「おかえりなさいませ、閣下。大陸から戻られると知っていましたら、お部屋に風を通して準備しておきましたのに」

---

* 女性使用人の管理職であるハウスキーパーは、独身であっても敬称として「ミセス」と呼ばれた。

「きみにはすでにわかっているだろうが、わたしは大陸へなど行っていなかった」公爵が物憂げに部屋の暗い隅を示す。

有能な使用人であるブリジットは、壁板でうまく偽装された小さなドアが開いているのを見ても、驚きを表情には出さなかった。そんなところに扉があるなんて、まったく気づかなかった。隠し部屋の存在を疑ってはいたものの、今にいたるまで証拠をつかめなかったのだ。けれども公爵がずっとこのタウンハウスに潜んでいたと、ようやくはっきりした。何日くらい前から、彼女を見ていたのだろう？ 何週間も前から？ もしかしたら国外追放になってからの三カ月間、ずっと？ とにかく、今夜いつから見られていたのかが知りたい。ヘッドボードにある隠し場所を発見して細密画を取り出したことが、ばれているのかどうかを。

ブリジットが今、右手に細密画を握っていることに、彼が気づいているのかどうかを。

公爵が微笑むと、輝くように白い歯があらわになって、大きなえくぼが両頬に浮かんだ。「実は、一度もこの屋敷を出ていなかったのだよ」

「そうでしたか。追放を決められたのがウェークフィールド公爵であることを考えますと、ずいぶん勇敢でいらっしゃいますね」ブリジットは小声で言った。

「ああ、ウェークフィールドか」公爵はロンドンでもっとも権勢をふるう男のひとりであるウェークフィールドの身代わりにするように、指先を銃口に見立ててハエを撃ち落とす真似をした。「やつは物事を真面目に受け取りすぎるんだ」口をつぐみ、石ころのあいだに美しい瑪瑙《めのう》でも見つけたみたいに彼女を見る。「それにしてもきみは、ハウスキーパーにしては遠慮なくものを言うね」

　ブリジットは血の気が引くのを感じた。そんな真似をしないだけの知恵は、とっくに身につけているはずだった。使用人が主人に目を留められていいことはひとつもない。モンゴメリー公爵が相手なら、なおさらだ。

「こっちに来い」公爵が人差し指の先をくいと動かして、ブリジットを呼び寄せた。親指にはめている金の指輪の石がきらりと光り、彼女の目を射る。

　ブリジットはごくりとつばをのみ込んで静かに右手を開き、ふかふかした絨毯《じゅうたん》の上に細密画を落とした。公爵のほうに向かって歩きだしながら、足の横で細密画を巨大なベッドの下に押し込む。

　そして、彼の一歩手前で立ち止まった。

公爵が官能的な唇の端を持ちあげて笑みを作る。「もっとだ」

実用的なウール地の黒いスカートが、紫色のベルベットの膝丈ズボン《ブリーチズ》に包まれた公爵の膝に触れるまで近づいた。心臓が激しく打っていても、恐れを顔に出していない自信はある。

笑みを浮かべたまま、公爵が両方の手のひらを上にして差し伸べた。指の長い、優雅な手だ。音楽家——あるいは剣の使い手のような。

　何を求められているのかわからず、ブリジットはその手を見つめた。

公爵が眉をあげてうなずく。

彼女は相手の手のひらと合わせるように、自分の両手をのせた。公爵の手は燃えるように熱いか氷のように冷たいだろうと思っていたのに、ふつうに温かくて驚いた。

ブリジットがこの屋敷で働きはじめたのは、公爵が追放されるほんの二週間ほど前だ。けれどもそのあいだに知った彼は、とても人間とは思えなかった。あるいは人間らしい心を持っているとは。

「ふむ」公爵が首をかしげ、興味深そうにつぶやく。「労働者階級の人間にしては、ずいぶん女らしい手だ」

濃いまつげの下から、青い目がちらりと彼女を見た。口元には思わせぶりな笑みが浮かんでいる。

ブリジットは無表情に見つめ返した。

公爵がにやりとして、ふたたび視線を落とした。「小さくてふっくらした手に、きれいに丸く切りそろえた爪」彼女の両手を裏返す。「前に、あるギリシア人の娘が、手のひらの線を見ればその人間の運勢がわかると言っていた」彼はブリジットの左手を放し、右の手のひらの線を人差し指の先でたどった。

その感触にぞくぞくして、ブリジットは思わず体が震えた。

手のひらの探索を続けながら、公爵の口の横のえくぼがますます深くなる。

「これはなんだろう。もちろん、たこだ。わたしのために熱心に働いてくれている証《あかし》だな」

彼は手のひらの上のほうにある皮膚がかたくなった部分を、指先で叩いた。「真面目に仕事に精を出しているスコットランド娘の手か」

ブリジットは身をかたくした。彼女がどこの出身か、なぜ知っているのだろう？　正確にはスコットランドではないけれど、すぐ近くだ。ロンドンに来てからは慎重に隠し、公爵にも彼の代理人にも絶対にもらしてはいない。

「ところで、ここの部分はなんと呼ばれているか知っているか？」公爵が親指の付け根のふっくらとした部分を撫でながら尋ねる。

彼女は咳《せき》払いをしたが、声がかすれてしまった。「さあ、知りません」

「ビーナスの丘だよ」眉をあげてブリジットを見る公爵はたとえようもなく美しく、恐ろしいほど魅力的だ。「ここを見ればその女性がどれくらい情熱的かわかると、ギリシア娘が言っていた。つまり、ミセス・クラム、きみは激しい情熱を内に秘めているってわけだ」

ブリジットは眉をひそめた。

いきなり公爵が身をかがめ、彼女の親指の付け根を嚙んだ。

彼女は思わずあえいで、手を引っ込めた。

公爵が笑いながら椅子にもたれ、指輪をはめた親指でゆっくりと自分の下唇を撫でる。

「だがあの頃のわたしは、手相について教えてもらうよりも彼女の胸に興味があった」

彼を見つめたまま、ブリジットは嚙まれた右手を左手でさすった。傷をつけられたわけではないが、まだ歯を――あるいは舌を――当てられているように、手のひらがうずいている。

彼女は深く息を吸った。「もう行ってよろしいでしょうか？」

「もちろんかまわないさ、ミセス・クラム」公爵はもう彼女を見ていなかった。指輪に気を取られているようだ。「風呂の用意をしてくれ。図書室がいい。湯に浸かりながら本を読むのが好きなんでね」

「こんな夜中にですか？」ブリジットはろうそくを取りあげ、暗い窓の外に目をやった。すでに真夜中を過ぎ、使用人たちはおそらくほとんどがベッドに入っている。

でも、公爵には関係ない。貴族とは、そういうことを気にしない人種なのだ。

「そう、こんな夜中に。お願いできるかな、ミセス・クラム」

「すぐに用意させます」

ブリジットはドアの取っ手に手をかけたところで、ちらりと振り返った。好奇心を抑えられなかったのだ。公爵は何カ月もの潜伏生活を終わらせる決心をしたのだろうか？

視線が合い、真っ青な目が愉快そうに見つめ返す。彼女が何を考えているのか、正確に読み取ったらしい。「ああ、もうあそこには戻らない。飽き飽きした」そう言って口をとがらせ、肩をすくめる。「少なくとも、とりあえずは。狭いし、埃っぽいんだよ。こっそり観察するにはもってこいだが。人の秘密を探るのは本当に楽しい。全能の神になった気分だ。そう思わないか？」

「わたしにはわかりかねます」

「わからない？」彼は舌打ちをした。官能的な唇を不満げにゆがめる。「ミセス・クラム、きみは嘘で不滅の魂を危険にさらしている」

ブリジットはあわてて逃げ出した。

残念ながら、逃げたとしか言いようがない。彼女はタウンハウスの二階の廊下を走るようにして進んだ。胸の中で心臓が激しく打っているのを感じつつ、雪花石膏《アラバスター》の彫像や金縁の鏡を次々にあとにして、大階段をおりる。公爵にはっきり尻尾をつかまれたはずがない。そうでなければ、あの場で首になっていただろう。紹介状なしで放り出されたりしたら、次の働き場所を見つけるのは難しい。もし、盗みをしたから首にしたと公にされたら……。彼女はぞっとした。そうなれば評判は地に落ち、ロンドンを出て、もっと小さな町でやり直すしかなくなる。名前も変えなければならないかもしれない。

それにここを解雇されたら、自分を産んでくれた女性を助けられなくなる。この屋敷で働いているのはそのためだというのに。ある貴婦人の婚外子であるブリジットは、母親がモンゴメリー公爵に脅迫されていると知って、その材料となっている手紙を見つけ出すと心に誓った。脅迫は卑劣な犯罪であり、公爵は卑劣な人間だ。

自らに課した任務をやり遂げるまで、この屋敷を去るつもりはない。

ブリジットは厨房の前で足を止めて大きく息を吸い、スカートと室内帽《モブキャップ》がきちんとしているか確かめた。雇い主に嚙まれた直後でも、ハウスキーパーであるからには何事もなかったかのように冷静でいなければならない。もう一度、深呼吸をする。取り越し苦労をしても仕方がない。主人が戻ってきたのだから、屋敷の采配に集中しなければ。戻ってきたというより、隠れ場所から出てきたと言ったほうがいいのかもしれないけれど。

ブリジットはモンゴメリー公爵がロンドンに所有しているタウンハウス、通称ヘルメス・

ハウスの広々とした厨房に入った。もう夜中なので、大きな炉の火は灰に埋もれている。部屋の隅や天井の端のほうは暗く陰になっているが、そんな光景に彼女は心が安らいだ。ここにはいつもどおりの秩序がある。

ブリジットは炉のそばに寝床を作って眠っていた哀れな靴磨きの少年を起こし、あくびをしている彼に従僕や厨房の下働きのメイドたちを呼びに行かせた。炉の火をかきたてて燃えあがらせたり、ろうそくに火をつけたりと、いつもどおりの作業を片づけていくうちに、心がさらに静まっていく。

数分後に使用人たちが集まってきたときには、厨房は火ですっかり暖まって明るくなり、ブリジットは有能なハウスキーパーの顔を完全に取り戻していた。てきぱきとみなに指示を下し、雇い主の入浴に必要な大量の湯を用意する作業に取りかからせる。

作業が軌道に乗ったのを見届けて、彼女は屋敷の表側に戻った。

建てられてまもないヘルメス・ハウスは、持ち主に負けない派手な造りだ。曲線を描く大階段は白い大理石で、踊り場は灰色の縞《しま》の入ったピンクの大理石と黒い大理石の格子模様。アクセントとして、随所に金メッキが施されている。階段の下から続く広々とした廊下は壁が薄いピンクで、窓にはめ込まれた石造りの葉形の装飾模様は白と金だ。

ブリジットは公爵の寝室の前に立って耳を澄ました。静まり返っている。彼はすでに図書室へ行ったのだろうか？　それとも中で待ちかまえているのだろうか？

意を決し、表情を引きしめてドアを開ける。

部屋は暗かった。ろうそくを掲げてあたりを見渡す。公爵には今夜すでに一度、不意を突かれている。弱い光に、淡いピンクの壁紙や快楽にふける神々の姿が描かれた天井、スカイブルーの天蓋と金色のタッセルという取りあわせの大きなベッドが浮かびあがった。ベッドの隣には象牙と金箔《きんぱく》で装飾をした繊細な書き物机があり、その上には公爵の等身大の肖像画がかかっている。

そこに描かれている彼は一糸まとわぬ姿だ。

ブリジットはそれを見て顔をしかめ、寝室にすばやく入ってドアを閉めた。ベッドの横に行って膝をつき、ベッドカバーの裾をかき分けて床をあらわにする。

何もない。細密画は消えていた。

バレンタイン——バルは細密画をしげしげと見つめた。そこにはある家族が描かれている。英国貴族の男性と高貴な身分のインド女性らしき妻、そして幼い子ども。屋敷内には、この細密画より価値のある絵がたくさんある。つまりミセス・クラムは、この絵の持ち主か、その代理人のために盗み出そうとしたに違いない。バルは彼女がベッドからおり立ったときの平然とした態度を思い出して笑みを浮かべ、ゆったりとしたローブのポケットに金メッキの額におさめられた細密画を滑り込ませた。あの小柄なハウスキーパーは彼をだませるとでも思ったのだろうか？

背筋を伸ばして直立不動で立っていたミセス・クラムを思い浮かべ、いや、実際はそれほど小柄ではなかったと訂正する。平均的な女性よりやや背が高いし、バルの見立てでは胸は豊満だ。とはいえ残念ながら彼女は、すばらしい体をきつく締めあげたコルセットや黒いウール地のドレス、きっちり留めつけた白いエプロン、丁寧に結んだ白いスカーフといったもので覆い隠している。しかも深くかぶって顎の下でひもを結んだ大きな白いモブキャップのせいで、髪がまったく見えない。意志の強さを示している顎の線に少し目を引かれるものの、黒々とした濃い眉にごく平凡な鼻と口という顔立ちは、全体として特に目立つものではない。強い光を放つ、暗い色の目以外は。

彼女の目は独特な強い光を宿している。聖人か異端の信仰を持つ者のようだ。あるいは、異端審問官と言ってもいい。

自分についても他人についても、何が正しくて何が間違っているかはっきりわかっている女の目だ。信念のためなら、苦痛も死も恐れない女の目。

ミセス・クラムはバルが自分とは正反対の存在だと気づいただろうか？　彼は悪魔なのだと。善と悪の微妙な区別がつけられず、さらにはその違いをどうでもいいと思っている人間だと。ふつうの人間は悪行と善行を慎重に秤《はかり》にかけて両者のバランスを取っているが、バルは秤を地面に叩きつけて壊し、勝手気ままにふるまっていた。まったく理解できないし賛成もできないルールを持つゲームに、なぜわざわざ参加しなければならないのだ？　そんなことをするくらいなら、自分でルールを作ったほうがいい。人生というゲームのルールを。とにかく、そのほうがずっと面白い。

バルは唇をゆがめた。ミセス・クラムは〝面白い〟という言葉の意味を知っているのだろうか？　知っているとしても、そういうものは罪につながる恥ずべきものだと考え、避けて生きている可能性が高い。実際、彼女の印象が正しい場合は往々にしてある。だからこそ、わくわくするのだが。

それでもハウスキーパーの分際で主人を出し抜こうとするなんて、ミセス・クラムにはその目新しさで楽しませてもらえそうだ。こうやってさまざまな陰謀を日々めぐらせていても、バルには悲しいほど楽しみがなかった。

だからとりあえずは、このまま彼女を放っておこう。

とにかく今優先すべきは、社交界での影響力と地位を回復することだ。そのためには国王を脅して要求をのませる必要がある。王にはバルの帰還を認めてもらう。望みはそれだけだ。王に認められさえすれば、追放は終わるのだから。

追放に同意したのは、あのいまいましいウェークフィールド公爵に、そうしなければやつの妹を誘拐しようとした罪で告発すると脅されたからだ。国会議員であるあの男は自分をとんでもなく偉いと思っていて、実に鼻持ちならない。一度誘拐しただけで、あれほど騒ぐとは。まあ、実際は二度、いや、三度だったかもしれないが、そんなに騒ぐほどのことだろうか？　最終的には妹になんの害もなかったわけだし――正直なところ、バルの意図は違ったのだが――彼女は望みどおり身分の低い元竜騎兵連隊の大尉と結婚した。まったく！　彼女のために、もっといい計画を用意してやっていたというのに。

だがようやく、国王の脅迫に使える手紙が手に入った。バルはウェークフィールドを無視して、直接それを国王に突きつけるつもりだった。そうすれば、やつはもう何もできない。

バルは図書室の隅にある書き物机へ足早に向かった。黄と茶のまだら模様の大理石を精巧に細工して作られたこの机は、見ていると目がまわってくる。ペルシアの貴族とのカード勝負にはったりで勝って手に入れ、とてつもない額の輸送費を払ってロンドンまで運んできたのだが、屋敷に運び入れてみると図書室の壁にまったく合わなかった。

彼は愛情をこめて机をぽんと叩くと、椅子に座って引き出しを開け、紙を探した。

インク壺《つぼ》に羽根ペンの先を浸してから、イングランド国王ジョージ二世の個人秘書を務めるコペルニクス・シュラグ宛に、大きくて流麗な字体でまず挨拶の言葉をしたためる。簡潔なその手紙は明白で大胆な脅迫だった。バルは最後に三分の一の余白に署名をすると、うっすらと笑みを浮かべた。

そのとき図書室のドアが開いて、みずぼらしい身なりの少年が入ってきた。

少年を装った少女と言うべきかもしれない。アルフはいつも少年のふりをしていて、バルの知る限り、誰も彼もそのお粗末な変装にだまされている。もちろんバルは、アルフの性別を見抜くのに一分もかからなかった。

首の細さ、喉仏がないこと、顎から首にかけての線といった細部から一目瞭然なのに、まわりの世界をきちんと見ている人間がいかに少ないかは驚くばかりだ。

バルはその価値があるものにはきちんと敬意を払うし、何年ものあいだ誰にも気づかれずに変装を続けているという事実はそれに当てはまる。だから、アルフの本当の性別を誰にももらしていない。男女を問わず街の浮浪児にはまったく興味がないというのも、理由のひとつではあるが。興味があるのは情報屋兼万能の使い走りとしての彼女で、必要に応じて利用している。バルが狭い隠れ場所に潜んでいなければならなかった何カ月ものあいだ、その能力を存分に活用して手紙や食料や本を届けていたのはアルフだった。

「たしか今夜、来てほしいって言ってなかった？」少年のなりをした少女が、バルに近づきながら言う。

バルは彼女を無視して封印用の蠟《ろう》を温めて溶かし、封筒の上に落とした。息を吹きかけてそれを冷やし、ときの声をあげる雄鶏《おんどり》をかたどった印章を手に取る。雄鶏はバルが自分の守護神と考えているヘルメスの象徴で、彼はひそかな遊び心から自らのしるしとして使っているのだ。

ヘルメスは旅と商売の神であると同時に、泥棒の神でもある。

バルは唇を噛んだ。この雄鶏の象徴するものはあまりにも明白で、どんな愚か者にでもわかる。

彼はアルフに顔を向けた。

彼女は片足に体重をかけ、腰を横に突き出すようにして立っている。着ているものは、バルの知る限り何年も変わらない。暗い色というだけで何色とも言えないぶかぶかの上着とベストは、あちこちほつれて継ぎがあたっている。下半身はこれまたぶかぶかのブリーチズに泥のはねた靴下、乾いた馬糞《ばふん》色の大きな留め金付きの靴。仕上げはよれよれのつば広帽だ。茶色の髪を無造作に束ねており、片方の頰骨の上は汚れかあざかわからないが黒くなっている。

自分が払った金をアルフは何に使ったのだろう、とバルはふと考えた。相当気前のいい額だったというのに。だが、すぐにどうでもいいこととして心から追いやった。

彼はアルフに手紙を差し出した。「これをミスター・コペルニクス・シュラグに届けてくれ」住所を伝える。「いいか、必ず直接渡すんだぞ。ほかの人間には絶対に渡すな」

アルフは手紙を受け取り、鼻にしわを寄せた。「こんな夜中に？　本気かい？」

「こんな夜中だからこそいいんだ。寝ているところを突然起こされれば、びっくりしてよけいに恐怖を感じる。ああ、それからアトウェルとあの子に、もう宿で待機しなくていいと伝えてくれ。屋敷でわたしに仕えるように、と」ドアがふたたび開いた。バルが目をやると、浴槽を運んできた従僕たちだった。「さあ、行け。わたしはこれから、穴倉生活でたまった垢《あか》を落とすんだ」

アルフは一瞬足を止め、考え込むように彼を見た。「じゃあ、もう隠れているのはやめたんだね」暖炉の前で浴槽に湯を注ぎ入れている従僕たちを頭で示し、確認する。

「そうだ。それにすぐロンドンでの正当な地位を取り戻す。さあ、急げ」

バルはアルフが従ったか見届けようともせず、浴槽に向かった。彼の命令を拒否する勇気のある者はほとんどいない。だが、そういえばミセス・クラムは数少ない例外だと思い出した。彼女のクリスチャンネームはなんだろう？　今度会ったら、さっそくきかなくては。あのハウスキーパーは主人から盗みを働こうとしただけでなく、彼の質問に答えることも拒んだ。彼はさらにひとつ、ハウスキーパーの出すぎたふるまいに気づいた。湯を運ぶ使用人たちから、魅力的な容姿を持つ者を慎重に排除している。彼女はバルを見境のない欲望の塊だとでも思っているのだろうか？

しかしそれに関しては、彼女の見立てが完全に間違っているとは言えないかもしれない。バルは身にまとっていた唯一の衣類であるゆったりとしたローブを肩から落とし、裸で浴槽に向かった。指先を曲げて、一番年長の世慣れた様子の従僕を呼び寄せる。バルのベッドの上での楽しみを奪うつもりだったのなら、ミセス・クラムは大いに失望するだろう。

カイル公爵ヒュー・フィッツロイは大きなあくびをしながら、たいまつを持った少年について セント・ジェームズ宮殿の裏にある暗い中庭を歩いていた。もうすぐ朝の四時で、使用人たちが起き出すにはまだ早いが、深夜まで飲み騒いでいた者たちはさすがに寝静まっている。気持ちよく寝ていたところを王宮からの緊急の呼び出しで起こされた彼と、夜明けまで道行く者たちの足元をたいまつで照らす少年くらいしか、起きている者はいない。

どちらも主人の要求に応じなければならない立場だという点では同じだ。

ヒューは苦笑した。彼の場合〝主人〟という言い方は厳密には正しくないけれど、間違っているとも言えない。

彼と少年がひっそりとした裏口に近づくと、守衛がふたりに気づいたのがわかった。少年に金を渡して帰し、守衛に向かって名乗る。

守衛はすぐにヒューを通したが、好奇の視線を投げかけてきた。ふつう公爵たちは、裏口から出入りしないからだろう。

だが、ヒューはふつうの公爵ではない。

中に入ると従僕がいた。彼を待っていたらしい。「こちらへどうぞ、閣下」

ヒューは従僕のあとから、使用人用の通路を歩いていった。宮殿の表側とは違って絨毯が敷かれておらず、壁もただ色が塗られているだけだ。

従僕が突き当たりの部屋のドアを開け、彼を通しながら小声で告げる。「カイル公爵閣下が到着なさいました」

真紅のブリーチズにダークブルーのローブを羽織り、ナイトキャップをかぶった男が、暖炉の前を行ったり来たりしていたがに股の脚を止めて振り返った。「まったく、何をぐずぐずしていたんだ、カイル！」

ヒューは眉をつりあげた。「手紙を受け取ってすぐに出てきたんだぞ、シュラグ」彼は従僕を振り返った。「コーヒーと紅茶を持ってきてくれないか？　食べるものも」

従僕が急いで部屋をあとにする。

「すまない」コペルニクス・シュラグは頭を振りながら謝った。せいぜい中年というところなのに、いつものことながらずいぶん老けて見える。両側に突き出した耳はまるで壺の取っ手みたいだし、禿《は》げてしわの寄った丸い頭は首なしで肩の上に直接のっているかのようだ。彼はヤグルマソウを思わせる美しい青色の目を血走らせてヒューを見た。「まったく、とんでもないことになったものだ。夜中にあの方を起こさなければならなかったんだ。そうされるのをどんなに嫌っておられるか、知っているだろう？」

ふたりは思わず頭上に視線を向けた。王の居室のある方向に。

ヒューはシュラグに目を戻した。「王はどうされている？」血のつながりという点から言えば、王は彼の父親だ。だが、誰もその事実には触れない。

「フランス語でぶつぶつ言っておられる。ひどく動転されておいでだ。きみがロンドンに戻っていてよかったよ。そうでなければ、ほかに誰を呼べばいいのか見当もつかなかった」

ふたたび、ヒューは眉をあげた。

シュラグが顔を赤くする。「もちろん、きみが大陸から戻らざるをえなくなった事情については残念に思っている。奥方が亡くなられて気の毒だった」

ヒューは顎をこわばらせて短くうなずいてから尋ねた。「皇太子絡みか？」王と皇太子は互いに嫌いあっている。ヒューはプリンス・オブ・ウェールズには一度しか会ったことがないが。

「いや、今回は違う」シュラグが陰鬱な声で否定して、手紙を差し出した。

ヒューはそれを受け取ると、数本のろうそくの光がある机のほうへ移動した。手紙をろうそくに向かって傾け、読みはじめる。

〝親愛なるミスター・シュラグ
今夜はすでに、じゅうぶんな睡眠をとっていたのだといいが。これを読めば、とても眠ってはいられなくなるだろうからね。では、さっそく用件に入ろう。わたしはWに関する複数の書簡を入手した。表沙汰になれば、きみの仕えておられる方が大変困惑される事態になるだろう。権威の失墜につながる可能性もある。そうした事態は、わたしとしても、もちろん避けたいところだ。この惨事を防ぐには、ひとつだけ要求をのんでくれればいい。つまり、あの方にハイドパークまで出向いていただいて、わたしのロンドンへの帰還をみなの前で認めていただきたいのだ。
実に単純なお願いだろう？
きみのしもべであり、その他もろもろであるMより〟

ヒューは手紙にざっと目を通し、それからゆっくりと読み返した。

目をあげると、机の上に湯気の立つコーヒーの入ったカップが置かれていた。

「ありがとう」カップを取りあげ、ひと口飲む。「〝M〟というのは誰なんだ？」

「モンゴメリー公爵さ」シュラグが答える。

「わざと名前をはっきり書かなかったのか」ヒューは皮肉をこめて唇をゆがめた。「こういうたぐいの手紙を相当書き慣れているようだな。〝W〟はウィリアム王子か」カンバーランド公爵であるウィリアム王子は王の嫡出の次男で、ヒューはまだ会ったことがなかった。

「明らかにそうだ」シュラグはコーヒーのカップを手に、机のうしろの椅子にぐったりと沈み込んだ。「ウィリアム王子は今まで一度も問題を起こしていない。まあ、愛人くらいはいたが」大したことはないというように手を振る。「あの年の若者として、常識を外れる行動はなかった。それなのに、いきなりこれか」

ヒューは顔をしかめた。「王子は今、何歳なんだ？」

「二〇歳で、近衛歩兵第一連隊大佐の任命書を買ったところだ。王子はずっと軍人になりたがっていたからな」

ヒューはシュラグを見つめた。「じゃあ、その手紙の内容は見当もつかないわけか」

シュラグはしばらく黙って、手の中のカップを握りしめていた。「噂があった。いいか、ただの噂だ。ある秘密組織の」

ヒューは鼻を鳴らし、立ちあがって伸びをした。「まさかくだらない秘密組織の噂のために、わたしをベッドから引きずり出したんじゃあるまいな。ケンブリッジやオックスフォードに通っていた男なら、あるいはロンドンでどこかのコーヒーハウスに出入りしたことのある男なら、誰もが自分は秘密組織のメンバーだと思い込んでいるものさ」

だが、シュラグの表情は晴れない。「いや、この秘密組織はそんなものじゃない。メンバーはもっと年上の男たちだ。彼らは〝混沌《こんとん》の王〟と名乗り、体のどこかにイルカの刺青《いれずみ》を入れているらしい。そして……」彼は顔のしわをますます深くして、視線をそらした。

「なんだ？」

シュラグはヒューと目を合わせた。「子どもたち。やつらは子どもたちに手を出していた」

しばらくのあいだ、ヒューは黙って自分の子どもたちを思い浮かべた。キットとピーターは安全な家のベッドで眠っているはずだ。キットは片脚を毛布から突き出し、小さなピーターは母親のものだったハンカチを握りしめて。

大きく息を吸って気持ちを静め、淡々とした声を出す。「つまり、ウィリアム王子はその〝混沌の王〟とやらに関係しているのか？　子ども相手に何かしたと？」

「それはわからない。だから、きみに来てもらった。モンゴメリーが手に入れたものを見つけ出してほしい。取り戻して、破棄してもらいたいのだ。完全に」

この王様が生まれたとき、王室づきの医師が目や口や耳を調べ、すべて問題なしと宣言しました。ところが医師が次に赤ん坊の小さな胸に耳をつけると、そこはしんと静まり返っていたのです……。

『心のない王様』

2

翌朝一〇時過ぎ、ブリジットは帯飾りの鎖《シャトレーン》をかちゃかちゃいわせながら、厨房に足を踏み入れた。使用人たちはみな五時に起きて働いていて、一階の掃除と換気はすでに終わっている。ほとんどの者たちはいったん区切りをつけて一〇時の休憩に入り、紅茶を飲み終えようかというところだった。

「おはよう、ミセス・ブラム」ブリジットは料理人に声をかけた。ミセス・ブラムは白髪まじりの縮れ毛をした、思慮深い中年女性だ。

「ミセス・クラム」料理人が引きしまった表情で目をあげる。「どうやら閣下がお戻りになられたようですね」

「そうなの」ブリジットはきびきびと答え、公爵が話題になっただけでかすかな不安が頭をもたげたのを無視した。「突然だったけれど、閣下の今日の食事はちゃんと用意してもらえるわね？」

「問題ありません」ミセス・ブラムが答える。「今朝は夕食用においしそうなロースト肉が手に入りましたし、昼食にはもう魚のパイを作って、いつでもお出しできるようオーブンに入れてあります」

「すばらしいわ」ブリジットはミセス・ブラムを称《たた》えたが、本当は彼女の技量をまったく疑っていなかった。これまで一緒に働いてきた中でも、指折りの有能な料理人だ。

メイドや従僕たちが立ちあがって仕事を再開し、ブリジットは厨房の奥に向かった。裏口の近くにテーブルがあり、その上に中表に合わせた二枚のブリキの皿が置かれている。ブリジットは足を止めずにそれを取ると、裏口から外に出てドアを閉めた。

肩からふっと力が抜ける。

彼女が立っているのは、れんがの壁に囲まれた、階段下の狭い場所だった。厨房は地下にあり、庭まで短い階段をあがるようになっている。庭を少し進むと屋敷裏にある厩舎《きゅうしゃ》に出るが、ブリジットはそこに向かおうと思って外に出たわけではない。

彼女の目的は犬だった。茶色がかった灰色の小さなテリアが彼女を見てれんがの上から飛びおり、わん、と吠えた。

「だめよ、静かにして」そう言われても、犬は気にするそぶりもない。ブリジットはブリキの皿を置いて、ふた代わりの皿を取った。中身はミセス・ブラムが取っておいてくれた残飯だ。

テリアは飢え死に寸前だったかのように、がつがつと食べはじめた。かわいそうに、相当おなかがすいていたのだろう。

「喉に詰まってしまうわよ」ブリジットは叱ったが、テリアは聞いていない。彼女がどんなに厳しい声を出しても、いつもそうだ。従僕のような大人の男たちはあわてて従うのに、このがりがりに痩せた野良犬はまるで言うことを聞かない。

ブリジットは唇を噛んだ。ヘルメス・ハウスを出ていかなければならなくなったら、誰がこのテリアに餌をやってくれるだろう？　ミセス・ブラムになら頼めるかもしれない。でも彼女は忙しく、ほかのことで頭がいっぱいだ。いつでも覚えていてくれるとは限らない。

テリアが食事を終えて、皿を舐《な》めている。熱心に舐めすぎて、皿が音を立ててひっくり返った。

ブリジットは小さく舌を鳴らし、皿を戻そうと手を伸ばした。

すると犬が手の下に鼻先を差し入れてきて、いつのまにか頭を撫でていた。犬の毛はしっとりとなめらかではなく、ごわごわして脂っぽい感じもするが、茶色い目は美しく澄んでいるし、開いた口から舌が垂れているさまは笑っているみたいだ。そんな姿を見ると、彼女はテリアがかわいくてならなかった。子どもの頃、ペットは持たせてもらえなかった。羊飼いだった養父は、犬は利用し役立てるものであり、ペットとして飼うなんて論外だと考えていたのだ。しかも血のつながっていない養い子になど、なおさら認めてくれなかった。

ハウスキーパーだけでなくどんな使用人も、ペットなど持てない。厨房ではネズミを捕まえさせるために猫を飼うことはあるけれど、それは実用的な理由からで、ペットとは違う。犬は汚いし、食べ物や飼うための空間がいる。そして厳密に言えば、そのどちらもこの屋敷では彼女のものではない。

ブリジットは立ちあがり、厳しい表情を作って犬を見おろした。「さあ、もう行きなさい」犬はちょこんと座り、れんがの上を掃除するようにゆっくりと尻尾を振りはじめた。三角形の耳は、片方は立ち、もう一方はぺたんと寝ている。

この犬をペットにしてかわいがりたい……。

うしろで厨房のドアが開く音がした。「ミセス・クラム？」

ブリジットは振り返った。「今、行くわ」

犬を見ないようにして、急いで厨房へ戻る。

すると従僕のボブが、待ちかねていた様子で彼女を見た。「あの人があなたに来てほしいそうです」

モンゴメリー公爵は明るい朝になってから首を言い渡すために、彼女を呼んでいるのだろうか？

ブリジットは背筋を伸ばし、エプロンを撫でつけた。

「閣下と呼びなさい」彼女はやさしく正した。自分が責任を持つ屋敷内で、使用人が主人に対して敬意に欠ける言い方をするのを許すつもりはない。使用人同士のあいだでも。

「閣下と言うべきでした」ボブは真っ赤になった。身長は一八〇センチをゆうに越しているが、まだ二〇歳そこそこだし、田舎から出てきたばかりだ。「でも……あの……」

「何かしら？」

「ええと、公爵はおひとりじゃありません」

「あら」ブリジットは若者がしどろもどろになっている理由を理解した。かわいそうに。彼もすぐに、貴族の乱れた性生活に慣れるだろう。「わかっているわ、大丈夫」

背後で鼻を鳴らす音がして、ブリジットは振り返った。

カルだ。従僕の中で一番ハンサムなため、昨日は公爵の入浴準備に階上へ行かせなかった。その彼が唇を皮肉っぽくゆがめている。「あいつはいつでも発情してる、生まれついての悪魔だ」

「そこでやめておきなさい」ブリジットは声を荒らげたわけではなかったが、そうする必要はなかった。彼女の叱責に厨房じゅうが静まり返ったのだ。「公爵はわたしたちのご主人様ですよ。敬意を払わなくては。それができない人は、ここを辞めてよそに行ってもらいます。わかりましたか？」

彼女はぐるりと見まわして、ひとりひとりと目を合わせた。

一度うなずき、足早に厨房を出る。ハウスキーパーとしての最後の指示になるかもしれないけれど、この屋敷内で好き勝手なふるまいを許すわけにはいかない。

屋敷の主人が、あの公爵だとしても。

ブリジットは裏側の廊下を通って使用人用の階段をのぼり、二階にあがった。頭の片隅で、手が震えているのを意識する。彼女は変化が嫌いだった。家と呼ぶ場所を次々に変えていかなくてはならないのは、いやでたまらない。しかも仕事場である屋敷は、正確には家とは言えないのだ。だが、ハウスキーパーという仕事の性質を考えれば仕方がない。このような生活を選んだのは彼女自身であり、自分が成し遂げてきたことを誇りに思っている。ここまで来るのは大変だった。ハウスキーパーという、大きな屋敷の使用人たちを束ねる立場にまでなるのは。

そう考えると手の震えもおさまった。それに昨日の晩、従僕の中でも年長のジョージが公爵のために高級娼婦をふたり手配したのを彼女が知らないと、ボブは本当に思っているのだろうか？ すぐれたハウスキーパーというのは、自分の縄張り内で起こっている出来事をすべて把握しているものだ。そしてブリジットは最高のハウスキーパーだと自負している。だからどれほど下劣なことであろうと、彼女が知らないわけがない。

モンゴメリー公爵の寝室のドアを一度だけノックして、中に入る。「おはようございます」公爵はベッドの上にのびのびと手足を広げて寝そべっていた。見えている部分から判断すると何も身につけておらず、同じく裸の女性を両側にひとりずつはべらせている……と思われる。とにかく、ひとりは確認できた。小柄な金髪の女で、抱きついていた公爵から身を離し、入り口に立っているブリジットを興味深げに見つめている。そして上掛けにもぐっていたもうひとりも、高価なスカイブルーのベルベットの下からすぐに顔を出した。ほっそりとした黒髪の女で、こっそり口元をぬぐっている。

「失礼」黒髪の女が、夕食の席でげっぷをしてしまったかのように謝った。

ブリジットは別に腹も立たなかった。高級娼婦の仕事ぶりを目撃してしまったのは、その娼婦のせいではない。

公爵が真っ青な目をゆっくりと開ける。寝室は裏庭に面していて、先に来た使用人がすでにカーテンを開けていた。朝日に照らされ、公爵の顎の赤みがかった金色の無精ひげや肩に広がった巻き毛が輝いている。彼は本当に美しい。地上におりてくつろいでいる、古代のギリシア神のようだ。貴族の家に生まれたというだけで享受している富や地位も、彼の場合は当然だと思いそうになる。

「ミセス・クラム」公爵が満足げな声で呼びかけた。「なんて気持ちのいい日だ。きみもそう思うだろう？」

「たしかにそうですね」

「それに、こんなに魅力的な女性たちも一緒だ」彼は女たちに腕をまわした。

それについては返事を求められないよう、ブリジットは祈った。でも貴族が相手だと、何を言われるか油断できない。以前、メイドのひとりとベッドに入っていた年寄りの準男爵に、あからさまな言葉で誘われたこともある。乱暴にあんかをベッドに押し込んで断り、翌朝荷物をまとめたけれど。

そのときを含め、ブリジットはすぐに辞めた経験が何度かあった。

「わたしをお呼びだとうかがいましたが」体の前で両手を組みあわせ、ふたたび細かく震えだしたのを隠す。大丈夫。ここでの仕事につく前、彼女を雇いたいという人間は何人もいた。公爵夫人たちをはじめ、社交界でも大物の女性ばかりだ。

「仕事熱心だな」公爵はからかい、金髪に覆われた頭をうしろに倒した。彼の目には今、派手なスカイブルーのベルベットで作られた天蓋が映っているだろう。あの天蓋はこれ見よがしで品がないと、ブリジットはずっと思っていた。「ハウスキーパーにはきっと必要な資質なんだろう」

「一般的には、そう考えられていると思います」

「だが、わたしに言わせれば、ちょっと……」公爵が裸の腕をまっすぐ上に伸ばし、考え込みながらくるくるとまわす。「退屈だ」

「それは申し訳ございません」ブリジットは明るい声を出そうと努力したが、残念ながらあまり成功しなかった。

「いやいや、そんなふうに思う必要はない」公爵が愛想よく言う。「人は持って生まれた性質を変えられないものだからね。それが他人にとって、どんなにいらだたしいものでも」

公爵が突然、真っ青な目をブリジットに向けた。彼女は情け容赦のない強い視線から、目をそらせなかった。射すくめられ、息をすることもできない。その目はまるで人のものではないような、あるいはこの世のものですらないような気がした。視線を合わせていると、息を吸ったまま動きを止めた胸が痛い。それになぜか、両脚のあいだにある場所もずきんと痛んだ。糊《のり》のきいたエプロンと毛織りのドレスとかたいコルセットの下で、やわらかかった胸の先端がつんととがる。

なんとか息を吐いて、ブリジットは新鮮な空気を吸った。なかばまぶたを閉じた気だるい公爵の目を見つめ返していると、まるで対等な相手として決闘の場に立っているような、奇妙に高揚した気分になる。

ばかげた、ありえない想像だけれど。

もしかしたら、さっき三杯目の紅茶はやめておくべきだったのかもしれない。

「きみは誰に仕えているのかな、ミセス・クラム？」公爵がささやくようにきく。

「もちろん、閣下です」目をそらさずに答えた。

彼が鼻で笑う。

ブリジットは背筋を汗が伝うのを感じた。

「さあ、きみたち、名残惜しいが、そろそろ帰ってもらおう！」突然息を吹き返したように、公爵が大声を出した。

勢いよくベッドからおり立ち、テーブルの上に無造作に置いてあった財布を取って、くすくす笑っている女たちの手に驚くほど大量の金貨を落とす。そして服と靴を持って裸で笑い続けている女たちを、抱えるようにして部屋から押し出した。

ブリジットは落ち着いてそのあとから廊下に出て、目を丸くしている従僕を呼び寄せた。

近づいてきたボブに、女たちがきちんと服を着たら、使用人用の勝手口から出ていくまで見届けるように指示する。

ブリジットがふたたび寝室に戻ると、公爵が皮肉っぽい光を目にたたえて彼女を見つめていた。「そこまでする必要はないだろうに、ミセス・クラム」

「何も盗《と》られずにすんだと、きっとあとで感謝なさいます」

「そうかな?」公爵が裸を気にする様子もなく机まで行ってうしろ向きで身をかがめたので、ブリジットは彼の筋肉質の臀部《でんぶ》をまともに目にするはめになった。左側に黒っぽいものが見えるけれど、刺青だろうか? あれは——? 「わたしの趣味は、ときどき嘆かわしいほどひどいんだ。少しくらい盗っていってもらったほうが、いいかもしれない。ところでミセス・クラム、まさかわたしの尻に見とれているんじゃないだろうね?」彼女があわてて目をあげると、公爵がいつのまにかこちらに向き直っていた。

口を開いたものの、なんと返せばいいのかわからない。今度こそ首だろうか?

「あの……わたしは……」

「認めないのか?」公爵が彼女に向かって大きく一歩踏み出す。

ブリジットはそれまで必死に無視してきた事実を意識せざるをえなくなった。相手が裸だという事実を。

広い肩から視線をおろすと、淡いピンク色の乳首がある胸が見える。胸毛はほとんどなく、金色の巻き毛がふたつ、三つあるだけだ。見事な逆三角形を描く上半身の下には細いウエストと浅くくぼんだへそが続いていて、そこから下腹部まで髪よりもやや濃い色の毛が細く線状に伸びている。

公爵が国外に追放されていると思っていたとき、ブリジットはベッドの隣にかけられている彼の肖像画を、等身大の裸の姿を、何度も観察していた。そして、男性の証がかなり誇張して描かれているという結論に達していたのだ。

だが、そうではなかった。

筋肉質の両腿のあいだに見える彼のものはつやつやして血色がよく、ずっしりと重そうだ。その下に続く脚は、ただただ美しい。足首から先の部分でさえ、長い指と高い甲の具合がすばらしく、奇妙なほど目を引かれる。

その足先が自分のスカートに触れるのを見て、ブリジットは急いで目をあげた。気づかないうちに公爵がひどく近づいていて、からかうような笑みを向けている。

「ああ、ミセス・クラム、そんな目をされると、股間を隠せばいいのか、きみにキスすればいいのか、わからなくなる」彼は低く愛撫するような声で言うと、裸の胸が真っ白なエプロンに触れるほど体を寄せ、ブリジットの唇に視線を落とした。

「わたしに触れてはいけません」そう言い返したが、抑えきれずに声が震えてしまった。

彼が首をかしげて眉をあげる。そしてからかうように口の端を持ちあげながら、どうしようか迷うようにさらに体を寄せた。「いけないだと?」

熱い息が唇にかかるのを感じ、ブリジットは自分がいつのまにか目を閉じていたのに気づいた。ああ、このままでは――。

そのとき、悲鳴のような声が聞こえた。自分のはずがないと思いながら、ブリジットはあわてて目を開けた。情けないほどぶざまな格好であとずさりする。

部屋の入り口に目をやると、ほっそりした少年が立っていた。ベストとブリーチズの上に茶色の上着というごくふつうの服装だが、頭には赤と黄の模様に染めた布を巻いている。

「ああ、メフメト、おまえか」裸で女性を抱きしめようとしたときに――しかもすっかり高まった状態で――邪魔が入るのは日常茶飯事だとでもいうように、公爵が平然と声をかけた。

ブリジットは誇らしげに屹立《きつりつ》している公爵のものから、あわてて目をそらした。顔が燃えるように熱く、手を持ちあげて指の背を頬に当ててしまわないよう、両手を体の前でぎゅっと握りあわせる。

入り口に立っている少年は彼女と同じくらい動転していた。湯の入った水差しを持ったまま、引き返そうとしている。「娼婦と一緒なら、ぼくは出ています」

少年のあとから従者のアトウェルが現れたが、彼も少なからず驚いている。

モンゴメリー公爵はひとりだけ動じておらず、笑いだした。「いや、違うよ、メフメト。少なくともわたしの呼ぶ娼婦は、もっと目を楽しませてくれる服を着ている」

公爵がばかにするように、ブリジットのドレスを示す。

ようやく驚きから立ち直り、彼女は開いていた口を閉じた。「この少年は誰ですか?」

「今、呼んだのが聞こえただろう? メフメトだ」メフメトとアトウェルが寝室に入ってくる。少年は湯の入った水差しを慎重に置き、アトウェルは寝室を横切って控えの間に向かった。「メフメトは預言者ムハンマドの信奉者で、キリスト教哲学者を信じるとすれば、死んだら地獄に落ちる人間だ。もちろん彼の国の人々は、われわれのほうこそ地獄に落ちると思っている。つまり今にみんな、灼熱《しゃくねつ》のバベルの塔のようなところで顔を合わせることになるんだろうよ。メフメトとアトウェルには宿を出てこのヘルメス・ハウスに来るよう、わたしが命じた」

「ですが……」ブリジットは理解できずに眉をひそめた。アトウェルとはこれまでも顔を合わせている。というより、彼は今朝も厨房にいた。

公爵が彼女をまじまじと見つめ、ゆっくりと笑みを浮かべた。いやな感じの笑みだ。

「メフメトが屋敷に来ていたのに、きみは気づいていなかったんだろう」

「わたしは――」

「そしてきみは、自分の知らないことがあると我慢ならない質《たち》だ」公爵がにやりとして、無造作に片方の腕を持ちあげる。するとアトウェルがようやく主人にローブを着せはじめたので、ブリジットはほっとした。背中に金と緑の糸で龍が刺繍された、紫のシルクのけばけばしいローブだ。

「ヘルメス・ハウス内で起こるすべての出来事を把握しておくのが、わたしの仕事ですから」彼女は言い返した。

「それなのにきみは、彼がこの屋敷に来ているのを知らなかったわけだ」公爵がわざと彼女の神経を逆撫でするように事実を告げる。「ところで、きみのクリスチャンネームを教えてもらったことがなかったな」

「そうですね」ブリジットは気を取り直して強気に返した。公爵は人間の姿をした悪魔とも言うべき男だが、彼女だって伊達にロンドン一のハウスキーパーとして知られているわけではない。「いつメフメトを雇われたんですか？」

「去年、外国を旅行したときに連れて帰ってきた」公爵が簡潔に答える。「だが英仏海峡を渡っているときに病気になって、養生のためにバースの屋敷に置いていたんだ。アトウェルが九月にロンドンまで連れてきたのさ」

ブリジットは唇を引き結んだ。少年はすっかり健康を回復しているようだ。「メフメトはこれからヘルメス・ハウスで暮らすのでしょうか？」

「ああ、そうだな。そうだと思う」公爵は無邪気な様子を装って目を見開いた。「そうでなければ、稚児《ちご》としてわたしに仕えられないだろう？」

公爵が着る服を椅子の上に用意していたアトウェルが、それを聞いて咳《せ》き込んでいる。

ブリジットはアトウェルを責められなかった。けれども自分は、公爵に向かってかすかに顔をしかめるだけにとどめた。

公爵が天使のような笑みを返す。

「稚児ってなんですか？」メフメトがきいた。大きな茶色の目と白い歯を持った彼は、無邪気な印象の愛らしい少年だった。今はひげ剃りのための道具を小さなテーブルに熱心に並べている。

「猫好きな人間のことだ」モンゴメリー公爵が説明し、部屋の真ん中に椅子を引き出して座った。

「ぼく、猫は好きです」メフメトは元気よく返すと、水差しの湯を洗面器に注いだ。布を浸して絞り、公爵の顔の下半分を覆うようにそっと広げる。

ブリジットは咳払いをした。首にするつもりがないのなら、公爵はなぜ彼女を呼んだのだろう？　いろいろとやらなければならない仕事があるというのに。「メフメト、わたしはミセス・クラム、ハウスキーパーよ。何かあったら――」

「はじめまして！」彼女の言葉をメフメトがさえぎった。勢いよく一歩前に出て、両手をぴんと伸ばして脇につけたまま、上半身を床と平行になるまで折る。

「あら」少年が体を起こして満面の笑みを向けてくるのを、ブリジットは目を丸くして見守った。「そうね。はじめまして。ええと――」

「ぼくは元気です！」メフメトが大きな声でふたたびさえぎる。ブリジットは公爵が湿らせた布の下で笑っているのを意識せずにはいられなかった。

一方、アトウェルはブリジットと少年のやり取りを完全に無視していて、その冷静さに彼女は感嘆した。

「それはよかったわ」やさしいが、きっぱりとした声で返す。「公爵閣下のお支度の手伝いが終わったら、厨房に来てちょうだい。あなたの仕事について話しあいましょう」

ブリジットは出口に向かおうとした。

「まだだ、ミセス・クラム」雇い主が顔から布を取り、いまいましくも彼女を呼び止める。

「きみへの用はすんでいない」

ブリジットは深呼吸をした。そしてもう一度。

さらにもう一度。

それから仕事用の笑みをしっかりと顔に張りつけて振り返った。「どんなご用でしょう」

「それを見てくれ」癪《しゃく》に障る男が、腕を伸ばして机を指し示す。

顔を向けたブリジットは、初めてそこに宝石がこんもりと置かれているのに気づいた。今までは公爵の裸に気を取られ、目に入っていなかったのだ。公爵に目を戻すと、メフメトが顔に泡を塗っているところだった。

公爵が青い目をきらめかせて彼女を見つめている。「さあ、早く。宝石は噛みつきやしないから、大丈夫だ」

小さくため息をつき、彼女は机に歩み寄った。宝石の山の正体はふたつのネックレスで、どちらも並外れて豪華で公爵夫人や王女、あるいは女王が身につけてもおかしくないようなものだった。貴婦人の世話をするメイドなら、女主人の首に巻くときにこうしたネックレスに触れることもあるだろうが、ブリジットのような立場の者には一生そんな機会はない。ひとつはダイヤモンドとサファイアを連ねたもので、もうひとつはルビーと大きなバロック真珠をオパールやそのほかの小さな宝石でつなぎあわせたもの。彼女はそれを見つめながら、この宝石類はどこでとれたのだろうという疑問が頭に浮かんだ。遠いインドやペルシアの鉱山かもしれない。真珠はどこの異国の海を見てきたのだろう？　これらを海賊たちが奪いあったのかもしれない。

「きみはどっちのほうが好きかな？」彼女のばかげた空想を公爵の声が破った。「実は、そのうちのひとつを婚約者に贈ろうと思っている」

ブリジットは視線をあげた。「ご結婚なさるのですか？」

メフメトが注意深くひげを剃りはじめたときに閉じた目を、公爵が開いた。

「ああ、そうだ」

「どなたとですか？」思わず尋ねた。

彼はいったいどんな女性を妻に選んだのだろう？　身分の高いのは当然として、それ以外にどんな資質を備えた女性なのか、ブリジットには想像もつかなかった。簡単に言うことを聞かせられる女性？　それとも美しさや聡明《そうめい》さで名高い女性？　あるいは、そんなものはどうでもいいと思っているのかしら？

「そんなにせっつかないでくれ。花嫁になる女性には、まだ知らせていないんだ。ハウスキーパーよりも前に、彼女がいの一番に知るべきだろう？」

彼はブリジットをからかっているのだ。そうに違いない。好き勝手にふるまう貴族でも、結婚となればきちんと手順を踏むに決まっている。

「それで？」公爵は満ち足りた猫のように物憂げに、彼女を見つめている。おなかがいっぱいで、今はネズミに手を出す気になれないという表情だ。

ブリジットはまばたきをした。「なんでしょう?」

「どちらのほうが好きかときいているんだよ、ミセス・クラム」公爵がゆっくりと質問を繰り返した。奇妙なふるまいをしているのは彼女のほうだとでもいうように。

ハウスキーパーにすぎない自分が公爵夫人の装身具を選ぶなんてとんでもないと言って、質問に答えないという選択肢もある。でもそんなふうに拒否することに、なんの意味があるのだろう?

ブリジットは宝石に顔を近づけて、じっくりと観察した。

「触ってもかまわないよ。そうしたければ、手に取ってよく見るといい」

公爵の言葉を無視して、彼女はそれぞれのネックレスをまっすぐに伸ばした。真珠やそのほかの宝石を何列も連ねたルビーのネックレスのほうが、ずっと派手だ。

彼女はどちらかというと控えめな印象のサファイアのネックレスを持ちあげた。

「こちらです」

「そうか。ではサファイアのほうは宝石屋に戻して、未来の妻のためにはルビーのほうを取っておくことにしよう」

ブリジットは彼を見つめた。

公爵は彼女が言い返すのを期待するように笑みを浮かべて待っている。だが、ブリジットは言いたいことを言わずに我慢する忍耐力を幼い頃から身につけていた。

ネックレスをゆっくりと机の上に戻す。「もうよろしいでしょうか？」

「ああ、かまわない。行って、玄関前の階段でもなんでも磨いていればいい」

彼女は無謀にも言い返したくなるのをこらえ、公爵に背を向けた。彼はブリジットの自制心をおびやかす力を持っている。腰につけたシャトレーンが、かすかな音を立てた。

「恋人にもらったのか？」

ブリジットは足を止め、冷静さを失わないように心しながら振り返った。

公爵がシャトレーンに向かって顎をしゃくる。「そのとんでもなく実用的な装身具だよ。彼はせめて指輪か、胸の谷間にさげるロケットくらい買えなかったのか？　きみはその毛織りのドレスとかたいコルセットの下に、すてきな胸を隠しているとわたしはにらんでいるんだが」

彼女はシャトレーンを見おろした。頑丈な鋼製だが、青と赤のエナメル製の円盤飾りは美しい。そこから四本の鎖がさがっていて、それぞれに中心となる円盤飾りを小さくしたような飾りがついている。鎖につけてあるのは鍵束、小さなはさみ、ごく小型だが鋭い切れ味の折りたたみナイフ、そして時計。ハウスキーパーなら誰もがシャトレーンをつけているわけではないけれど、つけている者は多い。とはいえ、彼女のほど美しいものは少ない。

それに公爵は正しい。これは人から贈られたものだ。

ブリジットは目に表情が表れていないことを祈りながら、彼と視線を合わせた。

「ほかに何もございませんでしたら、失礼させていただきます。仕事がありますので」

そのとき、背後でドアが開いた。「閣下、お手紙です」

ボブが急ぎ足で彼女の横を過ぎ、手紙を届ける。公爵はすぐに封を破った。

そして異国の言葉で悪態をついた。メフメトがびくっとして、飛びのくのが見える。

公爵が目をあげたが、そこにはブリジットをはじめ部屋にいる人間は誰も映っていないようだった。「妹が、なんと平民と結婚するらしい」

揺れながらロンドンの街を進んでいく箱型椅子かごの上で、バルは三角帽を引きさげた。王が彼の要求をのむ前に白昼出歩くのは危険だが、やむをえなかった。愛するイブをエイサ・メークピースと結婚させるわけにはいかない。ハート家の庭園の所有者であるあの男は詐欺師だし、ぞっとすることにビール醸造者の息子だ。劇場などの娯楽施設を備えたハート家の庭園には、バルも彼なりの理由から出資しているけれど。

ロンドンを出たふりをして隠れ場所にこもっているあいだ、バルは半分血のつながった妹のイブに資産管理を任せていた。

今考えると、それが大きな間違いだったのだ。

イブは人見知りだ。バルとの共通の過去が心の傷になって、何年も世間から隠れるように過ごしてきた。ラバのように断固として自分を主張するときもあるが、エイサ・メークピースと何度も顔を合わせなくてはならないようなことを、彼女に委ねるべきではなかった。どう考えても、メークピースみたいな男はイブには押しが強すぎたのだ。娯楽の園の所有者がいったい何をして妹に結婚を承諾させたのか、考えたくもない。

バルはぎりぎりと歯を嚙みしめた。かごの担ぎ手たちが静かな通りに入り、屋敷の横で足を止める。バルはかごをおりると、屋敷の横の入り口をステッキでせわしなく叩いた。

真っ白なかつらをかぶり、お仕着せを着た長身のアフリカ系の男がドアを開けた。ジャン・マリー・ペピン。イブの護衛としてバルが雇った男だ。

「閣下」低い声で迎えたジャン・マリーの顔は、なぜか無表情だ。一瞬、バルはジャン・マリーが自分を屋敷に入れないのではないかという奇妙な感覚に襲われた。

公爵の威厳を漂わせて眉をあげる。

護衛は頭をさげ、ドアを大きく開けてうしろにさがった。「お嬢様はご自分の部屋にいらっしゃいます」

バルはそっけなくうなずくと階段を駆けあがり、イブの私室に飛び込みながら叫んだ。

「いったいきみは——おい、そいつはなんだ?」

彼が部屋に入ったとたん、巨大なうえにとんでもなく醜い犬が立ちあがったのだ。しかもその犬に、彼を歓迎している気配はない。

「わたしの犬よ。ヘンリーっていうの」机の向こうに座っているイブが告げた。今日はいい天気だとでも言ったように平然としている。

バルは彼女をにらみつけた。彼の知る限り、妹は死ぬほど犬を恐れていたはずだ。

「犬なんて飼っていなかっただろう」

イブが眉をあげる。同じ父親を持ち、バルと同じように金髪と青い目を受け継いでいるにもかかわらず、彼女の容姿は平凡だった。母親と同じ長すぎる鼻の印象が強いのだ。

「今は飼っているわ」

犬に目を据えたまま、バルはその横を通過して妹に近づいた。「新しく飼いはじめたのは、その犬だけではないようだな。聞いたぞ」

イブが警戒するような表情になる。「いつ大陸から戻ったの、バル？　戻ってくるつもりだなんて、教えてくれなかったじゃない。あなたを探しにあちらへ渡ろうかと思っていたのよ」

「エイサ・メークピースと結婚する前に？　それともあとに？」辛辣に言った。

「そうね、あとよ」

バルは妹を見つめた。彼女は財産目当ての男に無理やり結婚させられそうになっている、か弱い乙女には見えない。だが、彼はイブの過去を知っている。彼女がメークピースのような好色な男と自分から結婚するはずがない。

「無理やり結婚に同意させられたのか？」

イブはひどく驚いたようだった。「いいえ、もちろんそんなことはないわ。どうしてそんなふうに思ったの？」

「なぜなら婚外子とはいえ、きみは公爵の娘だからだ。でも、やつは平民のごろつきじゃないか」バルはもどかしげに腕を広げた。「もしきみが結婚したいと思っているのなら、わたしがもっといい男を見つけてやる。少なくとも爵位のある男を」

「あなたがもっといいと思うような男なんて、わたしは求めていないわ」イブの声が高くなり、頬が紅潮した。もしかしたら、メークピースが薬を盛ったのかもしれない。東方の地を旅したとき、人を意のままに操れる薬の話を聞いたことがある。「バル！　わたしの話を聞いているの？」

「ああ、もちろん」うわの空で返した。「それで、娯楽の園のご主人様はどこにいる？」

「ここさ」

男の声に、バルは振り向いた。

大柄でたくましいエイサ・メークピースが部屋の入り口に立っていた。シャツとブリーチズはかろうじて着ているが、ベストや上着、靴、靴下は身につけていない。どう見ても、ベッドから出てきたところだ。

イブのベッドから。

バルは頭にかっと血がのぼった。

左手をベストの内側に差し入れ、右手に握ったステッキを掲げてメークピースに詰め寄ろうとしたとき、胸に小さな手のひらが当てられるのを感じた。

見おろすとイブだった。「何をするつもりなのか知らないけれど、やめて」

バルは自分と同じ青い目の奥を探った。「やつはきみのベッドにいたんだな」

「そうよ」彼女は動じずに返したが、頬が赤くなった。「そのとおり。でも、わたしを傷つけたわけじゃない。彼は絶対にそんなことはしないわ、バル」ひと息ついて続ける。「はっきり言って、その逆よ」

バルはその言葉が本当かどうか妹の目をしばらく見つめて確かめたあと、彼女が恋人として受け入れた男に視線を移した。

メークピースは入り口で足を止めたまま、じっと立っている。頭のいい男だ。それに体重もバルをうわまわっている。しかしバルが彼を叩きのめすと決めたなら、血を流すはめになるだろう。

「なぜだ？」うなるように詰問した。

「彼女を愛している」

バルは目を細め、頭を傾けてメークピースを見た。しばらくして、首を横に振る。

あらゆる可能性を考えたつもりだったが、この答えだけは予想していなかった。まるで意味が通らない。愛なんて……取るに足りないものだ。愛という言葉の意味は理解しているけれど、そんなものは結婚の理由にならない。

バルはイブに目を向けた。

彼女の目の奥に悲しみが見える。「本当よ。彼はわたしを愛しているの。そして、わたしも彼を愛してる」

「では……」バルは慎重に言葉を探した。「きみはやっと結婚するんだな」

「ええ」

「そうか」何か気のきいた兄らしい言葉をかけようとしたが、生まれて初めて頭に何も浮かんでこなかった。「ところで、あの鳩はどうした？」

「バル、結婚式には出席してくれなくてはだめよ」礼儀正しいやり取りをしようという彼の質問を無視して、イブが言う。

彼はうめいた。「どうしてもか？」メークピースに目を向けた。この男はバルに来てほしくないに決まっている。

けれども今日は、何もかもがバルの思いどおりにいかないらしい。

「そうだ」メークピースが答えた。いやいや言っている様子はない。

自分以外の人間はみな、頭がどうかなってしまったのだろうか？

「頭がどうかなったのか？」念のため、確認した。

メークピースが鼻を鳴らす。

だが、イブは真剣な表情を変えなかった。「そもそも、本当に国外へ出ていたの？だって、ハート家の庭園でエイサに結婚を申し込まれたのは昨日の夜なのよ。大勢の人たちの前だったから、今頃はロンドンじゅうの噂になっているでしょう。でも、たとえそうだとしても、あなたが大陸から戻ってくる時間があったはずはないわ」

「もちろん国外にいたさ、イブ」バルはまばたきもしなかった。いつもどおりの笑みを口元に浮かべ、まっすぐに妹の目を見つめる。「昨日の夜に戻って、今朝知らせを聞いたんだ」

イブの口の両端がさがったのを見て、バルはふつうだったら心と呼べるものがあるはずの胸の空洞に痛みを覚えた。

「困ったことに、あなたが嘘をついているのか真実を語っているのか、今までわかったためしがないの。そのこと自体はかまわないのよ。でも、あなたに平気で嘘をつかれるのはいや。前はそんなことはなかった。いいえ、気にならないと自分に言い聞かせていただけかもしれない。でも、バル、とにかく今はいやなのよ」

イブはそう言うと、彼の横をすり抜けて婚約者の腕を取り、静かに部屋を出ていった。

自分に心がなくてよかった、とバルは思った。

そうでなかったら、今この瞬間、張り裂けてしまっていたかもしれない。


ブリジットはモンゴメリー公爵の寝室にある秘密のドアを慎重に押し開け、ろうそくを高く掲げた。公爵はいつ帰ってくるかわからない。大急ぎで妹に会いに行っただけなのだから。それでも、彼の隠れ場所を調べられる絶好の機会を逃すわけにはいかなかった。

ちらちらするろうそくの光に照らし出された空間は、狭いとはいえブリジットの予想よりも広く、幅一・五メートルに奥行きは少なくとも三メートルはありそうだった。ドアのすぐ横に宝石のついたさまざまなものが無造作に積まれた小さな机があり、スツールが下に押し込まれている。上の壁に作りつけられた一段だけの棚には本が並べられていた。机の向こうは乱れたままの小さなベッドで、その先に通路。どこまで続いているかは、小さなろうそくの光ではわからない。いったいこのヘルメス・ハウスには、秘密の通路がどれくらいめぐらされているのだろう?

ブリジットはろうそくを置き、警戒しながらあたりを見まわした。ここは一応快適にしつらえられているけれど、公爵が使うことを考えるとかなり質素だった。しかもただの公爵ではない。モンゴメリー公爵だ。ブリジットは彼がここでひと晩過ごす姿さえ、想像できなかった。ましてや何カ月も過ごしていたなんて、驚いたというよりほかない。

ただしそれは、公爵が彼女の思っているような人間だった場合だ。

そんな考えがふと浮かび、ブリジットは落ち着かなくなった。公爵の屋敷で働きはじめて三カ月以上になるけれど、彼が間近にいたのは二週間だけ。あとの期間はこの国にいないと思っていた。それなのに、自分は彼という人間を理解しているつもりになっていたのだ。そうはいっても、モンゴメリー公爵は虚栄心が強いうえに平気で嘘をつくし、人を脅迫する。ハウスキーパーという職分の義務を超えてまで、彼の人間性を再評価する価値はない。

それなのに、今朝から公爵のことばかり考えていた。引きしまった臀部とか、秘密を見通す捕食動物みたいな目とか、彼女にキスしようとするように身をかがめる前に浮かべた笑みだとか、そんなものばかり思い浮かぶ。

ブリジットは唇を引き結び、公爵はすぐに戻るかもしれないのだから急がなくてはと自分に言い聞かせた。

スツールを引き出して座ろうとしたとき、壁に木製の小さな丸い板が取りつけられているのに気づいた。上の端を釘で留めてある。触れてみると板は動き、のぞき穴が現れた。ブリジットは一瞬かたまったが、すぐに身を乗り出して穴に目をつけた。広々としたベッドや机が見え、公爵の寝室が奥まで見渡せる。なんてこと。彼女はうろたえた。穴から目を離し、寝室の机の鍵を開けてひそかに中を探ったときのことを思い出す。あのとき忍び笑いが聞こえたような気がしたけれど、ネズミが立てた音だろうと無視したのだ。

公爵は彼女を間抜けだと思ったに違いない。

それでも、誰より策略に長《た》けて悪魔的に頭が切れる彼を、なんとか出し抜くしかない。ブリジットは狭い机の上にのっている高価な品々を、手は触れずに調べはじめた。一番場所を取っているのは船の模型で、彼女の肘から先くらいの長さがある。とても美しく手の込んだ品で、当然とてつもなく高価だろう。帆は真珠色をした貝殻、船体は金で作られており、つやつやした甲板の上には小さなエナメル製の水夫たちまでいる。ふと見ると、端に鍵が出ていた。もしかしたら、中に秘密の隠し場所があるのかもしれない。彼女は鍵をまわした。

かちっという音とともに、かすかにうなるような音がしはじめる。

ブリジットは驚いて両手を離した。

いったい――?

甲板の上の小さなラッパ吹きが楽器を口に当てて音楽を奏でると、水夫たちが動きまわりはじめた。船長が剣を振りあげて敬礼し、船の横に極小の大砲が現れ、船が前に進みだす。

突然、大砲からぱんぱんという小さな発射音が響き、煙が漂った。金の船がテーブルの端から落ちそうになったので、ブリジットは思わず小さく声をあげて受け止めた。両手で抱えて荒く息をついていると、船長が小さくお辞儀をする。

サルが縄梯子《なわばしご》を駆けあがって、彼女にお尻を向けた。

小さなエナメル製の動物を、ブリジットは思わずにらみつけた。サルがもとの場所に戻り、船が止まる。ぜんまい仕掛けの船がいきなりまた動きださないか、ひやひやしながら机の上に置いたが、もう何も起こらなかった。

ほっと息をついたとき、机の上に小さな銅製のピンセットがあるのに気づいた。その横には、ごく小さな歯車とそれを噛みあわせる歯をのせた皿が置いてある。まさか公爵はこの船を修理したのだろうか？　こういう品を作るにはどんな技術が、そしてどれほどの金が必要なのか、ブリジットには見当もつかなかった。実用的な価値がなく、純粋に娯楽のためだけに作られたこの船は、公爵その人のように浮ついている。それでも……彼女は手を伸ばして船長に触れた。それでも見たこともないほど精密に作られたこの船はわくわくさせてくれるし、とても美しい。もし自分が公爵のように裕福で、なんでも好きなものを手に入れられるのなら……この金色の船みたいなものを欲しいと思うかもしれない。

ブリジットは船が急に燃えだしたかのように、あわてて手を引いた。

何をばかなことを考えているの？

気を取り直して、机の上の探索に戻った。宝石がちりばめられたかぎ煙草入れが四つ。そのうちふたつは、ふたの内側にかなり扇情的な絵が描かれている。どれにもかぎ煙草は入っておらず、三つは空だ。ひとつには香りのついた軟膏《なんこう》のようなものが入っていた。ブリジットはそれを見て一瞬眉をひそめたものの、すぐに箱を横に置いた。金色の懐中時計が三つに、宝石付きの虫眼鏡と小さなペンナイフがまとめられているが、時計のうちひとつは完全に分解されている。ブリジットは公爵がここに座って時計を分解し、何ひとつ見逃さないあの青い目で部品を調べ、ふたたび組み立てるさまを思い浮かべた。

彼はこの穴倉みたいな場所から出られる日を、退屈しながら待ちわびていたのだろうか？欲求不満にいらだちながら。

ブリジットは頭を振り、さらに探索を続けた。壊れた羽根ペンが何本かと、ガラスと金で作られたインク壺。インク壺の栓は閉まっている。これらがあるところからすると、公爵は手紙を書いたと思われるが、手紙自体は見当たらない。

視線をあげて棚に並んだ本を見た彼女は、微笑まずにはいられなかった。

形も、大きさも、古さも、すり切れ具合もまちまちだ。金箔を施した非の打ちどころがないほど美しい小型の本があるかと思えば、ひび割れてばらばらになりかけているものもある。ブリジットは本の背にうやうやしく指を滑らせたあと、一冊ずつ抜き取り、中に紙がはさまれていないかそっと振ってみた。ターバンを巻いた男たちが花の咲き乱れた野原を突撃していく絵が描かれた、小型の本がある。別のかなり古そうな本はラテン語で書かれていて、表紙をめくった扉のページに、交差させた二本の骨とどくろの絵があった。ジョン・ダンの詩集を見つけたときは驚いたものの、原語であるイタリア語版のマキャベリ著『君主論』は当然という気がする。大型本を一冊手に取ると、自然に開いて、古典的な衣装をつけた男性がギリシアの島々の地図の両脇に立っている版画が現れた。

その絵にブリジットは目が吸い寄せられた。息を止め、アテネ、コリント、テーベ、エーゲ海をそっと指でたどる。なんて異国風の、すてきな名前なのだろう。

しばらくその絵を見つめたあと、ぱらぱらと本をめくった。やはり手紙は隠されていない。彼女はトゥキュディデスの『戦史』を慎重に棚へ戻したが、そのとき膝がテーブルに触れた。床に何かが落ちる、かさっという音がする。

ろうそくを取ってテーブルの下をのぞいたところ、紙が一枚落ちていた。机の裏を見あげると、細長い木の板が二本、留めつけてある。ちょうど紙をのせて隠しておける幅だ。

ブリジットは紙を拾い、光に向かって傾けた。文面を見て、心臓が止まる。

それはレディ・アメリア・ケールがブリジットのために書いてくれた紹介状だった。ここの職を得るとき、ほかの紹介状と一緒に公爵の秘書に見せたものだ。

頭にかぶったモブキャップに思わず手が伸びる。髪はちゃんと覆われていた。

その姿勢のまま目をあげ、野ウサギのようにびくびくしながら部屋を見渡す。最初に入ってきたときと大きく変わったところはない。船をまっすぐに直し、机の下にスツールを押し込んだ。二本のろうそくと紹介状を持つと、ブリジットはすばやく小部屋をあとにした。

抑えようとしても呼吸が速くなったが、足取りだけはゆったり見えるように意識して、公爵の寝室を出る。ほかの使用人たちに動揺を悟られてはならない。彼女は急ぎ足で大階段をおり、屋敷の裏側の使用人用の廊下を通って厨房に入った。通り抜けながら、ミセス・ブラムと従僕にうなずきかける。

厨房の横にある自分の部屋に入ると、閉めたドアに寄りかかって、ようやくほっとした。部屋にはきちんと整えたベッドと椅子、ショールや帽子をかけるためのフック、それに洗面器と水差しを上に置いた小さな戸棚しかない。

ブリジットは戸棚に歩み寄り、腰につけた鍵を使って一番上の引き出しを開けた。中には彼女にとっての貴重品が入っている。この世で彼女が持っているすべてと言っていい。現金の詰まった小さな財布、挿し絵入りの『ガリバー旅行記』、きちんと積み重ねた紹介状の束。公爵はこの引き出しの鍵を開けたに違いない。ブリジットが彼の机の鍵を開けたのと同じように。

レディ・ケールの紹介状を一番上に重ね、じっと見つめた。彼はなぜこれを取ったのだろう？　たまたま？　それとも彼は、わたしが本当は何者か知っているのかしら？

引き出しを閉めて鍵をかけ、ドアの横にある小さな丸い鏡の前に行く。ゆっくりと両手をあげてモブキャップを取ると、うしろできつく束ねた髪が現れた。黒髪に左のこめかみから白い筋が入っている。ブリジットははっきりとした特徴を持つ髪を見つめた。白い筋は二三歳になったときから、徐々にできてきた。あと一〇年もすれば全体が真っ白になるはずだ。

母親と同じように。

彼女はわずかなおくれ毛を撫でつけると、モブキャップをかぶり直した。スカートとエプロンがきちんとしているか確認する。

それがすむと胸を張って顔をあげ、部屋のドアを開けた。ギリシアの島々やぜんまい仕掛けの金色の船など夢みたいなものは頭から追いやり、ハウスキーパーとして質素な部屋をあとにする。

自分はそれ以上を望める存在ではないのだ。

母親の王妃様は泣き、年老いた王様は足を踏み鳴らしてわめきました。けれども医師は、肩をすくめただけでした。

胸に心臓を入れる方法なんて、ないのです。

どうしようもありません……。


『心のない王様』

3

「さあ、厨房に戻ってきたわ」その晩、ブリジットはメフメトにヘルメス・ハウスを案内し終えて、きびきびと言った。

案内するのが遅い時間になってしまったのは、午後に従僕を解雇しなければならなかったからだ。ジョージがモンゴメリー公爵の書斎に入り、机の上にかがみ込んで金のかぎ煙草入れを手に取っているのを見つけてしまったのだ。そもそも彼はそんな時間に二階にいるべきではなかったから、弁解の余地もなかった。

ブリジット自身も同じ机を何週間か前に探ったことを考えると、自分が偽善者のように思えて少し気がとがめたが、それはそれだ。この屋敷に泥棒を置いておくわけにはいかない。

ブリジットはメフメトのほうを向いた。「朝食は朝の六時きっかりに手早くとるのよ。そのあとは一〇時にお茶、二時に昼食、五時にまたお茶。夕食は閣下が召しあがってから。厨房の責任者はミセス・ブラムよ。ミセス・ブラムか料理長と呼びなさい。わかった？」

メフメトがうなずいた。少し圧倒されているようだ。

ブリジットは表情をゆるめ、少し微笑んでみせた。この国で生まれた少年でも、ロンドンに出てきて働きはじめるときは大変な思いをするのだ。言葉の抑揚やアクセントは違うし、見知らぬ人々とうまく関係を築きながら、次々と仕事をこなさなければならない。よその国から来た少年には、もっときついだろう。今になって彼女は、公爵がなぜメフメトをふたり目の従者にしたのか不思議に思った。単なる気まぐれで、少年を故郷から遠く離れたこの国に連れてきたのだろうか？

最初に感じたよりも少年の年齢が上なようで、ブリジットはほっとした。一三か一四かと思ったが、一六にはなっているだろう。

それでも、メフメトは稚児だと言った公爵の言葉が冗談ではなかったら……。

彼女はそれ以上考えるのをやめた。雇い主である公爵が寝室内でどんな行為におよぼうと、その相手にブリジットやそんな気のない使用人を選びさえしなければ関係ない。

そして彼女の見る限り、メフメトはヘルメス・ハウスに来てうれしそうだ。

「何も心配することないわ。公爵はあなたが好きなようだし、結局、大事なのはそのことだけですからね」

メフメトは恥ずかしそうに微笑んだあと、少しおびえたようにちらりとミセス・ブラムを見た。

ロースト肉の仕上げをしていたミセス・ブラムが、うさんくさいものを見るような視線をメフメトに向ける。案内を始めるときにふたりを引きあわせた際、料理人は彼がいかなる形の豚肉も口にしないと知って、いい顔をしなかった。ハムもソーセージもだめ。ベーコンでさえ、食べないらしい。〝異教徒〟についてミセス・ブラムがぶつぶつ言いはじめたので、ブリジットはメフメトを連れて急いで厨房を出なければならなかった。ふたりが厨房から離れているうちに料理人の頭が冷え、少年の食習慣を大目に見てくれるようになっているといいと思ったのだが、そううまくはいかないらしい。

ブリジットは咳払いをして、声を張りあげて厨房内の使用人たちに呼びかけた。

「メフメトは公爵閣下のふたり目の従者としてミスター・アトウェルの下につき、閣下のお部屋の控えの間で寝起きします。あなた方も、ふたり目の従者である彼に相応の敬意を払うように」

彼女はわざとゆっくり部屋を見まわして、自分の言葉をみなが理解したか確かめた。ロンドンに住む者たちは一般的にかなり洗練されていて、さまざまな異国人を見慣れている。結局のところロンドンは港町なのだ。けれども、新しい使用人の立場をはっきりさせておくに越したことはない。従者は使用人たちの中ではかなり序列が上で、執事がいる場合はそのすぐ下。従僕よりも上になる。

そして今、この屋敷に執事はいない。ヘルメス・ハウスの執事はブリジットが働きはじめてすぐに引退し、そのあと彼女は代わりを探す必要を感じなかった。彼女に対して好きなように指示できると考える男を、なぜ雇わなければならないのだろう？

とにかくブリジットは、メフメトがちゃんとこの屋敷になじめるようにしてやりたかった。アトウェルは彼に対して穏やかな無関心を貫いており、悪意を向けるよりましとはいえ、メフメトの助けにはなっていない。

彼女はきびきびとうなずいた。「わかってもらえたようね。では、メフメト、あなたはミスター・アトウェルについて閣下の部屋へ行きなさい――」

「ミセス・クラム」

さえぎられたことにいらだちを感じながらブリジットが振り返ると、カルが厨房の入り口に立っていた。皮肉っぽく唇をゆがめているため、ハンサムな顔が台なしになっている。

「何かしら？」

「あの人が――つまり閣下が呼んでいますよ」カルの〝閣下〟には、いやみがこめられている。

ブリジットは従僕を一瞬見つめたが、とがめだてはしないことにした。カルはモンゴメリー公爵のために若い頃から何年も働いている。そして彼女の見たところ、カルと公爵のあいだにはある種の好意あるいは忠誠心が存在しているようだ。行動を起こすなら、そのあたりについてもう少し調べてからにしたほうがいいだろう。

今は従僕がひとり足りない状態でもあるし。

そこでブリジットは、とりあえずこう尋ねた。「閣下はどこにいらっしゃるの？」

カルが頭を傾けて示す。「食堂です」

「ありがとう」淡々と応え、彼の横をすり抜ける。

今朝寝室に呼ばれて居心地の悪い思いをさせられて以来、公爵とは顔を合わせていない。食堂に近づくにつれ、彼女は鼓動が速くなるのを感じた。公爵はなんのために彼女を呼んでいるのだろう？　奇妙な質問をされたり、変わったことを申しつけられたりするのだろうか？　それとも今朝の彼女の反応を見て、うんざりしたとか？　結局、ただ首になるのかもしれない。

まさか、それは困る。

この三カ月、ブリジットは母親の手紙を探してきた。それから、昨夜発見した細密画を。あの細密画は母親の友人のものだ。その友人であるヒッポリタ・ロイルは裕福な女相続人で、ブリジットは母親に彼女を助けてあげてくれと頼まれたのだ。けれども公爵が屋敷に〝戻った〟せいで、今朝は彼の隠れ場所を捜索するのに、ほんの数分しかかけられなかった。午後にあまり使われていない広間をひとつ調べたときは、さらに短い時間でこなした。もっと時間が必要だ。とりわけ、彼と一緒に過ごす時間が。

ブリジットは食堂のドアの前で立ち止まった。

手紙が隠されている可能性のある場所をすべて調べるには何週間、いや、何カ月もかかる。でも公爵ともっと話をして観察を重ねれば、手がかりをつかめるかもしれない。何も彼を誘惑しようというのではない。彼のほうがずっと世慣れているのだから。でも、もっと会話ができたら？　公爵の警戒を少し……ゆるめられたら？　そうすれば彼は自分のほうが賢いと過信してぺらぺらとしゃべり、ぽろりと何かをもらすかもしれない。

モブキャップがちゃんとしているか確かめようと持ちあげた手を、ブリジットははっとして止めた。手をぐっと握りしめ、そのままおろす。

彼女は胸を張って食堂に入った。

ハウスキーパーが近づいてくるのを、バルはじっと観察した。彼が座っているのはテーブルの端、部屋の一番奥にある暖炉のそばなので、歩いてくる距離は長い。けれど彼がじっと見つめていても、相手はまったく臆している様子を見せなかった。顎をあげ、彼としっかり目を合わせて進んでくる。強い光をたたえた暗い色の目に、バルはなぜか心引かれた。

考えてみると、ハウスキーパーにしてはずいぶん冷静だ。

しかも、かなり若いというのに。

「そのとんでもなくみっともないモブキャップを脱ごうと思ったことはないのか？」ミセス・クラムが近くに来ると、バルは尋ねた。

殉教者のような彼女の目に一瞬恐れが浮かんだように見えたのは気のせいだろうか？

好奇心をそそられながら、彼はナツメヤシを口に放り込んで嚙みしめた。

「ありません」彼女が退屈な返事をする。

一瞬、バルはこのまま彼女を追い返そうかと考えた。イブに会いに行ったあと、妙に感傷的な気分になって、ミセス・クラムなら気を紛らわせてくれるだろうと思ったのだが、間違っていたようだ。彼女の代わりにカルを呼び、母親がバルとカルのどちらによりひどい仕打ちをしたか、遠まわしにいやみを言いあうほうがきっといい。

けれどもバルが唇を舐めると、彼女の視線が一瞬口元に落ちた。それを見て心を決める。

「こっちに来て座ってくれないか、ミセス・クラム。立っているきみを見あげていると首が痛くなる」

待っていると、彼女は椅子を引き出して座った。だが腰かけ方が浅く、今にもずり落ちて鼻からテーブルに激突しそうだ。

その光景を思い浮かべて、バルは思わずにやりとした。「きみには兄弟や姉妹はいるのか？」

まじまじと見つめられても無視して、彼は次のナツメヤシの実を選びはじめた。

しばらくして、ミセス・クラムが静かにため息をついた。「はい、います。男がふたりと女がひとり」

「そうなのか？　意外だな。きみはひとりっ子だと思っていた。暗い場所に突然生えてきたきのこみたいに。きょうだいたちは何をやっているんだ？　名前は？」

「イアンとトム、それにモイラといいます。モイラは同じ村の鍛冶屋と結婚していますし、トムは農夫、イアンは――」

バルがすばやく手を振って言葉をさえぎったので、ミセス・クラムは口をつぐんだ。ぺらぺらしゃべりすぎだ――そんなことをされては、面白くもなんともない。そう思ったのが伝わったと見え、彼女の表情が険しくなった。隠そうとしているのかもしれないが、このハウスキーパーは明らかに彼を嫌っている。

バルはにわかに彼女に好意を覚えた。

「いやいや、違う。そういうつまらない情報はどうでもいい。わたしが知りたいのは、誰と口もきかない関係だったのか、きみをねたんだり殴ったりした者はいたのか、といったようなことだ。ああ、それにきみがまだ泣き虫の子どもだった頃、誰がきみのものを取ったか、きみの猫や犬を殺したか、そんなことでもいいな」

今度はミセス・クラムもあからさまに彼を凝視した。「それは……」声が細くなって途切れる。彼女は眉根を寄せ、数分間、黙って考え込んだ。

そのあいだにバルはナツメヤシをふたつ食べ、ワインを少し飲んだ。ワインはフランス産で、なかなかおいしい。

「妹さんに会いに行かれたのですか？」ようやくミセス・クラムが言葉を発したが、彼の質問とはまったく関係がない。

「そうだ」バルは手のひらの上に顎をのせた。「兄弟とキスをしたことはあるか？」

「いいえ」彼女の声が大きくなる。驚いているのだ。「妹さんにキスをしたことがあるのですか？」

「ない」バルは肩をすくめた。「まあ、ほっぺたにならあるな」

「そういう意味の質問だったとは……」ミセス・クラムが口ごもる。少し動揺しているのだと気づいて、バルはうれしくなった。いつもいかめしい彼女の白い顔に赤みが差している。今朝、彼女の頬が燃えるように赤くなったときは、そこに舌を這わせたくてたまらなくなった。

そのあと、彼女の唇に噛みつくのだ。

「いや、違う」バルはやさしく言った。「きみが最初に受け取ったとおり、わたしは禁断の関係についてきいたんだ。なぜ驚いているのかわからないな。人間というのは禁断のものに走りがちじゃないか」

「そうですね、わかっています」

その言葉に、ようやく彼は興味を引かれた。

そして身を乗り出して質問を続けようとしたが、ドアが開き、従僕たちが夕食を運んできた。

ミセス・クラムが立ちあがろうとする。

「座っていろ」バルは命じ、ほかの従僕たちと一緒に入ってきたカルに言った。「ミセス・クラムにも食事を運んできてくれ。一緒に夕食をとる」

ハウスキーパーの顔が、いつもの彼女らしくもなく真紅に染まった。「わたしはご一緒できません。ハウスキーパーですから」どうやっているのか、彼女の唇はほとんど動かない。

「たしかにそうだ。つまりきみは、わたしの命令をなんでも聞かなければならない」

「理にかなった命令だけです」交渉でもするように、ミセス・クラムが言い返す。それに今度も唇が動いていない。すばらしい！　いったいどうやっているのだろう？

楽しくなって、バルは眉をあげた。「そうなのか？」

「ええ、そうです」

「でも、わからないな」そう言って腰を浮かせ、最後に置かれた料理を確かめる。「どちらかといえば平凡なメニューだが、ローストビーフが理にかなっていないとは思えない。だからきみは一緒に食べるべきじゃないだろうか」

ふたたび椅子に腰を落ち着け、ミセス・クラムが同意するかどうか待った。どんな反応を返すか予想できない相手と言いあうのは久しぶりで、なんとも新鮮だ。

彼女が黙ってうなずき、膝の上で両手を組みあわせた。それでバルにはわかった。味もそっけもない黒いドレスを着て見苦しいモブキャップをかぶっている彼のハウスキーパーは、どんな公爵夫人にも負けないほど誇り高い。

カルが戻ってきて、ミセス・クラムの前に銀製のカトラリーと皿をいらだたしいほどゆっくりと並べた。はるか昔、母もこんなふうにゆっくりと時間をかけて奉仕されていたことを、バルは思い出した。カルはミセス・クラムのクリスチャンネームを知っているのだろうか？

彼女が使用人の誰かと恋仲かもしれないと考え、バルはなぜかいやな気分になった。

椅子の背に寄りかかり、従僕と目を合わせる。ゆっくりと眉をあげ、従僕が赤くなって頭をさげ、急いで部屋を出ていくまで見つめ続けた。

別の従僕がどぎまぎした顔で牛肉を皿に盛りつけはじめたが、バルは急に我慢できなくなった。「もういい。みんな出ていけ」手を振ってさがらせる。

従僕たちはつんのめるように、あわてて出ていった。

「そんなふうに頭ごなしに言う必要はないと思います」ミセス・クラムがバルを非難したあと、肉を取り分けるナイフとフォークを手に取った。手際よく二枚切り取り、にんじんや豆などのつけあわせと一緒に彼の皿にのせる。そのあいだに、バルは彼女のグラスにワインを注いだ。

ミセス・クラムは一瞬ためらったが、自分用にひどく薄く肉を切りはじめた。

バルは持っていたワイングラスに向かって顔をしかめた。彼女は食べれば堕落するとでも思っているのだろうか？ あるいは身分の差を意識しすぎて、こんな態度を取っているのかもしれない。

身分という言葉で妹を思い出して、彼はグラスを置いた。「妹がハート家の庭園の所有者と婚約した」

ミセス・クラムが肉を切り分けていた手を止めた。「そのようですね」

バルは顔をしかめた。「そういえば今朝手紙を受け取ったとき、きみもいたんだな。妹のことは知っているのか？」

「閣下がお留守のあいだ、帳簿を見に、よくこの屋敷へいらしていましたから」彼女はいったん言葉を切ってから、慎重につけ加えた。「ミス・ディンウッディはとてもいい方ですね」

むっつりとした顔で、バルは皿の上のにんじんをテーブルに落とした。にんじんのオレンジ色が、妙に気に障る。今は丸くて緑色の豆のほうがいい気分だった。ひと粒指でつまみ、口に放り込む。「にんじんは好きか？」

「はい」ミセス・クラムはそう答え、ひとつ食べてみせた。

バルがしかめっ面をしても、彼女はまるで動じていない。「妹は彼を愛していると言ったんだ」

顔をあげたハウスキーパーの唇が赤くしっとりと濡れていることに、彼は気づいた。一点の曇りもない聖人のような目との対比が扇情的だ。高まった彼のものを口に含んだら、あの唇と目はどんなふうに見えるのだろう？

バルはナイフとフォークを、がちゃんと音を立てて投げ出した。「説明してくれ、その愛とかいうものについて。なぜ非の打ちどころのない知的な女性が、自分よりも身分が下の男と結婚したがる？　やつが欲しいのなら愛人にすればいい。それならわたしも気にしない。だが、結婚だなんて」

ミセス・クラムがナイフとフォークを静かに置き、膝の上で両手を組みあわせた。体ごと彼のほうを向く。「愛は人間の持っている感情の中で、もっともすばらしいものです。愛という感情を持てるかどうかがわたしたちと獣との違いで、愛を抱くことによって、わたしたちは天国と神に近づけるのだと思います。男女のあいだの愛は、神から与えられる最高の贈り物ではないでしょうか」

彼女の上気した顔をまじまじと見つめ、バルはにやりとした。「きみはまだ男を愛したことがないんだな」

ミセス・クラムが口元を引きしめる。むっとしているのだ。「ありません」

彼は元気が出て、ふたたびナイフとフォークを取りあげた。「女か？」

「すみません、どういう意味でしょう？」

バルは小さく切り分けたローストビーフをナイフの先端に刺して振ってみせた。

「女を愛したことはあるのか？」

ミセス・クラムが唇をぐっと引き結んだので、またつまらない言い逃れでもするつもりかと彼はがっかりしかけた。ところが彼女はため息をついた――今回は大きな音をさせて。

「母のことは大好きでしたけれど、そういう愛についておききになったわけではないんでしょうね。いいえ。ロマンティックな意味では、一度も女性を愛したことはありません」

バルは笑みを浮かべ、ローストビーフを食べた。彼女は田舎の出身だが、思っていたより洗練されている。

ミセス・クラムが真剣に彼を見つめながら、意を決したように問いかけた。

「閣下はどうなのですか？　誰かを愛したことは？」

「まさか、あるわけがない」

「婚約者になられる方を愛していないのですか？」

バルは首をのけぞらせて笑い飛ばした。「愛してなどいない。人を愛するためには、絶対に持っていなければならない資質というものがあると思う」

ミセス・クラムが黒い眉をさらに寄せると、ますます謹厳な聖人そっくりになった。

「絶対に持っていなければならない資質とはどんなものでしょう？」

彼は肩をすくめた。フォークを空中でくるくるまわしながら考え込む。「さあ、なんだろう。善なるものと神を信じていることかな。それとも信心深かったり、無垢《むく》だったりすることか」バルは微笑み、彼女を見つめた。「何にしても、そういうものをわたしは持っていない。生まれてこのかた、持っていたことがない」

ミセス・クラムは眉根を寄せ、強い光を放つ目で見つめている。今、彼女のすべての感覚がバルに向けられているのだ。彼だけに。そう考えると、頭がくらくらするくらい欲望がかきたてられた。「一度もですか？　子どものときも？」

彼はゆっくりとうなずいた。皮膚から染み込み、筋肉のあいだを通り抜け、骨まで達して魂までも乗っ取った、黒々とした闇を意識する。「母親のおなかの中にいるときでさえ」

バルが真実を口にすることはめったにない。誰がそんなものを聞きたがるだろう？　真実なんて退屈だ。そして、たまに口にしてみても、ほとんどの人間が冗談だと考える。

だが、彼女は違う。

真剣にバルを見つめ、殉教者みたいな目をしているにもかかわらず、彼の行動を裁こうとはしない。その事実だけでも、彼にとっては新鮮だった。

バルは手を伸ばし、ミセス・クラムの顎をつかんだ。指に触れる肌は温かくやわらかい。生きている人間、女性のぬくもりだ。

彼女が目を見開いた。

「だがミセス・クラム、きみはわたしとはまるで違う。それがどんなものであれ、人を愛するのに必要な資質をきみは持っている。つまり、きみは人を愛せるんだ。そこで疑問がわく。ならばなぜ、きみは人を愛したことがないのだ？」

彼女は轡《くつわ》をいやがる牝馬《ひんば》のように頭を振ってバルの手から逃れようとしたが、彼は力をこめて放さなかった。もしかしたら、彼女の肌にあざをつけてしまったかもしれない。みんなから見える部分に自分の指の跡が残ると思うと、バルは高揚感を覚えた。

「教えてくれないか、わが心やさしきハウスキーパー？」

ミセス・クラムはじっとしたまま小鼻を広げ、彼をにらんだ。「仕事が好きだから。それに自分の好きなように物事を決めるのが好きだからです。男性との恋は、その妨げになります」

バルは賞賛に息をのんだ。「ミセス・クラム、きみはなんて現実的なんだ」

つかんでいた顎を引き寄せると、彼女の腰が椅子から浮いた。赤く湿った唇と怒りにきらめく目を見つめる。ブリーチズの前が窮屈になり、中にあるものが熱く脈打った。このまま彼女の肌にもっと跡を残すのもいいし、聖女がどこまで堕《お》ちていくか見届けるのもいい。そのとき、食堂のドアが開く音がした。出ていけというつもりで、いらだちながら振り返る。

だが、アルフを見て気が変わった。

バルはミセス・クラムを解放し、椅子の背にもたれた。「何を持ってきてくれたんだ?」

「返事だよ」アルフはミセス・クラムを横目でちらりと見て答えた。椅子に座り直したハウスキーパーは完全に無表情で、息すらしていないように見える。「あなたが手紙を届けさせた男からだ。無理もないけど、怒ってた」

アルフが横に来て、手紙を差し出す。

バルはすぐに、パン切りナイフで封を切った。左手でワイングラスを口に運びながら、取り出した紙をもう一方の手に持って読みはじめる。返事は当然シュラグからだ。すっかりうろたえて、もっと時間をくれなどと書き連ねている。

手紙をテーブルに放り投げ、バルはあくびをした。誰も彼も、あまりにも予想どおりの反応を示すのには驚く。

ミセス・クラムが立ちあがろうとするのが見えた。

バルはさっと彼女の腕をつかんで止めた。「まだいてくれ」目を見つめ、微笑みながらつけ加える。「もしかまわなければ」

ミセス・クラムは怪しむように目を細めたが、結局は使用人だ。

彼の言葉に従って腰をおろした。

「ありがとう」バルはアルフに向き直った。「あの戸棚から紙とペンと砂を持ってきてくれ」戸棚の場所を指し示す。

アルフが手紙を書くのに必要なものを運んでくると、バルは探るように見ているハウスキーパーの前で、紙にペンを走らせはじめた。

「左ききではなかったのですか？」彼女の声はそっけない。バルを許していないのだ。なんて愉快なのだろう。

彼は笑みを浮かべ、手際よく優雅にペンを動かし続けた。「よく見ているね、ミセス・クラム。わたしの父は左ききを許しがたい欠点と見なしていた。不吉だとでも思っていたのだろう」

どうやって右手で書くように矯正されたのかと質問されるのを待ったが、彼女には明らかに期待に応えるつもりはないようだ。

五分後、バルは二通の手紙をそれぞれ封印してアルフに差し出した。「これは《デイリー・レビュー》紙の経営者ミスター・ファーガソンに。こっちはミスター・シュラグ宛だ」

ローストビーフを物欲しげに見ていたアルフが、手紙とギニー金貨を受け取る。「了解」

「それから、アルフ？」

「何？」

バルはやさしく微笑んだ。「中身をこっそり見ようなんて考えるな」

少女は青ざめ、すばやく部屋から出ていった。

ミセス・クラムに目を戻すと、彼女はシュラグからの手紙を読んでいた。放り投げたときに文面が上になっていたのだ。なんと礼儀を無視した行いだろう。

彼女が驚愕《きょうがく》した表情でバルを見あげた。「国王陛下を脅迫しているんですか?」


ロンドンの夜がどれほど寒いか、ヒューは忘れていた。アルプスのほうや植民地であるアメリカではもっと雪が降る場所もあったが、ロンドンは空気自体が重く湿っている。そして冷たい。だから吹きつける風は、彼が着込んだ麻や毛や革の服をすり抜けて、骨の髄まで寒さを運ぶ。マントをかきあわせて顎をうずめたヒューは屋敷を見つめた。彼が今いるのは、大きな屋敷の裏手にある厩舎だ。夕食どきで、厩舎で働く者たちはほとんど出払っている。ときおり、広場の周囲に見えるもっと小さな屋敷の住人に呼ばれていく馬車の音が、がらがらと響いた。

来た。

屋敷の裏庭から厩舎につながる門を、ほっそりとした少年が音もなく抜けてきた。少年を見張って三〇分前からここで待っていなければ、見逃していただろう。

「おい」小銭をやって質問に答えさせるつもりで、ヒューは低い声で呼びかけた。こういう使い走りは簡単に買収できるものだ。ところがこの少年は一目散に逃げだした。

ヒューは悪態をつき、あわてて追いかけた。彼のほうが脚は長いが、少年は小さくてすばしこい。暗い厩舎で見失ったら、二度と見つけられないだろう。

距離を詰めたところで、少年が角を曲がった。叫び声と罵声があがる。急いで角を折れると、近くの店からの明かりに、血のついたエプロンをつけた大きな男の前で縮こまっている少年の姿が浮かびあがった。肉屋は片手で少年の腕をつかみ、拳を振りあげて今にも殴ろうとしている。

ヒューは近づいて、大きな拳を押さえた。

邪魔された肉屋が振り返り、たるんだ赤ら顔をしかめる。「なんだ？」

ヒューは笑みを向けた。「わたしのところの子なんだ」

上流階級風のアクセントがきいたのか、あるいは単にたくましい体格のおかげか、肉屋が拳をおろした。彼は悪態をついてつばを吐くと、そのまま歩み去った。

幸い、ヒューは肉屋が手を離す前に少年をつかんでいた。

小さな獲物を見おろす。つぶれた帽子のてっぺんは、ヒューの肩にようやく届くくらいだ。小柄な体は薄っぺらな上着とベスト、汚れたブリーチズと継ぎだらけの靴下に包まれている。少年は抗《あらが》おうとしなかったが、大きな茶色の目にあふれんばかりの反抗心をたたえてヒューをにらんでいた。手を離せば、すぐさま目の前から消えるに違いない。

ヒューはため息をついた。「腹は減ってるか？」

少年が顔をしかめたので、返事をしないつもりかとヒューは一瞬考えた。けれども少年はうなずき、ぶっきらぼうに言った。「ああ」

「じゃあ、一緒に来い」向きを変えて歩きだそうとしたが、腕がずしりと重く、動かない。ヒューは眉をあげて振り返った。

「どこに連れていくつもりだよ？」少年が問う。

少年が何を心配しているのか悟って、ヒューは心の中でうめいた。見るからに路上育ちのこの少年は、大人の男に妙な真似をされる危険があるのをよく承知しているのだ。しかし、彼はただこう答えた。「そう遠くないところに酒場がある。〈白ウサギ亭〉という店だ」

人目のあるふつうの酒場だとわかって少年の緊張が少し解け、ふたりは歩きだした。それでもヒューは少年から手を離さなかった。すでに一度、賭けに負けている——従僕のジョージは密偵としてまったくの役立たずだった。脅迫の証拠を探そうとしたはいいが、最初の試みで捕まって首だ。しかも何も手に入れられなかったくせに、支払いだけは要求してきた。実はヘルメス・ハウスの人間をもうひとり買収してあるものの、どうも信用しきれないという印象をぬぐえない。

黙ったまま足早に通りを進みながら、ヒューは何度か少年を盗み見て値踏みした。〈白ウサギ亭〉の少し手前で話しかける。「名前はなんという？」

少年がちらりと目を向けた。「アルフ。あんたは？」

生意気な口調に、ヒューは思わず笑みを浮かべた。「カイルと呼んでくれ」

少年がにやりとすると、意外にも真っ白できれいに並んだ歯がのぞいた。「わかった」

酒場のドアを開けると、暖かい空気が流れ出してきた。にぎやかな店内はビールと焼いた肉のにおいで満ちている。人々を肩でかき分けながら奥に向かうと、隅に小さなテーブルが空いていた。暖炉の近くではないが、ここならふたりだけで話ができる。今の状況からすると、この席に座るのがよさそうだった。

赤いフランネルのペチコートと染みのある革製のコルセットをつけた女が、すぐに現れた。

「なんにします？」

ヒューはわざと下町風のアクセントにして答えた。「ビールをふたつ。それに肉も頼む。つけあわせと一緒に」

「すぐに持ってきますよ」

女が行ってしまうのを待って、ヒューはアルフに向き直った。

少年は考え込むように彼を見ている。ヒューはテーブルの下で少年の手首をつかんだままだったことに気づいた。

眉をあげて尋ねる。「この手を離したら、逃げるつもりか？」

アルフは彼を真似て眉をあげた。「少なくとも、食い物が来るまでは逃げないよ」

ヒューは低く笑いながら椅子の背にもたれ、細い手首を放した。「おまえが正直者なのを喜ぶべきだな」

少年が顎をあげる。「そうだろうね」

「では、わたしも正直に言おう。公爵の情報が欲しい」

少年が口をぐっと引き結んだ。「公爵は敵にまわしたい男じゃない」

ヒューは身を乗り出して声をひそめた。「やつは国王を脅している」

「ああ、ジョージか。そいつは気の毒に」アルフがからかうように言う。

ヒューはアルフの年齢を少し低く見積もりすぎていたと気づいた。「たとえ――」

給仕の女が、ビールのジョッキとあふれんばかりの牛肉と野菜にたっぷりグレイビーソースをかけた湯気の立つ皿をふたり分のせたトレイを持って、戻ってきた。それらをテーブルに並べたあと、両手を腰に当ててたくましい腕を見せながらきく。「ほかに注文は?」

「これでじゅうぶんだ」

女の背を見送ってヒューが向き直ると、アルフがすでにがつがつと食べはじめていた。何日も食べ物を口にしていなかったような勢いだ。

実際、そうなのかもしれない。

ヒューはジョッキを取ってビールを喉に流し込みながら、少年が次々にじゃがいもと牛肉を平らげていくのを眺めた。公爵は気前よく報酬を与えているはずなのに、どういうことなのだろう?

ヒューは頭を振って、自分の皿に目を落とした。彼には関係ないことだ。「国王なんてどうでもいいと思っているかもしれないが、きみだって、この国のことは気にかけているだろう。そして国王はこの国そのものだ。公爵がしているのは反逆行為なんだよ」

グレイビーソースを口の端につけたまま、アルフが顔をあげた。「反逆行為?」

「そうだ」ヒューは重々しい口調で言った。ようやく少年の注意を引けて、ほっとする。「だが、公爵が脅迫に使っている手紙を見つけるのをきみが手伝ってくれたら、その反逆行為を阻止できる」

「そんなことをすれば、おれは困ったことになるんじゃないかな」アルフが心配そうにききながら、パンをふた切れポケットに押し込んだ。

「大丈夫さ」ヒューは身を乗り出した。「場所をわたしに教えてくれるだけでいい――」

そのとき、アルフが突然テーブルをひっくり返した。ビールのジョッキも、グレイビーソースのかかった牛肉の皿も、すべてヒューの膝の上になだれ落ちた。

ヒューは思わず大声を出して、うしろに飛びのいた。

まわりの客たちが、助けを求めるようにきょろきょろと店内を見まわしている。驚いて立ちあがったり、わめいたりしている者もいた。

アルフが敏捷《びんしょう》に人々のあいだを縫って逃げ出すと、ヒューはビールやにんじんや牛肉にまみれながらも、賞賛せずにはいられなかった。ジョッキを四つ持って悪態をついている給仕の女や客たちをテーブルの下をくぐるようにしてよけ、まっすぐに出口を目指している。少年は戸口に着くと一瞬足を止めて振り返り、ヒューに向かって気取った敬礼をしてウインクしてみせた。

そしてアルフは夜の街に消えた。

4

赤ん坊はすくすくと育ちました。王子様が蛾《が》をミルクに入れておぼれさせたり、地下牢に猫を閉じ込めたりと残酷な真似をするたびに、父である王様はため息をつき、母である王妃様は泣き、国民はひそひそとささやき交わしました。けれども、みんなはあきらめていたのです。心のない少年に、いいことと悪いことの区別を教えられる人間など、この世にいるはずがありません……。

『心のない王様』

今ブリジットの前に座っているのは、彼女を産んでくれた女性だ。でもこの人を母と呼ぶなんて、あまりにもばかげている。

レディ・アメリア・ケールは気品に満ちた貴族女性そのものだった。子爵の娘として生まれた彼女は若い頃から美貌で知られ、七〇代になった今も人の心をとりこにする美しさを保っている。

ブリジットは彼女とは似ても似つかない。

ただひとつの、けれどとても重要な点を除いては。

レディ・ケールは、細い黒と銀のレースを何列も連ねて縁取ったミッドナイトブルーのサックドレスを着ていた。髪は雪のように白いが、年のせいではない。一族の特徴なのだ。彼女もひとり息子のケール卿も、若くして真っ白な髪になった。レディ・ケールは髪をきつくまとめ、黒いレースで作った中世風の三角のキャップで頭を覆っている。

彼女は黒いレースが自分の真っ白な髪にどれほど映えるかわかっているのだ、とブリジットは確信していた。

「彼が戻ったのは残念だわ」レディ・ケールが眉間にかすかにしわを寄せて考え込んだ。「それにまさか国王を脅迫しているなんて」彼女は身を震わせた。「今朝の《デイリー・レビュー》紙は見た？　ドルフィン・ソサエティについての記事を？　荒唐無稽なことばかり書かれていたけれど、そういえばたしかに、王族が関わっているとほのめかされていたわ。あなたの話によれば、この記事はモンゴメリーの差し金だったのね。あの男は悪魔よ。恥を知らない」

何も言えることはなかったので、ブリジットは黙っていた。今、彼女はレディ・ケールの屋敷の応接室に立っている。モンゴメリー公爵の屋敷と同じようにここも贅《ぜい》を凝らしてあるが、それでも彼の度がすぎた趣味に比べると控えめだ。入り口の両脇を守るようにコリント式の白い柱が立っていて、柱頭の金色がアクセントになっている。部屋のあちこちに緑とピンクの組みあわせの優美な長椅子が配置されており、天井に描かれた美しい青空では、ふわふわした雲のあいだで智天使たちがかくれんぼをしていた。

かつて一二歳で働きはじめたとき、ブリジットは上流階級の人々の贅沢な暮らしぶりに驚き、息せき切って養父母に報告したものだ。彼女が愛情をこめて〝お母さん〟と呼んだ人は豆の粥《かゆ》をかきまぜながら耳を傾け、笑いながら振り向いて言った。貴族っていうのは、可能なら猫のひげだって金色に塗りたがるような人たちなのよ、と。

養母がレディ・ケールの応接室を見たら、なんと言うだろう？

天井から視線をおろすと、レディ・ケールがいらだったようにブリジットを見つめていた。厨房の下働きのメイドが居眠りしているところを見つかったような気分になり、あわてて背筋を伸ばす。

「彼が屋敷にいるようになっても、手紙を探せるかしら？」レディ・ケールが尋ねる。

「やってみます」ブリジットは慎重に言葉を選んだ。「ですが、とても広いお屋敷なので隠し場所は無数にありますし、公爵はとてもさといお方です。わたしが何かを探していると知られてしまいましたし……」肩をすくめる。

レディ・ケールがしぶい表情になった。

「公爵に……」ブリジットはそう言いかけて、一度咳払いをした。「公爵に、ほかにも何か要求されたんですか？」数カ月前、公爵は妹が〝〈恵まれない赤子と捨て子のための家〉を支える女性たちの会〟に加われるよう、レディ・ケールに口ききをさせた。この慈善のための集まりは社交界でも有数の女性たちばかりで構成されており、細密画の持ち主であるミス・ヒッポリタ・ロイルもその一員だ。

「いいえ。でも、いつそうされてもおかしくないわ」レディ・ケールはこわばった笑みを浮かべた。「わたしはただ、息子のケール卿に知られたくないだけなの。わたしの汚点を」

ブリジットはうなずき、視線を落とした。ばかげているとわかっていても、ほんの少し傷つかずにはいられない。自分はレディ・ケールの汚点から生まれた子どもなのだ。

「がんばります」彼女は約束した。

「ブリジット？」

名前を呼ばれて驚き、母親と目を合わせた。「なんでしょうか、奥様？」

レディ・ケールがためらった。「彼はあなたに危害を加えるかしら？」

ブリジットは彼が妙にしつこく絡んでくることを思った。

昨夜は顎をつかんでなかなか放してくれず、椅子から腰を浮かせなければならないくらい引き寄せられた。テーブル越しに、唇が触れそうになるほど近く。あのときは本当にどきどきした。

そして理性に反して、このまま彼と唇を合わせたいと一瞬思ってしまった。

ブリジットはこの世に自分を送り出してくれた女性の目を、まっすぐに見つめた。彼女がきちんと育ててもらえるように、養母を見つけて託した女性を。ロンドンへ出てくるときには紹介状を書き、二六歳という若さで今の地位までのぼりつめる道筋をつけてくれた。

「いいえ、大丈夫です」

年を重ねた女性の顔が、ほっとしたようにゆるむ。「よかった。それなら、今までどおりに続けてちょうだい。でも、お願い。少しでも心配なことがあったら、すぐにヘルメス・ハウスを出るのよ。あなたもよく承知していると思うけれど、モンゴメリー公爵は本当に危険な男だから。いいこと、約束して」

「約束します、奥様」目の前の高貴な女性が自分の身の安全を気にかけてくれているという事実に、ブリジットの心は温かくなった。「ありがとうございます」

レディ・ケールが目をそらし、ぎこちない口調で言う。「どう考えても、感謝しなくてはならないのはわたしのほうよ」

視線を落としたブリジットは、手のひらに爪が食い込むほどきつく握りしめた自分の両手をぼんやりと見つめた。大きく息を吸う。命を与えてくれたこの女性に対しては尽くす義務がある。たとえそれだけの関係だとしても。「もう失礼してよろしいでしょうか？　午後にやらなくてはならない仕事が、まだありますので」

「もちろんよ。行ってちょうだい」レディ・ケールが優美な手を振る。

ブリジットはお辞儀をして、静かに部屋をあとにした。

執事に向かって軽くうなずき、使用人用の出入り口から出る。突風がスカートの上を滑って吹きあがってきたので、黒いショールをきつく肩に巻きつけた。どんよりと不吉な色に曇った空から落ちてくる大粒の雨を顔に感じながら、足早に進む。通りの角に甘い歌声を響かせている小柄な女性がいて、うしろにも前にも赤ん坊を抱えていた。ブリジットは物乞いの女性が伸ばした手の上に一ペニー落とすと、通りの反対側に向かった。荷車を引く馬やその落とし物に注意しながら渡り切ったところで、箱型椅子かごが通りかかる。担ぎ手が〝道を空けろ！　道を空けろ！〟と怒鳴りながら駆けていった。

かごに乗っている太った男がブリジットのほうを振り返ったが、犬でも見ているかのような退屈な表情だ。突然、彼女は男の背中に向かって下品な仕草をしたい衝動に駆られた。貴族は平民をごみのように扱う。感情も欲求も欲望も夢も持たない石ころみたいに。彼らにとって使用人とは、食べ物を運び、身支度を手伝い、汚れた皿やいっぱいになった室内用便器を片づけるだけの存在なのだ。エプロンとモブキャップをつけていても、サルと同じ。いや、それ以下だと思っているのかもしれない。頭部には笑顔が描かれ、首と腰はうなずいたりお辞儀をしたりするために動くように作られた、木製の操り人形だと。

次々に涙がわきあがり、ブリジットは目をぬぐった。どうして急にこんな苦々しい気持ちになったのだろう？　きっと寒さのせいだ。彼女は寒い季節が嫌いだった。

オレンジや魚を売る行商人、戸口でさいころ賭博に興じる使用人、長いかつらをかぶり黒いベルベットの服を着た年配の男、下品な言葉を投げかけてくるふたりの船乗りたち。さまざまな人間とすれ違う。

ヘルメス・ハウスの裏手に連なっている厩舎に着いたときには、ブリジットの鼻は冷えきっていた。きっと赤くなっているだろうと、沈んだ気分のまま考える。

厩舎の中から少年たちの興奮した大きな叫び声が聞こえてきて、彼女の気分はますます悪化した。何をやっているのかといぶかしく思い、きつくショールを巻きつけて奥に進む。みんなどこにいるのだろう? いつもなら、不審者が入ってこないか目を光らせているのに。

そのとき甲高い犬の鳴き声がして、彼女の心臓がどきんと跳ねた。

スカートをつまみ、鳴き声がしたほうに走る。

厩舎の裏に行くと、少年たちが何かを取り囲んで立っていた。大人ほどの背丈のある大柄な少年が勢いをつけて蹴りを入れ、ブリジットはあえいだ。

地面の上のものが、きゃん、と鳴く。

「やめて!」彼女が叫んだ声は銃声にかき消された。

振り返ると、モンゴメリー公爵だった。シャツの上に刺繍を施したピンクのベストを着てブリーチズをはいた彼が、銃口から煙の出ている拳銃を無造作に左手で掲げ、片脚に体重をかけて立っている。

少年たちに一見やさしげな笑みを向けている様子は、牙をむいた毒ヘビのようだ。

「きみたち、ここから出ていってくれないか?」

少年たちは驚きに——あるいは恐怖に——かたまっている。

公爵は首をかしげると笑みを消した。無表情になったその顔は、ぞっとするほど恐ろしい。

「今すぐに」

少年たちはわれ先に逃げ出し、厩舎にはブリジットと公爵だけが残った。

彼女はまばたきをして、小さなテリアに駆け寄った。哀れにも首にひもを結びつけられ、地面の杭《くい》につながれている。脇腹を下にして横たわっていた犬は、ブリジットを見ると地面に尻尾を打ちつけた。ぴょんと立ちあがって体を震わせ、足を引きずりながら彼女のほうに歩きだそうとする。だが、ひもに引き止められた。

ブリジットは膝をついて、犬の首のひもをほどこうとした。けれども結び目がかたいうえに、手が震えていてうまくいかない。

彼女は公爵がうしろにしゃがむのを感じた。彼の両腕がまわされる。温かく力強い腕に一瞬とまどっていると、公爵が身を寄せて耳元でささやいた。「これを使うんだ」

そしてブリジットの腰のシャトレーンからナイフを取って開き、差し出した。

「ありがとうございます」感謝しながら受け取る。

慎重にひもを切り、犬を抱きあげた。温かい体は少しにおった。

テリアはすぐに彼女の顎を舐めはじめた。

ブリジットがすすり泣きながら息を吸うと、公爵が彼女の目尻の涙を舌先でさっと舐めた。

「救世主の涙だな」彼の低い声が背中に響く。どこかとまどっているような声音だ。

思わず体が震え、ブリジットは息をのんだが、振り返る勇気はなかった。しばらくして、公爵は身を離した。

彼女は唇を噛み、もぞもぞしている犬の背中を撫でて、骨が折れていないか調べた。どうやら打ち身だけで、骨に異常はないようだ。あとは片目の上に少し血が出ている。犬に崇《あが》めるように見あげられたとたん、ブリジットはひらめいた。名前はピップがいい。

ピップ。

見あげると、公爵はまだそこにいた。夕暮れの光に金色の髪を輝かせながら、彼女を見つめてたたずんでいる。

ブリジットは咳払いをした。「あの……ありがとうございました。犬を助けていただいて」

薄暗くてよく見えなかったが、公爵が微笑んだような気がした。

彼女はなかなか犬を放す気になれなかった。少年たちは、今度ピップを見つけたら殺そうとするだろうか？　「犬がお好きだとは……知りませんでした」

「別に好きじゃない」公爵が肩をすくめた。「だが、きみは好きなようだな」門のほうに向かいながら、肩越しに言う。「そうしたければ、屋敷の中に連れていってもいいぞ」

「そんなことはできません」ブリジットは驚いて言った。

彼が足を止めて振り返る。「なぜだ？」

「わたしは使用人です。使用人はペットを飼いません。世の中にはルールというものがあります」

公爵が首を傾け、ふっと笑った。はるか昔、イブを誘惑したヘビもあんなふうに笑ったに違いない。「ミセス・クラム、ルールなんてくそくらえだよ」

ヘルメス・ハウスの大階段を足音を殺してのぼるヒューの耳に、夜中の三時を告げる時計の音が響いてきた。買収した男が鍵を開けておいたドアから侵入したのだ。その男に手紙の回収まで任せられないのは残念だが、いい結果を出すために自分で動かなくてはならないときもある。だからヒューは事前に記憶した家の見取り図をもとに、こうしてひとりで目的の場所を目指していた。明かりを使う危険は冒せない。今はまだ。すでに一度、廊下で従僕と出くわしている。幸い、従僕は居眠りをしていたが。ヒューはつま先立ちで、ゆっくりと階段をあがった。一段ごとに足を止め、耳を澄まして気配を探る。屋敷じゅうが寝静まっているように見えるものの、これほど大きな屋敷には大勢の人間がいる。その中には真夜中に散歩をしようと思いつく者がいても、おかしくない。

二階は漆黒の闇に包まれていた。ちらりと動くものが見えてびくっとするが、すぐに正体がわかって、決まりの悪い思いに駆られた。廊下沿いに張られている鏡に映った自分の影だった。廊下を進んで、一番奥の部屋の前で立ち止まる。見取り図によれば、ここがモンゴメリー公爵の図書室のはずだ。

ドアを押すと、かすかな音とともに開いた。

息を吐いて中に入り、すばやくドアを閉める。

ろうそくを見つけたヒューは、持ってきた火打ち石と打ち金で火を灯した。浮かびあがった図書室は広大だった。おそらく屋敷の裏側全体にわたって伸びている。無数の本が並んでいて、彼の探している手紙はそのどれにはさまれていても不思議ではない。

けれどもヒューは、敵の思考回路を徐々に理解できるようになっていた。モンゴメリーは見え透いたやり方を嫌う。彼は頭のいい男だ――彼自身のためにならないほどに。そして情報提供者によれば、モンゴメリーは暖炉の前によくいるらしい。図書室の一番奥にある暖炉の前に。

ヒューはまっすぐそこへ向かった。

暖炉の内部には黒いタイルが張られているが、炉棚は白い大理石製で、精巧な彫刻と金箔が施されている。翼を持つ智天使が中央の楕円《だえん》形の浮き彫りを両側から支えているデザインで、そのうしろには巨大なバロック様式の鏡がかけられていた。暖炉のまわりの木枠は薄い緑色に塗られている。

ヒューはろうそくを置いた。暖炉の枠に両手を滑らせつつ、指先であちこち押してみる。こういう作業には忍耐力と鉄壁の自制心が必要だ。屋敷内にいる時間が長くなればなるほど、見つかる危険が増す。だが作業を急げば、見つかるものも見つからない。

成功はどれだけじっと我慢できるか、どれだけ指先に神経を集中させられるかにかかっている。

なんとしても、手紙を見つけなくてはならない。すでにモンゴメリーは新聞に、いまいましい秘密組織と王の息子であるウィリアム王子との関係をほのめかす、密告の手紙を送りつけている。要求を拒否すれば、モンゴメリーはためらいもなく実行するだろう。ひそかに調査したのだが、モンゴメリーはつい一年前にも、裕福な煙草輸入業者を破滅に追い込んでいる。輸入業者はモンゴメリーの要求を拒否して、ふたり目の妻を田舎に隠しているという事実を暴露された。そうなるとその男にはもう、国外に逃げる以外の道は残されていなかった。

ヒューはため息をついて捜索を続けた。三〇分が経過する。そして背中がこわばってきたと思いはじめたとき、彼の耳がかちりという音をとらえた。意外にも、探していたその場所は木製の枠ではなく智天使の翼にあった。最初はどういう仕組みか理解できなかった。大理石の翼は横にも斜めにも動かない。けれども、ぐっと押すと奥へ入る感触があり、翼が動いて天使の背中にある空洞があらわになった。中をのぞく。空間は子どもの握り拳ほどの大きさしかない。

そして空っぽだ。

背後で誰かが舌打ちをする音がして、ヒューはうなじの毛が逆立った。

ゆっくりと振り返る。

ろうそく一本の薄暗い光の中でモンゴメリー公爵が微笑み、貴族的な美しい顔が悪魔のような陰影を帯びた。「これはこれは、残念だったな」

ドアを叩く音に、ブリジットはびくっとして目が覚めた。

彼女と一緒に寝ることを主張して脚の横で丸くなっていたピップが、飛び起きて激しく吠えたてる。

ブリジットはよろよろと体を起こして、部屋着をまとった。ぼうっとしながらもナイトキャップがきちんと頭全体を覆っているか確認しなければと思い、ドアの横の小さな鏡をのぞく。

それから急いでドアを開けると、シャツとブリーチズを身につけただけのボブが裸足で立っていた。手にしたろうそくに照らされた顔は血の気がない。彼のうしろには数人のメイドと、黄色とオレンジの模様のだぶだぶの部屋着をまとった料理人がいた。

「公爵の図書室に賊が押し入りました！」ボブが叫んだ。田舎のなまりがいつもよりひどくなっている。

「夜警を呼んで、叩き出しなさい」ブリジットは鋭い声で返した。睡眠を邪魔されて、いらいらしていた。テリアはみんなの足先を熱心にかぎまわっている。

「そうさせてくれないんです」ボブが訴えた。

「誰が？」

「公爵閣下です。賊と一緒にいるんですが、今にも殺したそうにしていました」

「まあ、なんてこと。ほかの従僕たちはどうしたの？」

「ビルとカルは図書室にいます。今晩の玄関の見張りだったビルが叫び声を聞いて、みんなに知らせたんです。サムとウィルは一緒にここへ来ています」

「わかったわ」ブリジットはうなずいた。「ミセス・ブラム、あなたはメイドたちを厨房に連れていって、お茶をいれておいてもらえるかしら。この件が片づいたら、みんな欲しがるでしょうから」

「そのとおりですね」料理人はうなずき、面白い場面を見られないことに失望しているメイドたちを厨房に追いたてた。

「あなたたちは、わたしと一緒に来てちょうだい」ブリジットは従僕たちに言った。

自分のろうそくにボブのろうそくから火を移し、足早に廊下を歩きはじめる。従僕三人とピップを引き連れて屋敷の表側に行き、大階段をのぼった。ビルは叫び声で異状に気づいたとボブは言っていたが、今階上からは何も聞こえない。それがどうにもいやな感じで、ブリジットは足を急がせた。

もし公爵が侵入者を殺していたら、用意してもらっている紅茶を飲めるまで何時間もかかる。

彼女は二階に着いても足をゆるめなかった。図書室に近づくと、外に従僕がふたり立っているのが見えた。おびえた子どもみたいに、中に入らず、ただのぞき込んでいる。なんて役立たずなのだろう。ブリジットはふたりを押しのけて、図書室に入った。

ところが、すぐにかたまった。とんでもない光景が広がっていたのだ。

どこもかしこも派手な装飾が施されているヘルメス・ハウスだが、この図書室は抜きん出ている。羽目板張りの壁は海の泡のような緑色で、向かいあった二面に金のコリント式柱頭のついた黒大理石の円柱がずらりと対で並び、天井のアーチを支えていた。そのアーチの下に無数の本棚が立っている。何千冊もの本をおさめた、外国産の木で作った本棚だ。床は黒とピンク、二色の大理石の格子模様。天井にはヘルメス神の登場するさまざまな神話の場面が描かれており、どのヘルメスも一糸まとわぬ姿で、顔はモンゴメリー公爵にそっくりだった。

その図書室の真ん中で、公爵ともうひとりの男が向かいあっている。

モンゴメリー公爵は裸足で、背中に金と緑の龍が大きく刺繍された紫色のローブをまとっていた。巻き毛は結ばずに、肩に流れ落ちている。

三角帽をかぶり顔の下半分に黒いスカーフを巻いた人並外れて大柄な男とにらみあい、まるで決闘でもしているかのようだ。ふたりは相手の隙をうかがって円を描きながら動いているが、ブリジットは彼らの手にナイフが握られているのに気づいて衝撃を受けた。

公爵は小さなポケットナイフを左手で無造作に握っていて、その親指の金の指輪がきらりと彼女の目を射た。黒ずくめの男の手にあるのは短剣だ。

あれほど体格が違う男が相手では、公爵に勝ち目はない。それに小さなポケットナイフは、武器と呼ぶにはあまりにもちゃちだ。いったい公爵は何を考えているのだろう?

とにかくふたりを止めたいと思い、ブリジットが彼らのほうに歩きだそうとしたとき、大柄な男が動いた。頭を低くして公爵の体に飛びつき、そのまま本棚に激しく突っ込む。ものすごい音とともに、ふたりの上に大量の本がなだれ落ちた。

ブリジットの足元で、ピップが目の前の光景に異議を唱えるように、ひと声鋭く吠える。

男ふたりはもつれあって床に倒れ込んだ。侵入者のほうが上で、公爵の腕をつかんで押さえつけようと、背中の筋肉が盛りあがっている。けれども公爵は、ヘビのようなすばやい一撃で反撃した。金属のぶつかりあう音が響く。黒ずくめの男が、ポケットナイフを短剣で防いだのだ。その勢いで公爵の手から小さなナイフが飛ぶ。

ナイフは大理石の床の上を滑っていた。

そこでブリジットの耳が信じられない音をとらえた。公爵の笑い声だ。輝く金色の巻き毛を唇のあいだにはさんだまま、公爵が低い声で笑っている。

まるで友人と冗談でも言いあっているかのように楽しげだ。自分の屋敷の図書室で命をかけて戦っているなんて、みじんも感じさせない。しかも負けそうになっているというのに。

「降参しろ、モンゴメリー」左腕を公爵の喉にぎりぎりと押しつけながら、侵入者が迫る。

「そんなつもりはないね。わたしの家に、わたしの図書室に、わたしの聖域に侵入されたんだからな。おまえの舌を切り取って喉に詰め、雇い主のところに送り返してやる」

「寝言も休み休み言え」黒ずくめの男の声は、公爵よりもずっとまともに聞こえる。「きみは負けたんだ」

ブリジットは同意せざるをえなかった。派手な紫のシルクのローブに包まれた公爵の体は、大柄な男の体に覆い隠されてほとんど見えない。あれほど体格に差があるのだから、降参するべきだ。

彼女は唇を噛んだ。侵入者は公爵に脅迫された被害者なのだろうか？　だとしたら――。

「そうかな？」そう言ったかと思うと、公爵はまがまがしく湾曲した刃を持つ金の柄の短剣をいつのまにか取り出して、侵入者の喉に当てていた。黒いスカーフの下にのぞいている喉の皮膚が、短剣の刃でわずかに切れる。公爵が残忍な笑みを浮かべた。「わたしの上からおりろ」

気づくと公爵は右手にも短剣を持っていて、ブリジットは唖然《あぜん》とした。

侵入者の喉から、血がしたたり落ちる。

黒ずくめの男も、彼女と同じくらい驚いているようだ。彼は握っていた手を開き、短剣が音を立てて床に落ちた。「まあ、落ち着け」

男がゆっくりと体を引いたが、喉に当てられた刃は離れなかった。ふたりは目を合わせたまま膝立ちになったものの、男のほうは懸命に頭を高くあげている。「きみは左ききだと思っていた」

公爵はにやりとしたが、ほんの少し歯をのぞかせただけで、雰囲気がやわらぐような笑みではなかった。「どちらかに決めてしまうなんて、自らいろんな可能性を捨てるようなものだと悟ったのでね」

彼はすばやく手を伸ばして、侵入者の顔からスカーフをはぎ取った。現れたのは拳闘家のような顔だった。がっしりとした額と頬骨、明らかに折れた跡のある大きな鼻。三角帽とかつらはもみあっているときに落ちたため、短く刈った黒髪があらわになっている。荒々しいながらもハンサムな顔で、特に厚い唇はイタリアの堕天使といった趣もあり、魅力的だ。

とはいえモンゴメリー公爵と並ぶと、アラブ種の馬の横に立つ農耕馬にしか見えない。

「なんと、王室の荒事師じゃないか」公爵はため息をつき、ようやく男の喉からナイフを外した。立ちあがり、相手にもそうするように促す。そして男から目を離さずに、みなに合図した。「ミセス・クラム以外、みんな出ていってくれ。ミセス・クラムの犬も残していい。護衛や証人として必要になるかもしれないからな」

三人の従僕がそそくさと出ていく。

「ミセス・クラム、ドアを閉めて、こっちに来てくれ」公爵が呼びかける。

その言葉に従ってブリジットはろうそくを取りあげ、金の象の彫像に興味を引かれているピップを指を鳴らして呼び寄せた。寝る前に入浴させて以来、この犬を庭に連れていっていないと気づき、公爵の図書室で粗相をしないよう心の中で祈る。

「今まで王族の一員に会ったことはあるか？」彼女が近づいてくるのを確認して、公爵がきいた。

「いいえ、ありません」慎重に答える。

「じゃあ、今日は運がよかったな。紹介しよう。カイル公爵ヒュー・フィッツロイだ。ただし彼は正当な血統とは言えない。〝王の息子〟という意味の彼の姓は、庶子の家系に使われる」無表情なカイル公爵に、モンゴメリー公爵がふたたびヘビのような笑みを向ける。ブリジットはこの笑みが嫌いになりはじめていた。「うちのハウスキーパーのミセス・クラムだ。クリスチャンネームは彼女が教えてくれないからわからない。だが、わたしがつければいいだけの話だと思いついてね。どうだろう？　慎み深くて純粋だから、アニスというのは？それともすごく幸せそうだから、フェリシテとか？」

モンゴメリー公爵が横目でブリジットをうかがう。彼女は無表情を保とうとしたが、からかわれてちらりと怒りがのぞいてしまったらしい。

彼が低く笑って、カイル公爵に目を戻した。「何をばかなことを、という顔だな。いや、きみが正しいよ。どっちも彼女にはふさわしくない」そう言ったあと、目線は変えずに話しかける相手を変えた。「それにしても、なんて奇妙な男なのだろう。王子であって王子でない、あいまいな存在だ。なぜならカイル公爵はこの国でもっとも高貴なお方の子種から生まれたにもかかわらず、母親は単なる女優だからだ」モンゴメリー公爵はいきなりブリジットに顔を向けた。「ジュディス・ドワイヤーという名前を聞いたことはあるか？　ない？　そうだな、彼女はあまり――」

しゃがれた声が彼の言葉をさえぎる。「モンゴメリー」

ブリジットがまばたきをするまもなく、ふたたびカイル公爵の喉に短剣の刃が当てられた。彼女は思わず息を止めた。モンゴメリー公爵が本当にこの男の喉を切り裂くのではないかと思うと怖かった。

しばらくするとモンゴメリー公爵が短剣をおろし、彼女はそっと息を吸った――音がしないように。

「気をつけろ」モンゴメリー公爵がささやくと、ブリジットはぞっとして体が震えた。「きみの不用意な行動が、ハウスキーパーを怖がらせている。忘れるな。きみは招待されていないのに、こちらの陣地に乗り込んできたんだ。だからわたしは、きみを好きなように始末できる。どんなふうにも」やさしげに微笑む。

カイル公爵は自制心が強いと見え、まばたきもしなかった。「わたしが戻らなければ、いぶかしく思う人間がいる」

モンゴメリー公爵が青い目を無邪気に丸くしてみせる。「わかるだろう？　そこがきみとわたしとの違いだ。きみはそう言えば、わたしの気持ちを動かせると思っている。だが、違う。わたしはそんなことは気にしない。今この場で、アリでも踏みつぶすように簡単にきみを殺せる。良心の呵責など、まったく感じずに。いぶかしく思われてどうするかは、明日になったら考えるかもしれないし、ただ放っておくかもしれない。しかしどちらにしても、決めるのは日がのぼってからだ。今はまだ影がすべてを支配していて、わたしの血はざわめいている。きみの骨から肉をこそげたいと、体じゅうの筋肉が訴えているんだ。教えてくれ」彼は両腕をさっと広げた。「この堕落した世界の誰が、わたしから楽しみを奪えるというんだ？」

ぼんやりとしたろうそくの光が、散らばった本のあいだに立つモンゴメリー公爵を照らしている。裸足で紫のローブをまとい、宝石で飾られた短剣を掲げた彼の姿は、はるか昔、まだ人が文字など持たなかった頃に生きていたドルイド僧のように見えた。生贄《いけにえ》など許されないと、人が思うようになる前の時代の。

ブリジットは気づかないうちに彼の腕に手をかけていた。いつのまに自分が動いたのか、まるで思い出せない。これがもし昼間だったら、もっと理性的に行動できただろう。たっぷり眠ったあとだったら、よく考える時間があったら、少なくとも紅茶の一杯でも飲んでいれば、きちんと頭が働いたはずだ。

けれどもブリジットはモンゴメリー公爵にすでに触れていて、彼はとうてい人のものとは思えない危険な光を放つ目を彼女に向けている。

彼女はごくりとつばをのみ込んだ。唇が震えているが、かまわずに顎をあげた。

「やめてください。お願いです」

公爵が初めて聞く歌に耳を澄ますように首をかしげた。歌ではなく、耳慣れない音かもしれない。とにかく、新鮮なものに興味を引かれている様子だ。

彼はブリジットの手を取って握ったまま、カイル公爵に目を向けた。「行け。きみを送り込んだ人間に、失敗したと言うんだ。わたしはもう待つのには飽き飽きした。いいか、やつらにわたしが明日の一時にハイドパークで王と会いたがっていると伝えろ。王がみなの見ている前でわたしを認めなかったら、三時までにすべてを新聞社にばらす。わかったか？」

自分の懇願が雇い主である公爵を動かしたことに驚きながら、ブリジットは王の庶子を見つめた。モンゴメリー公爵に握られたままの手を、強く意識する。

カイル公爵は顎の筋肉をぴくりと動かしたが、黙ってうなずいた。

そして帽子とかつらと短剣を拾い、図書室から出ていった。

公爵が真っ青な目をろうそくの光にきらめかせながら、ブリジットの手を持ちあげた。

手首の内側に唇をつけ、軽く歯を立てる。

温かくやわらかな唇とざらざらしたひげを手首に感じて、彼女の体を鋭い衝撃が貫いた。

公爵が手を離し、手首が冷え冷えとした夜の空気に包まれた。「セラフィーヌ。情熱的なセラフィーヌ。きみにはこの名前がぴったりだ。さあ、犬と一緒にカイルを玄関まで送ってきてくれ。勝手に行かせて、途中でまた家探しでも始められたら困るからな」

心のない王子様は、たくましい若者に育ちました。背が高くがっしりとしていて、腕などまるでオークの木のよう。宮廷のほかの若者たちと戦うと、いつもボウリングのピンみたいに次々と倒してしまいます。やがて倒された者たちは、そのまま立ちあがらないでいるようになりました……。

『心のない王様』

5

ブリジットはカイル公爵を追いかけながら、必死で息を整えた。モンゴメリー公爵に親密に触れられたせいで、まだくらくらしている。ピップはうれしそうにはあはあ息をしながら、すぐうしろを追ってきていた。少なくともこのテリアは、自分たちがこれから楽しい夜の冒険に乗り出すと思っているのだ。

二階の廊下の端にいるカイル公爵が見えて、ブリジットは呼びかけた。「公爵閣下」

彼が足を止め、顔だけうしろに向けた。暗い表情で、近づいてくるブリジットを見つめている。

「玄関までご案内するよう、主《あるじ》に言われましたので」彼女はなるべく角が立たない言い方をした。貴族の泥棒を玄関まで護送するなんて、生まれて初めてだ。

カイル公爵が小さく頭をさげる。

彼の喉の傷を見て、ブリジットはためらった。まだ血がにじんでいて、いかにも痛々しい。彼女は心を決めた。

背筋を正し、なるべくきちんと部屋着を撫でつける。「わたしについていらしてください」

ブリジットは小さな犬と並外れて大柄な公爵をうしろに従え、階段をおりた。玄関の内側でボブが見張りをしている。すでに一度侵入されているので、気合が入っているようだ。彼女はボブにうなずくと、公爵を連れて厨房へ向かった。

予想どおり、そこには使用人たちが集まっていた。今夜起こった出来事を、興奮してしゃべりあっているに違いない。

ブリジットを見て、料理人が立ちあがった。「ミセス・クラム」

ブリジットはうなずいた。「ミセス・ブラム、小さいほうの客間まで、アリスにお湯と清潔な布を持ってこさせてくれるかしら。ああ、それからお茶もお願い」

返事を待たずに、カイル公爵を小さな客間に案内する。ラベンダー色に塗られたその部屋には壁面から浮き出すように装飾用の白い壁柱が立ち並び、そのあいだに金色の垂れ布が渡されている。ここが〝小さい〟と言われているのは、ローズ色の客間のほうが大きいからというだけで、小さいわけではない。

ブリジットは黙ったまま、公爵に紫と金の長椅子に座るよう促した。長椅子の前には、天板が大理石の低いテーブルが置かれている。「こちらに直接お連れして、お気に障ったのでなければいいのですが。ほかの使用人たちに紹介されるのは、おいやだろうと思いまして」

彼が黙って長椅子に腰をおろしたとたん、ドアを叩く音がした。

とてもかわいらしいが少々頭の回転が鈍いメイドのアリスが、ドアを肩で押し開けて入ってきた。湯の入った水差しとティーポットとカップをトレイにのせ、布を詰めた袋を腕に持っている。アリスは部屋に入るといきなり足を止め、目を丸くしてカイル公爵を見つめた。

「アリス、トレイをテーブルに置いてちょうだい」ブリジットはきびきびと指示した。あとから入ってきたピップが、部屋の奥のいくつも椅子が置かれているところへ行って、あちこちかぎまわっている。

アリスはトレイを慎重にテーブルにおろすと、ブリジットに布を詰めた袋を渡した。そして驚きの覚めやらない顔で、もう一度カイル公爵を見る。

「もう戻っていいわ」アリスにはいちいち指示が必要だとかなり前に悟っていたブリジットは声をかけた。

メイドが従順に出ていく。

ブリジットはふたり分のカップに紅茶を注いだ。「お砂糖とミルクはどうなさいますか?」

「どちらもいらない」カイル公爵がようやく口を開いた。ティーカップを受け取ってから続ける。「礼を言う。このお茶にも、二階でしてくれたことにも」じっと見つめられて、ブリジットは初めて彼の目が温かみのある茶色で、女性のような濃いまつげに縁取られていることに気づいた。荒々しい印象の顔の中で、目だけがかわいらしい。「きみのような立場にある女性にとって、雇い主の行動を止めるのはひどく勇気のいることだったに違いない」

どう返せばいいのかわからず、ブリジットは目をしばたたいた。彼の言葉を肯定すれば、モンゴメリー公爵の行動は間違っていたと相手に同調したと取られ、雇い主への忠誠心を欠く結果になるだろう。

カイル公爵は彼女の葛藤を見て取り、ゆがんだ——そしてとても魅力的な笑みを浮かべた。「何も言わなくていい。きみに感謝したかっただけだ。ああやって割って入ってくれなかったら、どうなっていたかわからない」

遠い昔の恐ろしい魔術師のように見えたモンゴメリー公爵の姿と、そのあと手首に唇をつけられた記憶がよみがえった。手首がひりひりと熱くなる。

「ええ、そうですね……」ブリジットは咳払いをして紅茶を口に含むと、ティーカップを置いた。湯の入った水差しに手を伸ばす。「お帰りになる前に、喉の傷の手当てをしておいたほうがいいでしょう」袋から布を取り出して湿らせる。「よろしいですか?」

彼がうなずく。

ブリジットは身をかがめ、喉の傷にやさしく布を当てた。

公爵が静かに息をのんだ。

傷は大きくはないが、彼女が思っていたよりも深かった。モンゴメリー公爵の短剣は、とても鋭いに違いない。彼はそれを恐ろしいほどの正確さで使いこなしていた。

そうできるのは、きっと相手を殺してしまってもかまわないと思っているからだ。

ブリジットは身震いをしてあわてて手を引き、首に巻くのに何か適当な布がないか、袋の中を探った。なるべくそっと触れたものの、傷からふたたび出血している。当て布をしておいたほうがいいだろう。

ようやくちょうどいいものを見つけて、傷にそっとあてがう。「押さえていていただけますか?」

カイル公爵が言うとおりにしたので、ブリジットは当て布を固定するために長い布を首に巻きつけはじめた。集中していたため、もうすぐ終わりというところでふと視線をあげたとき、初めてどれほど彼と体を寄せあっているかに気づいた。

長く濃いまつげに縁取られた目で見つめられ、思わず指がこわばる。

「きみの雇い主は悪党だ」公爵が淡々と言った。「さっきわかったと思うが、国王を脅迫している」

ブリジットはつばをのみ込んで視線を外し、包帯を巻く作業に集中した。

けれども彼の静かな声は、どうしても耳に入ってくる。「きみは分別のある、心根の正しい女性のようだ。雇い主のやっていることに賛成できないでいるんじゃないかな」

彼女は何も言わずに立ちあがり、使ったものを片づけはじめた。

「ミセス・クラム」腕をつかまれて、ブリジットはかたまった。公爵を見あげる。「仕事を失うかもしれないと恐れているのはわかる。だが、わたしを信じてほしい。仕事を探さなくてはならなくなったら、同じくらいよい働き口を必ず紹介しよう。簡単な頼みだ。どんな情報でもいい、国王の役に立つ情報が手に入ったら、わたしに知らせてくれ」

「でもさっき、モンゴメリー公爵の要求を受け入れておられましたよね？」落ち着かない気持ちで、ブリジットは顔をしかめた。「反故《ほご》になさるおつもりですか？」

「いや」彼が苦々しげに笑う。「モンゴメリーは必ず脅しを実行するだろう。そうしたら恐ろしいことになる」

「今回の件に関係ないのなら、わたしに何ができるんですか？」

「やつは絶対に手紙を一部、手元に残しておく。脅迫者というのはそういうものだ。今までにも何人も見てきたからわかる。モンゴメリーがわたしをなんと呼んだか覚えているか？あれはまさにぴったりな言葉だった」カイル公爵は自嘲するように顔をゆがめた。「わたしは〝荒事師〟。王に関する表沙汰にはできないもめごとを、ひそかに処理する。そして今、モンゴメリーが握っているのは、まさにもめごとを引き起こすものだ。公表されれば王の権威は傷つき、この国は混沌に陥るだろう。以前そういう事態になったときは内乱が一〇年以上も続いて、何千人もの人間が命を落とし、家族はばらばらになった」茶色の目に浮かぶ表情をやわらげ、彼女を見る。「きみはそんなことを望まない。わたしにはわかっている」

ブリジットは返事をせず、部屋を出るドアを開けた。「どうぞ」

カイル公爵はため息をついたが、黙って廊下に出た。

ピップが元気よく走ってきて、あとに続く。

ブリジットは公爵を玄関まで連れていき、外の階段をおりるのを見守った。月のない夜で、ロンドンの街はまだ暗い。彼は別れを告げると、暗闇へと消えていった。ブリジットはピップが用を足すのを震えながら待ち、中に戻った。

厨房に行くと、寝に戻った者もいたが、ほとんどの使用人はそのまま起きていた。彼らを見まわして提案する。「今夜はいろいろあったけれど、朝の仕事を始めるまで、まだ一時間くらいあるわ。ベッドに戻って、少しでも眠ったらどうかしら」

みんながっかりした顔で肩を落とし、ひそひそとささやき交わすのを見て、その提案が期待されていたものではなかったとわかった。でも、そうするのが一番理にかなっている。

それにとにかく、ブリジットは疲れきっていた。

狭い自分の部屋に戻ると、しっかりとドアを閉めて部屋着を脱いだ。ほっとした気分でベッドに入り、上掛けを肩まで引きあげて、小刻みに震えている体を覆う。夜明け前のこの時間、火は灰に埋もれている。いつもなら寝ているので、それでかまわないのだ。

ピップが腰の横に飛びのってきて、ベッドが揺れた。犬は何度か向きを変えたあと、落ち着く場所を見つけて丸くなった。

ブリジットは上掛けをさらに引っ張り、冷えた鼻を隠した。たちまち眠気に襲われる。それにしても、なぜカイル公爵の頼みを承諾しなかったのだろう？　どう考えてもカイル公爵は善なる目的のために働き、モンゴメリー公爵は……自らの利益のために行動している。つまり彼は悪なのだ。機会があったのに、そんな彼を裏切らなかったわけが自分でもわからない。ブリジットは、モンゴメリー公爵に触れられたときのことを思い出した。自分は女なのだと、まざまざと感じさせられた。でもたったそれだけで、自分は名誉を売り渡してしまったのだろうか？　手首にちょっと唇をつけられ、歯を立てられ、舌を這わせられたくらいで。もしかしたら、〝ルールなんてくそくらえだよ〟と言ったときのモンゴメリー公爵の目に、心を奪われてしまったのかもしれない。腕に触れると、カイル公爵を脅すのをやめて振り向いたときの彼の目が思い浮かぶ。ブリジットをばかげた異国風の名前で呼んだときの彼の目が忘れられない。

あの目は、彼女をただの使用人ではなくひとりの人間だと認めていた。

ブリジットの心は千々に乱れ、ピップがそれを感じ取ったかのように大きなため息をついた。

翌日の午後、ハイドパークに馬を乗り入れながら、バルは懐中時計に目をやった。金のふたの内側には、薄いピンク色のビーナスが軍神マルスのものを口に含んでいるみだらな場面が描かれている。マルスではなく、火と鍛冶の神ウルカヌスかもしれない。どちらにしても、浅黒い肌の神は赤で描かれている。もしかしたら、赤いのは女神にしてもらっていることのせいだろうか。どちらにしても、文字盤はふたとは反対に淡々と正確に時を刻んでいた。一二時四五分。つまり彼は予定どおりの時間に、公園の南側に到着した。社交界の面々が好んで行き来する乗馬用道路《ロットン・ロウ》に。

バルは時計のふたを閉めてベストの中にしまうと、去勢馬を南に向けた。金の懐中時計を見たことで、頭にミセス・クラムの姿が浮かんでいた。夜中に突然起こされたら、ほとんどの女性は乱れた格好でベッドから出てくる。髪を巧妙に乱し、肩をあらわにして、男の気を引くようにずり落ちたシュミーズから胸をのぞかせているものだ。

それなのに、彼のハウスキーパーはまったく違った。

ミセス・クラムは昼間にかぶっている醜いモブキャップをうわまわる、ひどいナイトキャップをかぶっていた。両側に大きな耳垂れがついていて、それで顎までおろして結べるようになっているものを。たぶん、彼女は禿げているのだ。そうひらめいたあと、バルは本当にその可能性があるか考えはじめた。ハウスキーパーが禿げているかもしれないという考えに、妙に心をそそられる。そういえば、彼女の髪を見たことがあっただろうか？　黒っぽい巻き毛が飛び出ているのを見た気もする。

勘違いか？

それに、あの部屋着。

バルは彼女の着ていただぶだぶの部屋着を思い浮かべた。白地に小さな灰色の模様が散っている、なんの変哲もないものだったが、あんなにたっぷりと布が使われていては体の線がまるでわからない。足の先すら見えなかった。

もし彼がミセス・クラムの服を選ぶとしたら――そうしてはいけない理由があるだろう

か？――赤を着せる。ローズレッドや緋《ひ》色や官能的な真紅を。あの異端審問官のような暗い色の目は、真紅のドレスに映えて燃えるような光を放つだろう。その姿は神秘的で美しく、どんなに女らしいことか。

そんなふうに考えた自分にバルは驚いた。平凡なミセス・クラムが美しいだって？　ほとんどの人間がそうは思わないだろう。だが、彼女が燃えあがる感情に身を焦がせば――。

「モンゴメリー」

無粋なだみ声が右手から響いてきた。魅惑的なハウスキーパーの白昼夢にふけっていなければ、もちろん先に相手の存在に気づいていたはずだ。

それなのにうかつにも心の準備をする前に、無蓋の馬車からウェークフィールド公爵ににらみつけられるはめになってしまった。

「ロンドンでいったい何をやっている？」

馬車を並べていたカップルが、速度を落として様子をうかがっている。そしてさらにもう一台が、異変に気づいたようだ。

長身でいかにも貴族らしい風貌のウェークフィールドは、いつもこんなふうに人をにらみつける。バルと同じくらい古い家系の生まれだが、ふたりの共通点はそれしかない。幼い頃から公爵の義務を叩き込まれたウェークフィールドは、今や議会で権勢をふるう社交界の中心人物であり、王の側近だ。要するに退屈な男で、あまりのつまらなさ加減にバルは嫌悪を覚えずにはいられなかった。

ウェークフィールドの横には、知的な顔に印象的な灰色の目をしたごく平凡な女性が座っている。突然社会的なしきたりを投げ捨て、美人ではない愛人を持つことにしたのでない限り、あれは公爵夫人だろう。

まあ、彼女の目はなかなか魅力的だが。

バルはウェークフィールドを黙殺して女性にゆったりと微笑みかけ、お辞儀をした。

「これは公爵夫人。お目にかかるのは初めてですね。わたしはモンゴメリーと申します」

「知っています」美しい低音で、彼女がぴしゃりと返した。「わたしの大好きな義妹を誘拐した人でしょう」

バルはうめいた。「正直に言って、あれはちょっと行きすぎでした」

「ちょっと行きすぎどころか犯罪だ」ウェークフィールドが割って入る。「紳士としてわたしに約束したはずだろう。二度とイングランドには戻らないと」

「そうだったかな?」バルは目を見開いて返した。「そんなことを言ったなんて、とんと覚えていないが――」

「きさまがしたような行為に対しては、それ相応のルールがある――」

「あんたのルールなんて、くそくらえだ」バルは低い声で早口に吐き捨てた。

ウェークフィールドが大きく息を吸う。「そういうつもりなら、法廷に引きずり出すこともできるんだぞ」

「本当にそうかな?」血がものすごい勢いでめぐりだし、どくどくという音が頭の中に響いた。せばまった視野が、目の前の男でいっぱいになる。

ウェークフィールドが拳を握ったり開いたりしているのが見えた。

バルはベストのボタンをふたつ外した。内側には、必要になったらすぐ取り出せるよう、短剣を二本忍ばせてある。

バルはにやりとした。「あんたの妹はとてもかわいらしいお嬢さんで——たしか新婚ほやほやだ。お祝いを言わせてもらうべきだろうな。だが彼女の結婚は、誘拐という醜聞のために急がざるをえなかったようじゃないか。醜聞というのは、まったく厄介なものだ。人の評判をめちゃくちゃにする」

ウェークフィールドの喉から、野生の獣そっくりの低いうなり声がもれた。公爵夫人が夫の腕に手をかけて制する。人々がめめごとの気配を察し、排泄物《はいせつ》に群がるハエのように集まってきている。どうすればウェークフィールドの自制心を突き崩し、われを忘れさせられるだろう？　バルは頭の中に響く雷鳴のような脈動を聞きながら、考えをめぐらせた。挑発的な言葉をさらに投げつけてみるか。それとも彼の妻に意味ありげな笑みを向けてみるか。

ベストの内側に手を滑り込ませ、短剣の柄に触れる。

生死をつかさどる、剃刀《かみそり》のように鋭い刃にも。

そのとき、ゆったりとした馬の足音が響いてきた。馬車の車輪がきしむ音と、人々がささやき交わす声が聞こえる。

バルは振り返った。

王の馬車が近づいていた。

王妃と並んで座っている国王は、無表情にまっすぐ前を見つめている。けれどもすれ違いざまに、王は彼らに向かってはっきりとうなずいた。ウェークフィールドに一回。そしてバルにも一回。

馬車はそのまま走り去った。

バルは深く垂れていた頭をあげた。彼の勝ちだ。もうウェークフィールドと争う必要はない。

彼はベストに差し込んでいた手を引き抜きながら、わきあがってきた失望の念を抑えた。


「お座り」その日の夕方、ブリジットは庭で犬に毅然《きぜん》として命令した。

足元では片耳を立て片耳を寝かせたピップが、用心深い目でブリジットの顔と彼女の持っているパイのかけらを見比べている。

ピップがためらいがちに尻尾を振った。

でも、座る気配はない。

彼女の横でメフメトがくすくす笑う。「この犬は〝お座り〟の意味が全然わかってないみたいです」

ブリジットはため息をついた。メフメトの国では、ふつう犬はペットとして飼うものではないようだ。そのためか彼はピップに興味津々で、ブリジットが野生のトラでも手なずけようとしているかのように、少し警戒しながらも目を離せないでいる。

「そうかもしれないわね」彼女は辛抱強く応えた。「この子は練習が足りないんじゃないかしら」自分も飼い主としての修行が足りないのかもしれない、とちらりと考える。なんといっても、犬を飼うのは初めてなのだ。ブリジットは咳払いをして、もう一度試みた。「お座り」

そう言われたとたん——おそらく単なる偶然だろう——ピップが地面にお尻をつけた。

「やったわ！」彼女はすぐにパイのかけらを落としてやった。ピップがあっというまに平らげ、メフメトが歓声をあげる。

ピップはメフメトの声に驚いてぱっと立ちあがり、興奮して吠えながらふたりの足元を跳ねまわった。おそらくこれで訓練の成果は台なしだと、ブリジットはため息をついた。けれどメフメトが楽しそうに笑いながら彼の国の言葉で犬に話しかけているのを見て、その考えは心の中にしまっておくことにした。顔をあげて、秋の日差しを浴びる。秋が深まったこの時期に、ロンドンでこれほどの晴天に恵まれるのは珍しい。彼女が外に出てその恩恵を受けられることは、さらにまれだ。でも昨日は夜中に起きて働いたのだから、と三〇分の休憩を自分に許した。ヘルメス・ハウスの庭には先端が刈り込まれた小ぶりの木が数本あり、深紅のれんがの壁を背に、秋になって色を変えた葉が映えている。その光景はきれいに剪定《せんてい》された常緑の箱型の生け垣と対照をなして、美しい。

ブリジットは唇を噛み、視線を落とした。おそらくルールを無視する公爵の傍若無人な姿勢に、彼女も影響を受けているのだ。

厨房の裏口のドアが開いて、アルフが急ぎ足で出てきた。

ブリジットは眉根を寄せた。公爵はアルフになんの用があったのだろう？

使い走りの少年は生意気な仕草で手を振り、厩舎に消えていく。

ブリジットはスカートを撫でつけた。「さあ、いらっしゃい。仕事に戻る時間よ」

メフメトは真面目な表情になって彼女に従ったが、ピップはまだ遊び足りないらしい。ちょこちょこと歩いては飛びあがり、少年の上着を引っ張る。

「ここはすてきなお屋敷ですね。すごく寒いけど」歩きながら、メフメトが言う。

ブリジットは微笑んだ。冬になって雪が降ったら、彼はどうするのだろう？「故郷では、大きな家に住んでいたの？」

「ここほどではないです。だけど庭に噴水があって、暑い日はそこで涼めました。父さんは香辛料を扱う商人で、妻をふたり持てるほど裕福だったんですよ。ぼくは三番目の息子で、父さんのお気に入りでした」メフメトが彼女に笑いかけた。

ブリジットは眉をひそめた。少年の言葉を聞いて足を止める。異国の地ではいろいろと事情が違うのだろうけれど、妻をふたり養い、住み心地のいい屋敷を持つ裕福な男の息子は、かの国でも召使いになどならないのではないだろうか？

「なぜ公爵閣下にお仕えすることになったの、メフメト？」

楽しげだった少年の顔から笑みが消えたので、ブリジットは後悔した。

「父さんがベジィール・イ・アーザムとけんかしたんです」彼女がいぶかしげにしているのに気づいたらしく、説明をつけ加える。「ベジィール・イ・アーザムっていうのは、すごく偉い人です。王みたいに。でも王じゃない。王の友だちって感じでしょうか」

ブリジットは一瞬考え込んだ。「首相のようなものかしら？」

「それはどんな人ですか？」

そこで彼女は、ロバート・ウォルポール卿について説明した。少年が熱心に聞いているので、ウォルポールの国王との関係や政権内で果たしている役割を、できる限り詳しく教える。少年はかなり複雑な概念を、言語の違いにもかかわらずすばやく把握した。

「ええ、そうですね。たぶん同じようなものだと思います」新しい言葉を覚えて、うれしそうにしている。「首相、首相」小さな声で数回繰り返したあと、メフメトは話を続けた。「ベジィール・イ・アーザムは馬が好きで、ある馬を買いたがっていました。でも父さんが、知らないでその馬を買ってしまったんです。ベジィール・イ・アーザムはものすごく怒りました。馬を渡せと言い、父さんはもちろん従いました。何度も何度も謝って。でも、遅すぎたんです。運命は、もう決まってしまっていました」

「どうして？」理解できずに尋ねる。

「馬なんです」メフメトは説明を始めた。「ぼくたちは戦い好きな馬をいい馬だと思います。そういう馬はすごく強くて、すごく速くて、すごくきれいですから。ベジィール・イ・アーザムが欲しがって、父さんが買ってしまった馬は、まさにそういう馬でした。そしてうちに来てすぐ、厩舎で男たちに逆らって、壁に体をぶつけてひどいけがをしてしまったんです。それで父さんは仕方なく、馬の大事な部分をちょん切りました」少年が手を使い、その部分を切り取る様子を生々しく描写してみせたので、ブリジットはさっさと目をそらせばよかったと後悔した。「馬の子を作れなくなったので、ベジィール・イ・アーザムはすごく怒りました」

「それでどうなったの？」ようやく話の流れを理解して、彼女はきいた。ピップはふたりから離れ、上半身を生け垣の下に突っ込んでいる。変なものを見つけたのではないといいけれど。

メフメトが肩をすくめた。「ベジィール・イ・アーザムは支払いを求めました。大事な部分がなくなってしまったのだから、支払いは大事な部分でしろ、と」

ブリジットは口をあんぐりと開け、しばらくそのまま閉じることができなかった。

「でも、それってどういうことなの？」

少年がため息をつく。それは彼の若さとはあまりにも不似合いな、人生に倦《う》んだような皮肉な響きを帯びていた。「つまり、ベジィール・イ・アーザムは父の血を引く男が大事な部分を差し出すことを求めたのです。父には息子たちがいました。兄たちにもそれぞれ息子がいました。でも、ぼくは？」ふたたび肩をすくめた。「ぼくはまだ若くて、息子がいません。あの馬と同じです。ベジィール・イ・アーザムはぼくの大事な部分をちょん切って奴隷として売り払えば、父を許すと言いました」

「でも……そんな……」どうしても言葉が出てこなかった。残酷な話に衝撃を受け、呆然《ぼうぜん》としてしまう。とはいえ、この国の貴族たちだって、さらに非道な行いをすることもあるとわかっていた。世界じゅうどこでも、権力者は好き勝手にふるまうものらしい。ブリジットは慎重に尋ねた。「それで、あなたは……？」

メフメトの顔に笑みが広がって、うれしそうに輝く。「ちょうどそのとき、公爵がベジィール・イ・アーザムのところに来ていました。そしてぼくを見て、気に入ってくれたんです。公爵はベジィール・イ・アーザムにこんな大きなルビーを見せました」彼は親指と人差し指を六センチほど離した。「〝大事な部分がついたままのメフメトと交換に、これを差しあげましょう〟って公爵が言ってくれたんですよ。ベジィール・イ・アーザムが〝それはすばらしい！〟と言ったので、ぼくは公爵と一緒にこの国に来ました！」少年は意気揚々と語り終えたあと、少しだけ沈んだ様子になってつけ加えた。「でも、ときどき母さんが恋しくなります」

「それは当然よ」自分も働きはじめた頃、母親が恋しかったことを思い出して、ブリジットは同情した。

それにしても、この話には公爵の新たな一面を見る思いだった。彼はメフメトを恐ろしい運命から救ったのだ――とてつもなく高価なものと引き換えに。悪の権化とも言うべき男だという今までの印象とは、まったく相容《あいい》れない。それになぜ公爵はメフメトを助けたのだろう？　単なる気まぐれなのか、それとも別の理由があるのか。

ブリジットは咳払いをした。「それで今、あなたは公爵閣下がひげを剃ったり身支度したりするのを手伝っているのね。ほかにも何か……閣下のためにしてあげているの？」

「はい！」メフメトが誇らしげに言ったので、彼女の心は沈んだ。もし公爵がこの賢くもいたいけな少年に本当に性的な奉仕をさせているのなら、絶対に許せない。「ぼくの国の言葉の読み書きを教えてあげたり、小太鼓を叩きながら歌ってあげたりしています。ぼくの声はきれいなので」少年が謙遜のかけらも見せずに言うと、ブリジットは彼にキスをしたくなった。

「きっとすてきな歌声なんでしょうね」明るい気分になって、ちらりと笑みを見せる。「身の上を聞かせてくれてありがとう、メフメト。そろそろ公爵閣下のところに行って、ご用がないかきいてみたほうがいいと思うわ」

けれども公爵が今用があるのは、メフメトではないと判明した。

「セラフィーヌ！」ブリジットが公爵の寝室に入ると、声が飛んできた。挨拶代わりなのか、彼が裸の腕を差しあげる。公爵は入浴中だった。

「閣下」ブリジットはいかめしさを崩さずに返した。セラフィーヌなどという名前ではないと主張しようかと迷って、無駄だと思い直す。「わたしをお呼びだそうですが」

「そうだったかな？」公爵が天井を向いたまま言う。「ああ、そういえばそうだった。では椅子を持って、こっちに来てくれ。そうすればきみもくつろげるだろう。さあ、早く」銅の浴槽の縁に前足をかけて好奇心旺盛に湯のにおいをかいでいるピップに向かって、彼は顔をしかめた。「一緒に風呂に入れてやるほど、わたしたちは親しくないぞ」

公爵が水面をはじいて、ピップの顔に水を飛ばす。

犬はくしゃみをして、浴槽の縁から落ちた。そしてもう一度くしゃみをして頭をぶるぶる振ると、決然としてベッドへ向かい、その下を探りはじめた。

ブリジットは椅子を見つけ、浴槽から一・五メートルほど離れた安全な場所に置いた。

上を向いたままの公爵の顔に笑みが浮かぶ。彼は舌を鳴らした。「そんな臆病なことでどうする」

この謁見をなんとか事務的にやり過ごすのだと思いながら、彼女は咳払いをした。今、目の前にいるのが誰なのか忘れてはならない。それに彼はまたも裸なのだ。

「なんのためにお呼びになったのですか？」

「そうだな」ブリジットをじらすつもりか、公爵が間延びした調子で応えた。水を飛び散らせながら両手を空中に差しあげ、魔法の呪文でもかけるようにくねくねと動かす。「天体の公転について、きみと語りあいたかったからかな。星たちは天空を動いていくとき、歌を歌っているんだろうか？　どんなに性能のいい望遠鏡をのぞいても、われわれには聞くことのできない歌を」彼は首をかしげ、急に腕の動きを止めた。「イタリアの異端者は違うと言っている。歌うのは太陽だけだと。しかつめらしいニュートンも、これに同意している。そこできみの意見を聞きたい。もしすべての星が太陽を中心にまわっているというのが本当なら、なぜ法王に従う者たちはみな、これを否定するのだろう？　神は死んだのか？　それとも神は星々を使って玉突きゲームでもしているのか？」公爵はブリジットに指を突きつけた。真っ青な目をらんらんと光らせている。「それから、この疑問にも答えてほしい。情熱的なハウスキーパーよ、もしニュートンのような説を唱える者たちの考えが正しいとしたら、なぜわれわれはみな太陽に激突し、熱く燃える火に焼かれて無に帰してしまわないのか？」

一瞬、沈黙が落ちる。

彼女は咳払いをした。「わたしの理解しているところでは、地球の推進力のためだと思います」

公爵がぱたりと両手をおろす。「なんと言った？」

ブリジットは頬が熱くなるのを感じた。「その話をなさっていたんじゃないんですか？地球は太陽のまわりをまわっているというミスター・ガリレオの理論と、彼が法王にとらえられているという恥ずべき事態と、ミスター・ニュートンによる重力の発見についての話を。そして地球はなぜ太陽に引き寄せられて爆発しないのかと質問なさったので、地球が太陽のまわりをまわっていて生じる推進力のためだとお答えしました。少なくとも、ミスター・ケプラーはそう書かれていたと思いますけれど」最後の部分は声が震えてしまった。

公爵が浴槽の中で腕組みをし、そこに顎をのせてブリジットを見つめた。こんなにも美しい裸の男性、しかも公爵が、彼女ごときに注目している。ただのブリジット・クラムに。ろうそくの光にアラバスターのような光沢を放っている肩や、金色の髪が首筋で濡れてカールしているさまに、彼女は思わず見とれた。

「きみはどうやっても解けないパズルのようだ。いつケプラーなんか読んだんだ？」しばらくして、彼がつぶやく。

「田舎のお屋敷でメイドをしていたときに、荒れ果てた図書室がありました。虫が食っている本もあって、そういうものは燃やしてしまいなさいと奥様が言われたんです。ですから、その前に部屋に持って帰って読みました」急いでつけ加えた。「盗んだのではありません。言われたとおり、ちゃんとあとで燃やしましたから」

「ほかには何を読んだ？　ケプラー以外に」公爵がささやき声で尋ねる。

ブリジットは肩をすくめた。「ローマ帝国の歴史の本、イングランドの魚類と水生動物についての本、料理の本、それからシェークスピアの悲劇です」

「それはまた、多岐にわたっているな」

「それしか手に入る本はありませんでしたから」公爵がばかにするなら、彼女はどんな罰を受けてもいいから、すぐに部屋を出ていくつもりだった。

「じゃあ、今言った本を読んだのか？　全部？」

「そうです」

「すべてのページを？　イモリについても？」

「はい」

「ああ、セラフィーヌ」彼が吐息とともに言った。面白がっているようには聞こえない。それどころか驚き、感心している。

「これからはもう、苦労して本を手に入れる必要はない」公爵は大きな水音を立てて、上半身を起こした。「この図書室の本は好きに読んでいい。きみに対する賞賛のしるしだ」

ブリジットは彼を見つめた。「わたしは――」

公爵はにやりとしたが、意地の悪さはかけらもうかがえなかった。「この図書室の本を見てまわったことは？　どんな本があるか目を走らせ、本の背に指を滑らせたことは？」

彼女の頰がふたたび熱くなった。もちろん公爵の言葉は当たっている。ここには金箔を用いた大型の彩色写本から、レースの模様と見まがうばかりの繊細な文字の並ぶ小型本までそろっているのだ。ぴかぴかの新しい本ばかりずらりと並んだ棚が何列も続くかと思えば、軽く触れただけでばらばらになりそうな古い本のおさめられた棚もある。

公爵の図書室はすばらしいとしか言いようがない。

「ありがとうございます。なんてご親切なんでしょう」心からの感謝を口にする。

「違うな、ミセス・クラム。わたしにはいろいろな面があるが、親切というのはその中にはない」

ブリジットは彼を見つめ、反論できないと気づいた。「そうだとしても、やはりお礼を申しあげます」

「そうだとしても、か」公爵が音を立てて両手を打ちあわせると、驚いたピップがベッドの下から這い出し、わんと吠えた。尻尾に埃の塊がついている。「静かにしろ」彼の命令に、犬はおとなしく座った。

ブリジットは思わずピップをにらんだ。

「ところでミセス・クラム、きみを呼んだ理由だが」ブリジットがあわてて視線を戻すと、公爵がいたずらっぽく目を光らせていた。「わたしの計画が実を結んで、敵に完全な勝利をおさめた。国王が公衆の面前で、わたしの存在を認めたんだよ。王の息子の手紙はすでにあちらへ渡した。そこでだ、わたしのロンドンへの帰還を祝って、勝利の舞踏会を開こうと思う」

彼女は即座に公爵の言葉に集中した。彼が望んでいるであろう規模の舞踏会となると、おそらく準備に一カ月はかかる。

公爵が笑顔で宣言した。「舞踏会はきっかり二週間後だ」

年老いた王様が死ぬと、心のない王様があとを継ぎました。王様は自分の国をもっともっと大きくしたいと考え、黄金の鎧《よろい》に身を包んで、次々とまわりの国に攻め入りました。心がないため情けをかけることなく、ひたすら敵の兵士たちを蹴散らして……。

『心のない王様』

6

二週間後、バルは大広間の隅に立って、勝利の美酒に酔いしれていた。ロンドン社交界における主だった人々は、全員集まっている――何人かには招待を断ればどういうことになるか遠まわしに、あるいはそれほど遠まわしでなく伝え、本人たちの意思に反して無理やり出席させた。かかとの高い靴でよろよろと歩いているあの男は、年老いた放蕩《ほうとう》者だ。高く盛りあげたかつらの下に紅を塗った不気味な顔をのぞかせていて、かつて王や王妃の耳にさまざまな秘密をささやいていたが、今は恐ろしい病で死にかけているという噂だった。向こうに見えるのは、議員の若き妻。夫よりよほど賢くて抜け目がなく、そもそも議員が当選したのは妻のおかげらしい。著名なホイッグ党の一家の出である彼女は、父親と兄ふたりも議員だ。

義理の姉と妙に仲がいいのが、何やら興味深い。それから、あの隅で絵入りの扇の陰から用心深くあたりを見まわしているフランス貴族は、母国の政府や彼の言い値を支払う者たちに情報を売っている。

バルは微笑み、可能性と駆け引きに満ちた空気を吸った。なんとすばらしいのだろう。温室で育てられた何百本ものピンクや白の薔薇で飾られた大広間には、濃厚な香りが漂っている。窓には金色の布が垂らされ、壁沿いに置かれたいくつものテーブルのところで結ばれていた。これらの色は何十人もいる従僕たちのお仕着せにも使われているが、従僕の多くは舞踏会のためだけの臨時雇いだ。

目の前にバルの世界が広がっている。このすべてを、彼が支配している。

バルは顔をほころばせると、金のステッキを握って、自らが創造した世界へと踏み出した。皮肉をこめ、カイル公爵に会釈する。彼はワインを飲みつつ、警戒するような視線を返してきた。

今夜はあちこちでこういう表情を見かける。

バルは王族の一員と挨拶を交わしたあと、ダイモア公爵レオナール・ド・シャルトルに出くわした。若い頃のダイモア公爵は長身で広くたくましい肩を誇っていたが、今はその肩も丸まっている。うしろ髪をシルクの袋で包んだ優雅な袋かつらをつけているものの、かえって顔の劣化が強調されているようだ。

バルは父親と同年代のダイモアに向かって、仰々しくお辞儀をした。体を起こすときに、相手がコーヒーで染まった歯をあらわにして笑みを浮かべているのが目に入る。

ダイモアは茶色い染みの浮いた手を、バルの腕にかけた。「モンゴメリー！　色男ぶりに、さらに磨きがかかったじゃないか。それにしても、ようやくきみがロンドン社交界に正当な地位を占めると決意してくれて、こんなにうれしいことはない。ずいぶん長く、われわれのもとから離れていたからな」紫色の唇を意味ありげにゆがめ、最後の部分を強調する。

「それはどうも。世界をほぼ一周して戻ってきたら、何もかも変わり、人々はよぼよぼに年を取っていて、びっくりしましたよ」

あからさまな侮辱にも、ダイモアの笑みは揺らがない。だが、口の端のしわは深くなった。

「ほかの場所でも正当な地位を得ようという気はないのか？　お父上ならきっと、それを望まれたと思うが」

ダイモアは関節の節くれ立った大きな手を、バルの腕から肩に移した。

バルは息をひそめ、ダイモアの手を見つめた。袖が折り返されていて、手首の内側の小さな刺青が見えている。イルカの刺青だ。「本気ですか？　あの……組織は、もう活動を停止したと思っていました」

「いやいや、まさか！」ダイモアが含み笑いをした。「変わらずにやっているよ。それどころか、きみのお父上がいた頃より盛んになっているかもしれない。大勢のメンバーが加わってくれてね。あとは、わたしが引退したあと組織を率いてくれる人間だけが足りない」

バルはダイモアを見あげた。明るい緑色の目は血走っている。はるか昔、オオカミの仮面のうしろから、同じ目がぎらぎらと輝いていた。けれどもダイモアがほのめかしたことは、権力を得るためのひとつの道だ。その道を選んで権力を手にすれば、この国の何十人もの貴族を意のままに操れるようになる……。

バルは鼓動が速まるのを感じながらも、穏やかな笑みは崩さなかった。「条件をのんでいただけるのなら、おっしゃるとおりにしてもいいかもしれませんね」

ダイモアの笑みが満足げに変わった。まるで、きわめて美しい女性か……あるいは少年の口で昇天させられたあとのように。「では、打ちあわせをしなくてはならないな。わたしのところへお茶を飲みに寄ってくれないか？」

「そうさせていただくかもしれません」バルはふたたび大仰にお辞儀をすると、ダイモアから離れた。少し抜け出して二階に行き、手早く入浴しようかと考える。

そのときレディ・アン・ヘリックが、バルがまだ紹介されたことのない女性と腕を組んで近づいてくるのが見え、気が変わった。裕福な未亡人であるレディ・ヘリックとは、去年の春に関係を持った。気を引くようにふくれてみせたところを見ると、焼けぼっくいに火をつけたいようだが、バルのほうは目新しさの失せた彼女に興味はない。でも、彼女の友人となると話は別だ。小柄で胸の大きい赤毛――おそらくヘナで染めている――の女性は、その雰囲気からして男と遊び慣れているに違いない。彼が赤毛の女性に向かって眉をあげてみせると、レディ・ヘリックの笑みが急に薄れ、逆に彼女の友人の顔はぱっと輝いた。

バルが明日の朝、この偽の赤毛の女とベッドにいるのを見つけたら、ミセス・クラムはどんな顔をするだろう？　慎重に感情を抑えて非難の視線を向けるのか、それともこらえきれずに怒りをのぞかせるのか。辛辣なひとことを投げつけてくる可能性もある。そうなったら、彼女との応酬はさぞかしすばらしいに違いない。ミセス・クラムの頬が、激しい感情に紅潮していくさまが目に見えるようだ。

そうしたら両手をそこに当てて、熱さを味わおう。彼女の感情を吸収するかのように。

「バル」

イブの声が聞こえ、彼は笑みを浮かべたまま振り返った。

妹が真面目な表情で、こちらへ向かってくる。あの男を横に従えて。「バル、いったい何をしてこうなったの？　どうやってロンドンの社交界に返り咲いたの？」

だが妹の姿を目にしたときから、彼の頭はもっと重要なことでいっぱいになっていた。ぞっとしながら、彼女に言葉を投げつける。「いったいなんてものを着ているんだ」

イブがドレスを見おろした……一応それは、ドレスと呼べるものではあった。美しいか美しくないかは別として、体をきちんと包んでいるのだから。

彼女が傷ついた表情になった。「新しいドレスを気に入ってくれないの？」

「黄色じゃないか」バルはつばをのみ込み、顔をそむけた。これ以上、そのドレスを見ているのは耐えられなかった。

イブの隣にいる男が、じれったそうに身じろぎをする。「ところでモンゴメリー――」

「きみとぼくは色あいが同じだ。金髪に色白の肌、青い目」バルは妹に訴えた。ちゃんと順を追って説明すれば、理解させられるだろう。それにしても、愛とはここまで人に正気を失わせるものなのか。

「ええ、わかっているわ」彼女はきょとんとしている。

「青だ。ふたりとも青が似合う」バルは簡潔に言った。すっかりのぼせあがっている妹の頭は、これ以上複雑な言葉を受けつけないだろうと考えたのだ。

彼は両手を横に広げ、自分の着ている銀色がかった淡い青色の上下をイブに見せた。

「わかるだろう？」

突然不可解な事実が頭に浮かんだとでもいうように、エイサ・メークピースが鼻の頭にしわを寄せる。「だがきみはいつも、ピンクを着てうろついているじゃないか」

「ああ、そうだ」いらだったバルは、手を振ってその意見を退けた。「わたしはどんな色を着ても似合う。でも手堅く行くなら青だ。黄色はだめだよ、イブ」

「彼女はきれいだ」メークピースが力をこめて言う。こんなせりふを吐くということは、この男もまた愛ゆえに正気を失っているのだ。なぜなら妹を心から愛していても、バルにはちゃんとわかっていた。彼女を美しいと言う人間は誰もいないと。「このドレスだって、とてもよく似合っている」

「ありがとう、エイサ。でもそんなことより、バルとはもっと大事な話をしなくてはならないから」バルは異を唱えようと口を開いた――美しく装うより大切なことなど、世の中にそうはない。けれどもイブは隙を与えずに先を続けた。「どうやって王のお許しをいただいたの？」

バルはゆっくりと口を閉じ、笑みを浮かべた。「なぜそんなことをきくんだ、イブ？　王が純粋な好意からそうしてくれるはずがないとでも？」

「だってあなたは嘘つきで、人を脅して思いどおりにするだけでなく、もっと恐ろしいことだってやりかねないもの」彼女が悲しそうに言う。

バルはまばたきをした。不意を突かれ……少し驚いていた。驚いたとしか言いようがない。これまで他人にはいろいろと非難されてきたが、妹にそうされたのは初めてだ。

妹のイブには。

「イブ」ぶっきらぼうな声になる。

「いつまでもこんなことをしていてはいけないわ。もう他人を傷つけるのはやめて。わたしが好意を持っている友人たちを」

「国王陛下とは、お友だちというわけではないだろう？」冗談めかして言ったが、イブはにこりともしなかった。

「もちろんよ、バル」彼女の顔は険しい。

昔、イブはいつもおびえていた。悪意に満ちた大人たちに気づかれまいと、透き通った小さな幽霊のように陰に隠れ、身を潜めていた。

かつて、バルはイブを救った。おとぎばなしみたいに、彼女をさらって逃げた。けれどもあれから長い時間が経ち、そんなことは彼女の記憶のかなたにかすんでしまったのだろう。

ふつうの人々のあいだで暮らすようになって、思い出す必要がなくなったのだ。

　妹はもうかたく凍りついてはいないのだと、バルは悟った。人の目に留まるのを恐れ、おびえて心を閉ざしていた小さな少女ではない。生きることを怖がっていた少女は姿を消した。おそらくバルはメークピースに感謝すべきなのだろう。彼のイブに、彼の妹に、温かい生命の息吹を吹き込んでくれたのだから。それなのに、バルの心にはたったひとつの思いしかなかった。メークピースのおかげで、バルと彼女との絆は完全に断ち切られた。

　彼は凍《い》てついた寒い場所で、ひとりぼっちだ。

　熱気のこもった大広間で、バルはぶるりと震えた。

「あなたを愛しているわ」妹が静かに言う。「これからもずっと。だけど、もうやめて。このままではだめよ」

　イブはメークピースの腕を取って、離れていった。

　呆然としたまま、バルは向きを変えた。大広間は明るく、人々の声でにぎわっている。この大勢の社交界の人々の上に、彼は君臨しているのだ。あたかも王であるかのごとく。

　それなのに今は、血を流して死にかけているようにしか感じられない。すべてのぬくもりが体から流れ出していく。

　こんなときに、あの生意気なハウスキーパーはどこにいるのだろう？　彼を温かくしておくのは彼女の務めだというのに。おそらく屋敷の裏側の廊下をひっそりと歩いているのだ。いつもどおり黒い服を着て、異端審問官のように。彼女はきっと、当然の報いだと言う。妹が正しいと。そして熱情を宿した黒い目をバルの唇にちらりと落とし、ほんの少し見開く。そうしたら、彼は彼女のスカートをまくりあげたいという衝動に駆られるのだ。野暮ったいウールの生地を破り、秘められた場所が目と同じく熱くたぎっているのか、知りたくてたまらなくなる。

バルは真紅のベルベットと火のような熱情を宿した目で頭をいっぱいにして、出口に向かいかけた。だがそのとき、女の顔が視界に飛び込んできた。

獲物の顔だ。彼の計略と容赦ない行動の犠牲者となるべき者の顔。

進路を変更して、バルは女の前に立ちはだかった。彼女は年配の男の腕に手をかけている。父親だ。

バルはさっとお辞儀をした。「こんばんは、おふた方」

ヒッポリタ・ロイルはサー・ジョージ・ロイルのひとり娘だ。サー・ロイルがひと旗あげるために向かった東インド諸島で財を成したため、ミス・ロイルはイングランド有数の持参金を誇っている。

オリーブ色をした卵形の誇り高い彼女の顔から、血の気が引いた。

こういう反応にバルは慣れていた。彼と出くわして、青くなる者は多い。

弱みを握られているからだ。

バルはヒッポリタの手を取ると、甲にさっと唇を滑らせた。彼女の指は震えている。

「次の曲をわたしと踊っていただけますか、ミス・ロイル？」

彼女が断りたいと思っているのがわかった。ベリーのようなふっくらとした赤い唇を引き結び、黒い眉をぎゅっと寄せている。ダンスを申し込まれて、喜んでいるようには見えない。父親が、娘の様子がおかしいのに気づいた。「どうかしたのか?」

彼女は年老いた父親の手をなだめるように叩いた。「なんでもないわ、お父様。ちょっと暑すぎるだけ」

「じゃあ、窓の近くに行ったほうが――」

「ですが、ぜひお嬢さんと踊りたいのです」バルはわくわくして言い張った。鼓動が速まり、小鼻が広がる。ヒッポリタが逃げ出して隠れようとすれば、飛びかかって牙を食い込ませるつもりだった。獲物を逃がすつもりはない。彼の勝利のしるしとして、みなの前で見せびらかすのだ。「承諾していただければの話ですが」

老人が断ろうとするかのように顔をしかめたが、ヒッポリタは大きく息を吸ってうなずいた。「もちろんですわ、閣下」

「よかった」彼は手を差し出した。

彼女が手を重ねると、バルはその様子に誰かが気づいていないか見まわした。でも、がっかりだった。本当に気づいてほしいただひとりの人間は、この場に来てもいない。ハウスキーパーが舞踏会にほとんど顔を出さない仕事なのが残念だ。

彼はヒッポリタをダンスフロアに導いた。優雅に踊るバルと比べ、彼女のステップははるかにぎこちないが、それでもかまわなかった。あとでダンスの教師をつけ、練習させればいい。

ヒッポリタを父親のもとに連れ帰りながら、バルは顔を寄せた。「来週、きみを訪問してもかまわないかな？」

彼女がバルの腕にかけていた手を引っ込める。けれども落ち着きを失ってはいない。

「すみません、どういうことでしょう？」

「きみに求愛するつもりだ」はっきりと言った。誤解がないようにつけ加える。「そして妻にする」

ヒッポリタが息をのんだ。「まあ、まさか」

バルは微笑んだ。「いや、そのつもりだよ」

彼女がいきなり足を止め、バルのほうを向いた。黒く美しい目を見開き、繊細な鼻をふくらませている。「わたしはあなたが好きではないのよ。そのことは気にならないの？」

「気にならないね」彼はやさしく微笑んだ。凍りついた胸は、ヒッポリタの言葉にも静まり返っている。「わたしを好きな人間は誰もいないんだよ」

ブリジットはヘルメス・ハウスの厨房を歩きまわり、従僕とメイドの仕事ぶりを確認した。最初は完全な混乱状態に見えたが、近づいてみると誰もが集中して働いている。従僕がふたり、ワイン入りのグラスを並べた銀のトレイを肩にのせて、彼女の横を通り過ぎていった。男性たちが集う娯楽室へ運ぶのだろう。メイドたちは一列に並び、金色のゼリーの中にサーモンのパテが入っている皿を次々に仕上げている。別のテーブルでは従僕三人が新しく雇った執事の指揮のもと、巨大な銀のボウルにパンチを作っていた。

ブリジットは満足してうなずいた。二週間ほとんど眠る暇もなく準備を進めてきた結果、不可能としか思えなかったことを成し遂げた。突然言い渡された舞踏会を、女主人がいない状況で無事に成功させたのだ。〝ハウスキーパーの歴史〟がないのが残念だ。そういうものがあれば、この舞踏会は伝説として語り継がれただろうに。

今夜が終わったら、ゆっくり眠りたかった。小さな自分の部屋が恋しい。今頃ピップはあの部屋で丸くなって寝ている。

けれどもまだ、休むわけにはいかない。

舞踏会が始まったときと同じくらい華々しく終わるのを見届けなくては。

ブリジットはメイドのペグに合図した。「楽師たち用にワインを用意して。パンとチーズ、それに肉もつけてね」次に臨時雇いの従僕ふたりに指を向け、指示を送る。「用意したトレイを、あなたたちが楽師たちのところへ運んでちょうだい。すばらしい音楽だとわたしが褒めていたと伝えるのよ」

「わかりました」年長のほうの従僕がうなずく。

「それから、ペグ」

「なんでしょう？」ペグが警戒した表情で顔をあげた。

「ワインには水をたっぷりまぜてね。あの人たちには、まだ何時間も演奏してもらわなければばならないから」

ブリジットはメイドの返事を待たずに向きを変え、ミセス・ブラムのほうへ行こうとした。ところがそこに、臨時雇いの従僕が息せき切って飛び込んできた。「殴りあいのけんかになっています。花瓶が割れて、あちこちに血が。あと、誰かが吐きました」

従僕の顔は血の気が失せて白い。

ボブが舌打ちした。「誰か死んだのか?」

臨時雇いの従僕が目を丸くする。「それはないと思います」

「じゃあ、さっさと片づけに行けばいいな」ボブはきびきびと言った。「おまえとおれは紳士方の世話、メイドは床の掃除。わかったか?」

ブリジットはボブにうなずいて任せると、ミセス・ブラムのもとに向かった。

料理人は紅潮した顔を輝かせながら、小さくて繊細な白い菓子を並べた大皿の上に身をかがめている。ひとつひとつの菓子に、きわめて小さなピンク色の薔薇を絞り出しているのだ。

ブリジットは低い声で確認した。「食べ物は足りそうかしら?」

「大丈夫です。まだ少し余裕もあります」ミセス・ブラムが満足げに答える。「でも、結構ぎりぎりでしたね」

本当に綱渡りのようだった。舞踏会で出す深夜の夕食に必要な食材を調達し、調理するのは簡単ではなく、この二週間は料理人も自分と同じくらい大変だったはずだと、ブリジットにはわかっていた。

「ミセス・ブラム、本当に見事なお手並みだったわ。すばらしいのひとことよ」

「あなたもですよ、ミセス・クラム」料理人が返す。

ふたりは疲れきった笑みを交わした。

メイドが近づいてきて、ブリジットの肩に触れた。「あなたと話したいというレディがいます」

ブリジットは彼女を見た。臨時雇いのメイドだ。「わたしと？　わたしの名前を言っていたの？」

メイドがうなずく。「ミセス・クラムとおっしゃっていました」

「ありがとう」ブリジットはそう言うとミセス・ブラムにうなずきかけ、厨房の外へ向かった。

薄暗い廊下に出ても、最初は忙しく行き来する使用人たちしか見えなかった。けれどもすぐに、クリーム色と金色のドレスを着た優雅な女性が暗がりから歩み出た。

「ミセス・クラム」

ミス・ヒッポリタ・ロイルだ。

ブリジットは急いで彼女に歩み寄った。「こちらへどうぞ」

女性ならではの緊急事態に陥った客を助けているのだと思われるよう祈りながら、先に立って歩く。突き当たりまで行くと、右に折れてメインフロアに続く階段をのぼる代わりに、左に折れて狭い廊下に入った。並んでいるドアのひとつを腰の鍵束を使って開け、誰にも見られていないことをすばやく確認して、ミス・ロイルを押し込む。そこは食料保存庫で、壁に作りつけた棚にチーズ、リキュール、ピクルス、薬草、軟膏、ワックス、油、酢といったものがぎっしりと置かれている。

高いところに鎧戸の閉まった小さな窓があり、ブリジットは通りに止まっている馬車の明かりを入れるためにその戸を開けた。ミス・ロイルに向き直って、ようやく尋ねる。

「どうしてわたしに会いにいらしたのですか？」

ミス・ロイルが一瞬目を閉じ、大きく息を吸った。薄暗くてもオリーブ色だとわかる卵形の顔は、とても美しい。落ち着いた赤褐色の髪はひとつにまとめ、いくつもの輪を作った手の込んだ髪型に仕上げてある。

開いた彼女の目は絶望でいっぱいだった。「ああ、ミセス・クラム、今夜彼に言われたの。わたしに求愛する、結婚するつもりだって」

ミス・ロイルの言葉は本当だと、ブリジットはすぐに悟った。目の前の女性を見つめる。モンゴメリー公爵が謎めかして話していた婚約者は彼女だったのだ。なぜかブリジットは、公爵が自分の知っている女性と結婚するつもりだとはまったく考えていなかった。なじみのない感情が胸にわきあがる。怒りにひどく近い感情が。きっと働きすぎなのだろう。睡眠不足で疲れているから、こんなふうに感じるのだ。公爵の婚約者が誰であろうと、彼女には関係ないのだから。

貴族の結婚が、愛情などという平凡なもののために行われることはめったにない。公爵はミス・ロイルを脅迫して思いどおりにするに決まっている。裕福な女相続人として、大勢の男が求めている彼女を。たしかに公爵はブリジットのためにピップを助けてくれた。メフメトが去勢され奴隷の身分に落とされるところを救った。図書室の本を好きに読んでいいと、とてつもなくすてきな申し出をしてくれた。でもだからといって、彼の本質が変わるわけではない。

モンゴメリー公爵は虚栄心が強くよこしまで、自分のことしか考えない。

それでも自分は、公爵の結婚に何か感じているのだろうか？ 感じているとしても、どうなるものでもないけれど。

相手は公爵なのだから。

ブリジットは気を取り直して背筋を伸ばした。「つまり、公爵閣下に求婚されてもうれしくないのですね？」

「ええ」ミス・ロイルは手で口元を押さえていたが、しばらくしてようやく離した。「ええ、まったく」

ブリジットはうなずいた。ミス・ロイルがそんなふうに感じるのも無理はない。公爵はとんでもなく気まぐれな人間だ。それでも彼はとびきり裕福で、ハンサムで、おまけにすばらしい図書室を持っている。あれからまだ、ゆっくり見てまわる時間は取れていないけれど。それにブリジットは最近心ひそかに、公爵との会話を楽しいと思うようになっていた。

だが、彼女は無理やり結婚させられそうになっている当事者ではない。

ミス・ロイルがブリジットの両手を握った。「お願い、ミセス・クラム、細密画を見つけて。モンゴメリー公爵とは結婚できないわ。あんないやな男とは。彼とベッドをともにしなければならないと思うと……」

ミス・ロイルがつばをのみ込んで目を閉じる。

ブリジットは彼女の手をきつく握り返した。裕福なミス・ロイルは自分のような一介のハウスキーパーとはまるで違う世界の人間だが、今だけは彼女に心から同情する。

「精一杯、探します。なんとか見つけられるように」ブリジットはそう言ったあと、細密画を一度は手にしたと打ち明けようか迷った。だがそんな話を聞いても、ミス・ロイルはうれしくないだろう。むしろ、よけい気を落とすに違いない。そこで別な言葉で慰めた。「公爵閣下は、本当はそれほど悪い方ではありませんから」

ミス・ロイルが顔をしかめて両手を引き抜く。「どういう意味かしら?」

ブリジットはわれに返り、きまり悪さに目をしばたたいた。何も考えずにこんなことを言うべきではなかった。「あの方は、人に衝撃を与えるのがお好きなだけなんだと思います。あの方の興味を引く話をすれば……」

ブリジットは言葉を切った。ミス・ロイルがいぶかしげに見つめている。

当然だ。ハウスキーパーごときに公爵との会話の進め方がわかるはずがない。

ブリジットは咳払いをして両手を体の前で組みあわせ、堅苦しい口調で言った。

「そろそろ仕事に戻らなくてはなりません。お嬢様も舞踏会に戻られたほうがいいでしょう。

細密画は全力で探しますから、安心して待っていてください」

「ありがとう」ミス・ロイルは気を取り直すように、大きく息を吸った。「あなただけが頼りよ。猛獣に狙われている気分なの。昼食にはされたくないわ」ちらりと浮かべた笑みはこわばっている。

ブリジットは元気づけるために微笑み、ドアを開けてミス・ロイルを送り出した。彼女が廊下を歩いていくのを見守る。

それから窓の鎧戸を閉めてドアに鍵をかけ、その場をあとにした。使用人用の廊下に戻っても、不審そうな目を向ける者はいない。

忙しく行き交うメイドや従僕たちを見て、ブリジットは心を決めた。廊下を引き返し、別の通路に入る。喧騒《けんそう》に耳を傾けながらその通路を進み、ふたたび曲がると、大広間の裏を走る使用人用の廊下に出た。小さなドアの前で足を止めて取っ手をまわし、すばやく中に入る。

彼女は広間の目立たない隅に立っていた。ドアは使用人用の出入り口で、彫像や花瓶を並べてうまく隠されている。すぐ右には音楽を奏でている楽師たちがいた。

大勢の人間と無数のろうそくの火が放つ熱気のせいで、大広間は息苦しいくらい暑かった。明るい色のシルクやベルベットに身を包んだ人々が、ゆっくりと動いているのが見える。あまりにも人が多く、不用意に動けばぶつかってしまうのだろう。それだけの人込みから、彼女はすぐにモンゴメリー公爵を見つけ出した。

彼は常に人々の注目を集めているから、当然かもしれないけれど。

公爵は何人かの紳士たちとともにいた。うしろでふたつに結んだ複雑な形のかつらをかぶった男が横から話しかけているが、無視して広間を見まわしている。縁の部分と袖口とポケットに銀糸で刺繍を施した淡い青の衣装はこの日のためにあつらえたもので、哀れな仕立屋が二週間文句を言われ続けて仕上げただけあって、すばらしい。公爵は金髪を幅広の黒いリボンでまとめ、左手に金のステッキを持っている。

この男が国王を脅迫したのだ。ブリジットの母親を脅したうえ、これからも脅せるように、手紙を手元に残している。彼はさらに、ミス・ロイルを無理やり結婚に同意させるつもりだ。なんて恐ろしく、よこしまな男なのだろう。正気とはとても思えない。

だけど……。

ブリジットの考えていることが聞こえたかのように、彼が振り向いた。目が合った。見つからないように身をかがめるべきだ。そうするのが無難で賢明だと、よくわかっている。それなのにブリジットは顎をあげ、対等な立場であるかのように公爵を見つめ返していた。

まだ話しかけている隣の男を完全に無視して、公爵がこちらへ歩いてくる。広間には人があふれているのに、ふたりのあいだには誰もいないかのようだ。彼がやすやすと足を運ぶさまは、波をかき分けて進む船を思わせる。なぜ人々は、おとなしく彼をよけるのだろう？　モンゴメリー公爵だからだ。彼の前に立ちはだかる者は誰もいない。彼はあらゆる手段で、そうなるように仕向けている。

公爵がブリジットの前に立った。彼女の手を取って短く命じる。「ついてこい」

バルは人の波を切り裂いて進んでいった。胸の中に荒れ狂う獣がいる。ハウスキーパーの手を引いている彼にいぶかしげな視線を向ける者に対しては、歯をむき出してにらみつけた。すれ違いざまに従僕のトレイから四杯目のワインを取り、バルコニーへと続く両開きのドアに向かう。

彼はミセス・クラムの手を放し、金の垂れ布をかき分けてドアを開けた。彼女の手をふたたび取り、外に連れ出してドアを閉める。

寒い季節なので、舞踏会のあいだバルコニーへのドアを開け放しておくわけにはいかない。事前にミセス・クラムと話しあって、そう決めた。実際は、話しあったというより彼女が判断した。思い返してみると、あのときバルは別のことに気を取られていた。仕立屋がとんでもない位置につけた袖口のボタンに。

とにかくそのおかげで、今バルコニーには誰もいない。

「ここは寒いですよ」

「窓から暖気がもれてくるから、そうでもない」それはあながち嘘とも言えなかった。「見てごらん」

「まあ、満月ですね」

「そうだ」冷たい石壁に両肩をもたせかけ、顔をあげてミセス・クラムの頭越しに月を眺める。ロンドンの街を見おろし、冴《さ》え冴《ざ》えと輝いている月は、恐ろしく大きく見えた。バルはワインをひと口すすった。酸味のある芳醇《ほうじゅん》な味が舌の上に広がる。「昔、月に願い事をするのが好きな女の子を知っていた」

「その子は何を願ったんですか？」ミセス・クラムが低い声できく。彼女はきれいな声をしている、とバルはぼんやり考えた。夜の闇に響くその声は生真面目で女らしい。秘密をささやくのにぴったりの声だ。人を慰め、赦《ゆる》しを与える声でもある。

ミセス・クラムから見えないにもかかわらず、彼は肩をすくめた。「覚えていない。女の子らしい願い事だったんじゃないかな。夜遅くに、よく彼女を連れてアインズデイル城の〝未亡人の塔〟にのぼった。そこで一緒に月がのぼるのを見たんだ。かなり高い塔だったが、彼女は怖がらなかったよ。厨房からパイをくすねて、ピクニックをしたりもした。彼女が石の床に直接座らなくてもいいように、毛布を持ってあがって」

ミセス・クラムがバルのほうを振り返ろうとして、途中で気が変わったかのように動きを止める。

彼は体の横に掲げていたワイングラスを揺すった。「月にはウサギが住んでいるんだと言うと、彼女は信じた。あの頃、彼女はわたしが何を言っても信じたものだ」

「ウサギですか？」

「あそこだよ」バルは壁にもたせかけていた体を起こした。

彼はミセス・クラムをうしろ向きに胸に引き寄せた。その肩に顎をのせる。彼女は紅茶とハウスキーパーらしいもろもろのにおいがした。それに温かい。とても。彼女の右手を取って、一緒に月をなぞる。「わかるか？　あれが長い耳。それから尻尾、前足、背中」

「ええ、わかりました」ミセス・クラムがささやく。

「ウサギはラベンダー色をしていて、月に生えるピンク色のクローバーを食べるんだと教えてやった」思い出すうちに、思わず笑みが浮かぶ。「彼女は大きな青い目を丸くして、ぽかんと口を開けたまま聞いていた。パイくずをぽろぽろドレスにこぼしながら。わたしの言葉を、ひとことも聞きもらすまいとしていたんだ」

ミセス・クラムの息遣いが聞こえ、体が震えているのを感じた。彼を恐れているのだろうか？

「わたしを信じるか？」ワインでしっとりと濡れた唇で、ミセス・クラムの耳にささやく。彼女はハウスキーパーで、王と公爵とウサギのいる月に願い事をする小さな少女が関わる壮大な計画に入り込む余地はない。

けれども彼女は黙っている。なんというハウスキーパーだ。

ふたりはそのままじっと、ただ息をしていた。明かりのまたたくロンドンの街を前に、異世界のもののような月の光を浴びて。

しばらくして、ミセス・クラムが身じろぎをした。「その女の子はどうなったんですか？」

バルは彼女を放してワインを飲み干した。「大人になり、わたしが嘘つきだと知った」

彼は手で顔を撫でると、ドアを押し開けた。ミセス・クラムを振り返らず、前だけを見つめて大広間に戻る。

中はくらくらするほど暑かった。人々の声が耳に障る。無数の香水と汗の入りまじったにおいに吐き気がこみあげた。

いまいましい従僕のカルが、ワインの入ったグラスを手に人々のあいだから現れた。

「ワインはいかがですか、閣下？」

バルはグラスを取り、一気に空けた。「わたしの前から消えろ」

それを聞いて、なぜかカルが微笑む。

バルは頭を振り、腰の留め具から金のステッキを外した。頭を高くあげ、にやりとする。彼はモンゴメリー公爵なのだ。国王を脅迫して、成功した。同じようにして、もうすぐ妻も手に入れる。彼を愛している者は誰もいない。

すべては望みどおりだ。

やがて心のない王様が金色に輝く鎧をつけて姿を現すだけで、敵の将軍たちは背中を向けて逃げ、敵兵たちはいっせいに武器を投げ捨てるようになりました。王様は剣を持ちあげる必要さえありません。それからどうなったでしょう。王様に反対する者は、ひとりもいなくなったのです……。

『心のない王様』

7

なぜ男性たちは人目につかない場所でこっそり吐くのだろうと、翌日の午後、ブリジットはため息をついていた。屋敷の秩序を守るハウスキーパーとしては、その性癖はいらだたしいばかりだ。今もメイドたちが大広間から離れた客間のひとつで、そんな残骸を見つけたところだった。アリスともうひとりのメイドが処理に取りかかったのを見届け、ブリジットは大広間へ片づけの進行具合を確認しに向かった。ピップがせわしなく足を動かしてついてくる。

彼女をはじめ使用人のほとんどは、今朝仕事を始める前にせいぜい四時間しか眠れなかった。最後の馬車を送り出したときには、すでに太陽の最初の光がロンドンの街に広がりはじめていた。

ボブが高い梯子の上に立ってクリスタルのシャンデリアから金の垂れ布を外しているところを見ていると、メフメトが大広間に入ってきた。「ミセス・クラム、お願いします。助けてください」

シャンデリアが不気味に揺れ、下で梯子を支えていたビルが小声で悪態をつく。

「少し待ってちょうだい、メフメト」

「待てないと思うんです。公爵が……」

ブリジットがあわてて少年を見ると、彼は目を見開き、すがるような表情で彼女を見つめていた。

彼女は手の空いている従僕を呼び寄せた。「ジョン、ビルを手伝って梯子を支えてくれないかしら」

「わかりました」

ブリジットは少年を部屋の隅に連れていった。「公爵閣下がどうかしたの？」

「わかりません」メフメトが悲しそうに言う。「ドアを閉めたまま、返事がないので」

「ミスター・アトウェルは？」

メフメトは肩をすくめた。「知りません」

「控えの間から、閣下の寝室に入れないの？」

「あいだのドアに鍵がかかっています」

ブリジットはため息をつきたくなるのを抑えた。頭がずきずきしてくる。

「メフメト、この国の紳士方はお酒を飲みすぎると、次の日はとても遅くまで起きてこないことがあるのよ。心配いらないわ。頭が痛くてご機嫌斜めかもしれないけれど、それを除けば閣下は大丈夫」

彼女は仕事に戻ろうとしたが、少年が袖をつかんでいるのに気づいた。

メフメトがやけどでもしたかのように、あわてて手を引っ込める。「お願いします」大きな茶色の目に涙が浮かんでいた。「うめき声がするし、病気みたいです。お願いですから、助けてください」

気分が悪くなるのは二日酔いの典型的な症状だ。ブリジットとメイドたちは、朝からその事実を痛感させられている。メフメトの説明で、彼女の確信はさらに深まった。

それなのに論理的な結論に逆らって、彼女の体はすでに二階への階段に向かって動きだしていた。もしかしたら、本当に病気ということもあるかもしれない。

公爵はきっと彼女を笑うだろう！　ドアを開けたら、二、三人の夜の女性たちとベッドにいるに決まっている。金色の巻き毛とピンク色の乳首に彩られた体を、どれが誰のものかわからないほど絡めあわせて。そして彼はばかにするような笑みを浮かべながら、ブリジットを〝ミセス・クラム〟とか〝情熱的なセラフィーヌ〟と呼び、女たちを追い返そうとする彼女に完璧な裸体を見せつけるのだ。そうなったらブリジットはうろたえ、心底腹が立つだろうが、公爵がなんともないということだけは確認できる。

メフメトをうしろに従えて二階に着くと、ピップが先に駆けていった。腰につけたシャトレーンの音を響かせながら人影のない廊下を進み、公爵の部屋の前に立つ。

ブリジットはきびきびとノックした。「閣下？」

返事はない。

木製のドアに耳をつけてみたが、中は静まり返っている。そのとき、かすかな音が聞こえた気がした。ぜいぜいという音は苦しげな息遣いだろうか？

彼女は体を引いて、ドアを見つめた。

「あれはなんの音ですか？」メフメトがささやく。

「わからないわ」

ブリジットはシャトレーンにつけた鍵束を取り、公爵の部屋の鍵を選び出した。鍵穴に差し込んでまわし、ドアを押し開ける。

すえたようなにおい。

まず感じたのはそれだった。カーテンを引いたままの部屋は暗く、暖炉の火は消えている。公爵が吐いたのは明らかだ。それもにおいからすると、一度だけではない。

ブリジットは恐る恐るベッドに歩み寄った。「メフメト、カーテンを開けて」

少年が彼女の言葉に従い、明るい陽光がベッドに届く。

「まあ、大変」ブリジットは息をのんだ。

公爵はだらりと手足を伸ばして、ベッドから半分ずり落ちていた。昨夜の衣装のままで、シャツは吐瀉物《としゃぶつ》ですっかり汚れている。汗やそのほかのもので濡れて黒ずんだ髪が顔や首筋に張りつき、灰色の顔は閉じた目が落ちくぼんで、血の気のないひび割れた唇が開いていた。一瞬、死んでいるのかと思い、ブリジットはぞっとした。

けれどもすぐに、汗でぬめった胸が動いているのに気づいた。

「メフメト！」声がうわずって震えたが、恐慌をきたしている今、それくらいは仕方がない。「お医者様を呼んできて！　早く」

「だめだ」いきなり公爵の手が伸びてきて、驚くべき強さで彼女をつかんだ。最後の力を振り絞っているのだろうか？　「誰も呼ぶな。聞こえたか、セラフィーヌ？　誰も呼ぶんじゃない」

「でも、ひどい状態です」

彼が目を開けると、ブリジットは思わず声をあげた。血管が切れ、両目から血を流しているように見える。「毒を盛られた」

公爵が咳き込んで苦しそうにあえぎはじめたのを見て、体を起こす力もないのだと彼女は気づいた。

「メフメト、洗面器を持ってきて」

公爵の肩をつかんでなんとか起こし、メフメトの持っている洗面器の上に顔を伏せさせる。だが口から出たのは、気味の悪い緑がかった茶色の胃液だけだった。吐き終わると、彼は苦しそうに息をつきながら体を倒し、ふたたび目を閉じた。

「よく聞け、セラフィーヌ。敵に毒を盛られたんだ。誰も信用できない。きみとメフメト以外、誰も中に入れるな」

ブリジットはすでに途中から首を横に振っていた。「毒を盛られたのなら、なおさらお医者様が必要です」彼女はメフメトと視線を合わせた。少年の目は恐怖に大きく見開かれている。たぶんブリジットも同じだろう。「わたしたちだけで看病するのは無理です。このままでは死んでしまいます、閣下」

「バルだ」

彼女はまばたきをした。公爵は意識が混濁しているのだろうか？「なんですって？」

彼は血を流しているような恐ろしい目を開き、ひび割れた唇で微笑んだ。いつもの美しい笑みの、出来の悪い物真似のようだ。「もし死ぬのなら、最後にそばにいてくれる人には名前で呼んでほしい。だからバルだ」

あきれて両手をあげた。「正気とは思えないわ！」

「そのとおり」公爵が目を閉じた。「だが、わたしを殺そうとしているやつらを寝室に入れるほど、正気を失ってはいない。約束してくれ、セラフィーヌ」

「ああ、どうすればいいの？」

彼がもう一度目を開けて、ブリジットを見つめる。「セラフィーヌ、きみのそのシャトレーンにかけて約束してほしい」

彼女は唇をぐっと引き結んだ。「わかりました。このシャトレーンにかけて、わたしとメフメト以外の誰もここに入れないと約束します」

公爵はうなずき、次にメフメトに目を向けて、彼の母国語と思われる言葉で何か語りかけた。少年が目に涙をためて答える。

「よし」公爵が目を閉じた。「悪いな。こんな……ひどいありさまに……」ブリジットは言葉の先を待ったが、ごろごろという奇妙ないびきのような音しか聞こえてこなかった。

彼女は背筋を伸ばして公爵を見おろした。ふたたび恐慌をきたしそうになる。公爵はこんなに弱っているのに、ブリジットと一〇代の少年にすべてを預けたのだ。

もし公爵が死んだら、ブリジットは彼を殺したとして罪に問われるだろう。死刑になるかもしれない。

だめ。そんなことを考えてはいけない。

今はどうしたら公爵を救えるか、それだけに集中しなくては。

ブリジットは胸を張り、スカートを撫でつけた。

公爵の体を慎重に上掛けで覆う。ピップがベッドに飛びのり、ぐったりした体の横で丸くなった。彼が犬にベッドに入られるのを望むとは思えず、ブリジットは追い払うかどうか迷ったが、ピップが温めてくれるかもしれないと考えて、放っておくことにした。

「メフメト、厨房に行って、お湯を入れた水差しと布を持ってきてくれないかしら。誰かに何かきかれたら、いつものひげ剃りのためだと言いなさい。念を押す必要はないと思うけれど、公爵がこんな状態だと誰にも言ってはだめよ」彼女は少年を見つめた。「絶対にね」メフメトは力をこめてうなずき、部屋を出ていった。

ブリジットはすぐに内側から鍵をかけた。

暖炉に行って、灰をかきたてる。灰の中には小さな埋《うず》み火が残っていた。炉棚に置かれた鉢から焚《た》きつけ用のひねった紙をふたつ取り、火を移す。紙が燃えあがると、石炭を足して火を大きくした。やがて部屋が暖まりはじめた。

彼女は部屋を見まわした。

ひどい状態だ。その様子から、舞踏会が終わったあとどんな経過をたどったのか、つぶさにわかる。公爵はここへ戻ったとき、おそらくすでに気分が悪かった。そこでまず、上着とベストを床に脱ぎ捨てている。最初に吐いたのはあそこだ。室内便器にたどりつくまもなく、激しい勢いで戻している。それからよろめいて椅子を倒し、また吐いた。暖炉のそばに靴が片方転がっているが、もうひとつは見当たらない。水差しがひっくり返って絨毯が濡れているのは、喉が渇いていたからかもしれないし、汚れをぬぐおうとしたからかもしれない。

これほどの体の異変に見舞われ、苦しかったはずなのに、公爵は助けを呼ばなかった。

誰も信用できない、と彼は言った。

意識を失ってベッドに横たわっている公爵を驚きの目で見つめる。この人は本当に誰のことも信用できないのだ。

もしメフメトがブリジットを呼びに来なかったら、もし彼女が寝室に踏み込まなかったら、公爵はひとりで苦しんだ末、死んでいたかもしれない。一度も助けを求めずに。

こんなにも孤独な人間を見るのは初めてだった。

こんなにも寂しい人間がいるなんて……。

ブリジットはぶるぶると頭を振った。こんなことを考えている場合ではない。

まず、窓をほんの少し開けた。体が弱っているときに冷たい空気はよくないとわかっていても、はっきり言って、この臭気には耐えられない。新鮮な空気で少しにおいがやわらぐと、彼女は倒れたり動いたりした家具を直しはじめた。

ドアをそっと叩く音がした。メフメトが戻ってきたのだ。

ふたりで力を合わせて公爵の服を脱がせ、できる限りきれいに拭き清める。

こんなときにも彼は他人に対する気配りをまったく見せず、ブリジットが下腹部を拭いている間の悪い瞬間を選んだように目を覚ました。

「ああ、セラフィーヌ、わたしに手を出すつもりなのか？」

「閣下が吐いたものや汗を拭き取っているんです。それだけですから」彼女は思わず棘《とげ》のある声を出した。

「本当に……それだけかな？」いつものようにからかって笑みを浮かべようとしたのか、公爵がぴくりと口の端を動かした。

それを見て、ブリジットは激しく目をしばたたいた。「はい。今はそんなお楽しみにふけってはいられません」

「……お楽しみなら、いつだって歓迎だよ」彼がささやく。前半は低すぎて聞き取れなかった。「特に……きみがわたしのあそこに触れてくれるなら」

「そこに触ったのはメフメトです」

「残念だ。彼の手はやわらかくて気持ちいいが」

「そうですか」

「きみの繊細な神経を逆撫でしてしまったかな?」公爵はぜいぜいと音を立てて笑ったが、すぐにそれは咳に変わった。必死でこらえようとしても、なかなか止まらない。

ブリジットは持っていた布を投げ捨て、激しく咳き込んでいる彼を助け起こした。

「水をくれ」公爵が咳の合間に声を絞り出す。

ベッド脇のテーブルに置いてあるグラスを取ろうとして、ブリジットは手を止めた。彼女たちが部屋に入ってきたときから、グラスは半分ほど中身が入った状態で置かれている。

彼女はメフメトにきいた。「さっき持ってきた水差しに、まだ水は残っている?」

「はい、少しだけ」少年が急いで水差しを取りに走る。

「なかなか頭がまわるじゃないか」公爵がささやいた。目にはまぶたが重くかぶさり、両頬には赤い斑点が浮かんでいる。

メフメトが水差しを持ってきた。「水は何に入れますか?」

「そこから直接飲ませてちょうだい」

公爵がゆっくりとふた口飲んだところで彼女は水差しを押し戻し、様子をうかがった。

すぐに彼が上半身を横向きに起こすようにして、飲んだ水をブリジットの膝に吐いた。
「すまない」苦しそうに言う。
次の瞬間、彼の体がけいれんしはじめた。

〝いい子は右手を使うものだ。おまえもそうできないのか？　仮面をつけた公爵に言われ、バルは何度もやってみた。でも羽根ペンは大きすぎるし、手はどんどん痛くなる。すると仮面の公爵はプリティをつかまえて、首を絞めた。プリティの体からぐったりと力が抜け、緑色の目が半分閉じる。わたしのルールに従わなければこうなるんだ、と仮面の公爵は言った。そのとき、バルは五歳だった〟

「……スープを飲んでください。牛肉でだしを取った、ただのスープですから」情熱的なセラフィーヌの声がする。その声は大きすぎるし、目は明るく輝きすぎているし、手は力が強すぎて触れられると痛い。「少しでいいから飲めませんか？　お願いです、閣下。ほんの少しでかまいません。どうか飲んでください」
「もう死ぬのなら、バルと呼んでくれと言っただろう？」そう返したつもりだったが、やがてセラフィーヌの声は、彼の頭の中に渦巻くほかの声に埋もれてしまった。

〝左手を使うのは農民や障害者だけだと仮面の公爵は決めつけた。バルは羽根ペンを握ったが、ペンは紙の上を手応えなく滑り、くねくねした奇妙な線になってしまう。仮面の公爵がふわふわしたやわらかいマーマレードをつかまえると、バルは目が溶けそうになるほど泣いた。けれども公爵はかまわずにマーマレードの首をひねり、だらりと力の抜けた体がぶらさがるまで手をゆるめなかった。わたしのルールに従わなければこうなるんだ、と仮面の公爵は言った。

そのとき、バルは七歳だった〟

「あの方は閣下の妹さんです。妹まで敵だとは、まさか思っていないでしょう?」セラフィーヌが抗議する声が聞こえた。声のしゃがれ具合からすると、もう何日もそうしているようだ。おそらくそうなのだろう。

「誰も入れるな。誰も」やさしく純粋なイブは、今やバルを憎んでいる。

まぶたをあげた彼は、一瞬目が見えなくなったのかと思った。だがあたりを見まわすと、夜なのだとわかった。部屋の奥で赤々と燃えている暖炉の火を見つめる。大きい。大きすぎる。炎は暖炉からはみ出して炉棚を舐め、絨毯の上を飛び移っていく。

「わたしは地獄に行くのか!」

熱い炎が突然高く吹きあがり、顔に届く。彼は火に包まれた。

〝愛しているものをすべて殺されればおまえも学ぶだろう、と仮面の公爵は言った。バルは羽根ペンをしっかり握ってまっすぐに立て、慎重に書いていった。だがそれでも、インクが一滴にじんでしまう。すると仮面の公爵はオパールをつかまえ、首を折った。オパールが力を失い、白と黒の体が力なく揺れる。それまでのものたちと同じように。わたしのルールに従わなければこうなるんだ、と仮面の公爵は言った。

そのとき、バルは九歳だった〟

「死なないで。死なないで。死なないで」細くやわらかなささやきが、音のない部屋にはっきりと響く。

自分は夢を見ているか、あるいはすでに死んでいるのだ。彼のために祈る人間など、いるはずがない。情熱的なセラフィーヌでさえ、そんな真似はしないだろう。神の意にそむくことになるのだから。彼はにやりとしようとしたが、顔の筋肉はぴくりとも動かなかった。

そうか、死んだのか。ようやく。

彼は喜んで死を受け入れるつもりだった。でも……。

〝仮面の公爵のブーツの音が廊下に響く。バルは右手を使って、書き方の練習をしていた。ラテン語だが、完璧だ。足音が止まる。バルはペンを置き、紙にそっと息を吹きかけた。公爵に言われたことはやり遂げた。目をあげると、壁のフックからつりさげられた灰色の縞々の体が揺れている。タイガー、とつぶやき、仮面の公爵に向かって微笑む。父上、あなたのルールなんかくそくらえだ。

そのとき、バルは一一歳だった〟

〈首つり男亭〉は〈白ウサギ亭〉よりもだいぶ落ちる酒場だが、ヒューがこれから会う内通者はアルフみたいな少年ではないのだから、気を遣う必要はない。

アルフも最初に思ったほどは、若くも無邪気でもないとわかったけれど。

ヒューは暗い隅の席に座っていた。不意を突かれないように用心して、背中を壁につけている。まだ五時前で、酒場の客は少ない。暖炉のそばで賭博に興じている兵士が四人と、背中を丸めてわびしくジンを飲んでいる男がひとり。あとはぼろをまとった男がベンチでいびきをかいているが、あれは常連客か酒場の女が哀れに思って中に入れてやった物乞いだろう。

酒場の女は二脚の椅子の上に板を渡しただけのカウンターの内側に座っていて、酒はその背後の棚に並べてあった。女は頭ジラミの卵を取るのに夢中で、つまみ取っては爪ではさんでつぶしている。

ヒューはビールを口に含んだ。ほとんど味がしないから、水で薄めているのだろう。頭をうしろの壁にもたせかけ、三角帽の下からうかがうように店内を見渡す。

彼は大きなあくびをして、目をしばたたいた。ピーターが昨晩も怖い夢を見て目を覚まし、死んだ母親を求めたのだ。真っ赤になるまで泣いている子どもは、とてもなだめられるものではない。なんといってもまだ四歳半で、赤ん坊も同然なのだから。ピーターはヒューを押しのけて乳母を叩いたが、半分寝ぼけているまだ七歳の兄にほんの少し慰めを得たようだった。

そのあとヒューは、見捨てられた子犬のように寄り添って眠る息子たちを見つめて夜を過ごした。軍を率いたり、政治的な陰謀をくわだてたりするのは得意でも、子どもたちの悲しみを前にすると無力だと痛感しながら。

入り口のドアが開き、つばの広いつぶれた帽子をかぶった男が入ってきた。頭を垂れ、肩を丸めている。男はすばやくあたりをうかがうと、地下の酒場へとおりてきた。酒場の女に声をかけてジンを注いだ錫《すず》製のカップを受け取り、ヒューのほうに向かってくる。

「ここまで来るのに一時間近くかかった。なんでこんな遠いところにしたんだ」カルことカルビン・カートライトが腰をおろしながらこぼす。

目の前の男が錫製のカップに爪をかちかちと打ちつける神経質な様子を、ヒューは見つめた。「知っている人間に見られたくないと、おまえが言ったんだろう」

「もちろん、それはそうさ」カートライトがジンをぐいとひと口あおる。なかなかハンサムな男だった。そして古典的な整った顔は、人の記憶にまるで残らないという特質を備えている。モンゴメリー公爵の屋敷で従僕をしている彼は、金のためなら嬉々《きき》として主人の情報を差し出す。

実際、あまりにも熱心なので、ヒューのほうが少しとまどうほどだった。彼の経験では、程度の差こそあれ、使用人は雇い主を軽蔑している。あまりにも近い距離で暮らしているからだろう。それでも彼らに雨露をしのぐ場所と食べ物と賃金を与えてくれる人間を、積極的に嫌っている者はほとんどいない。

しかし初めてカートライトと会ったとき、この従僕はその数少ない者だとわかった。そこでヒューの中に疑問がわいた。この従僕が主人を嫌う理由はなんだろう？　たしかにモンゴメリーは人を脅迫するし、あらゆる面から見て悪人だ。だが、使用人にはたっぷり給料を与えている。ヒューがカートライト以外に買収できた使用人は、公爵の机を探っているところを見つかったへまな従僕ひとりだけだった。

「それで、ちゃんと金は持ってきたんだろうな？」カートライトが要求する。

「ああ」ヒューは静かに言った。「だが、報告が先だ」

カートライトがふんと鼻を鳴らした。「報告なら、全部ちゃらになったってことだけさ」

ジンをまたごくりと飲む。「モンゴメリーは毒を盛られたんだ」

ヒューはかたまった。「なんだって？」

従僕が意地の悪い笑いを浮かべる。「舞踏会の晩にやられたのさ。かなりひどい状態だぜ。今はハウスキーパーと外国人の少年しか部屋に入れない」

なんて虫の好かない男だろうと思いながら、ヒューはカートライトの顔を見つめた。舞踏会が開かれたのは二日前だ。モンゴメリーは本当に毒を盛られたのだろうか？

「食べすぎや飲みすぎではないと、なぜわかる？　あるいは何かにあたったのではないと」

言葉の途中から、従僕はすでに首を横に振っていた。顔を寄せてきて、ささやく。

「毒だ。ワインに入っていた――らしい」彼の顔に一瞬、恐れがよぎった。

「誰に聞いた？」

カートライトはジンを飲み干して腰を浮かせた。「金をよこせ」

ヒューは向かいの椅子の脚に足をかけ、さがりかけていたのを引き戻した。男の腰が落ちる。「欲しいのなら、座ってちゃんと質問に答えろ」

相手がしぶしぶうなずいて体の力を抜くまで、ヒューはじっとにらんでいた。

「モンゴメリーはまだ生きているのか？」

従僕が唇をゆがめ、笑みを浮かべた。「やつは悪魔だ。たしかにあの毒を飲み干したのに、まだ生きている。とにかく今のところは」

「生きているのはたしかなのか？　姿を見たのか？」

「見てはいないが、声は聞いた。ぶつぶつしゃべっている声が部屋から聞こえる。それにハウスキーパーと少年が出入りして、食べ物や飲み物を運んでいるんだ。たしかにやつは生きている。やつを殺せるものなんて、ありゃしないのさ」

迷信じみた戯言《たわごと》を、ヒューは無視した。「毒を入れたのは誰だろう？」疑問を声に出す。

それを聞いて、カートライトは大声で笑いだした。「誰であってもおかしくないさ。ロンドンで、やつほど嫌われている男はいない。やつに脅された人間たちが慈悲を乞いに来るところを見れば、あんたにもわかるよ。身分が高くても低くても関係ない。やつは誰にも情けはかけないんだ。絶対に」

「たしかにそういう人間たちは、やつに死んでほしいと思っているだろう。だがわたしが知りたいのは、実際にやつに毒を盛る機会があった人間だ。思うのと実行するのとではまったく違う」

従僕がすっと目をそらした。「舞踏会には何百人もの人間がいた。機会があった人物なら何百人もいる。誰であってもおかしくない。誰であっても」

「ふむ」ヒューは目の前の男を見つめた。神経質に指先をテーブルに打ちつけ、こちらと目を合わせようとしない。モンゴメリーに毒を盛るのに、誰かがこのカートライトを雇ったのだろうか？　雇った人間がいるとして、その素性と理由は？　「なぜそんなに公爵を憎んでいるのか、聞かせてもらったことがなかったな」

カートライトの指先の動きが一瞬止まった。唇が恐れと言ってもいい感情にゆがむ。

「おれはモンゴメリー家の領地にあるアインズデイル城の近くで育った。モンゴメリーのやつらは、どいつもこいつもまるでオオカミだった。父親や母親も。公爵は特に。やつらには悪魔の血が流れている。代々受け継いでいるんだ。アインズデイルのまわりに住んでいる者は、みんな知ってる」

ヒューは眉をあげた。また迷信か？　それとも、この男は本当に何かを知っているのか？　どちらにせよ、カートライトはもう雇い主への敵意を隠しきれなくなっている。もしモンゴメリーが毒に打ち勝って生き延びたら、カートライトがヘルメス・ハウスにとどまるのは安全ではないかもしれない。

ヒューはため息をつき、ポケットから小さな袋を出して男のほうに滑らせた。

「ヘルメス・ハウスには戻らないほうがいいかもしれないぞ」

カートライトが傷だらけの木製テーブル越しにヒューを見た。目には明らかな恐怖が浮かんでいる。

しかし従僕は、いきなりテーブルすれすれまで上半身を折った。ハンサムな顔を残忍な表情にゆがめ、ヒューを見あげる。「おれは戻る。理由を教えてやろうか。おれほどやつを知っている人間はいないからだよ。おれはやつの母親である公爵夫人のお気に入りだった。彼女はおれに秘密を教えてくれたんだ。モンゴメリー公爵を絞首刑にできるほどの秘密を。彼女はおれを証人にして秘密を紙に記し、象牙色の箱にしまった。その箱が見つかる日が来たら、やつはつるされる。そこらの平民の泥棒と同じように、やつはつるされるんだ」

まくしたてる彼を、ヒューは唖然として見つめた。

カートライトが立ちあがり、酒場から走り去る。

ヒューは悪態をつき、あわてて追いかけた。「カートライト！」

階段を駆けあがり、夜の街に走り出る。「カートライト！」

必死に見まわしても、あたりには家路を急ぐ人々しか見えない。

「ちくしょう、カートライト、どんな秘密なんだ？」

8

何年ものあいだ、心のない王様は彼がくしゃみをしただけで飛びあがり、彼を恐れてつま先立ちで歩く家来たちに囲まれて、国をおさめていました。一度、隣の国のお姫様に結婚を申し込みましたが、やってきたお姫様があまりにも泣きじゃくるので、送り返さざるをえませんでした。お姫様は心のない王様と結婚しなくてすんで幸運だったと、誰もが言いました……。

『心のない王様』

「父上、あなたのルールなんてくそくらえだ」異臭の漂う暗い寝室に、モンゴメリー公爵のしゃがれた声が響く。

彼の喉に水でもスープでもいいから流し込もうと、気が遠くなるほど繰り返し試みていたブリジットは手を止めた。公爵が倒れてから二日経つが、この言葉を聞いたのは一度ではない。だが、その内容には毎回衝撃を受けた。

彼女はメフメトと交代で看病を続けていた。ほかの使用人たちには、公爵は断食を伴う東洋風の修行を行っているのだと伝えている。メフメトに彼が信じる宗教ではときどき断食をして身を慎むのだと聞いたからで、公爵がそんな清貧な修行に励むなんてみなが信じるとはとうてい思えなかったが、ほかの言い訳は考えつかなかった。わずかに口にしていいのは牛肉でだしを取ったスープなどの最低限体を維持するものだけで、しかも特別な製法で作られていなくてはならない。その製法を教えられたのは自分だけでほかの人間には任せられないのだと、ブリジットはミセス・ブラムに何度も謝った。

今のところ、ほかの使用人たちは気まぐれな公爵らしい行動だと受け取り、怪しんでいる気配はない。ミスター・アトウェルについてはいまだに行方が知れず、ブリジットは心配していた。

彼女は頭を振りながら、スープの入ったカップをふたたび公爵の口に当てた。

「お願いですから、飲んでください」

彼がぱちっと目を開け、きょろきょろとあたりを見まわす。「静かに、彼が来る。ここで一緒にいるところを見られてはまずい。子ども部屋に戻ろう」

また自分のことを妹だと思っている、とブリジットは疲れてぼんやりした頭で考えた。公爵が熱に浮かされて途切れ途切れにつぶやく話を聞き、そういう結論にたどりついていた。

話の内容は気分が悪くなるようなものだったけれど。

「そんなにしゃべってばかりいなかったら、もう少し食べさせやすいのに」彼女はつぶやいた。

「でもしゃべらなかったら、つまらないだろう？」彼が真っ青な目をブリジットに向け、突然はっきりと言った。

彼女はスープの入ったカップを取り落としそうになった。「バル？」

そう呼んでしまってから後悔した。彼をクリスチャンネームで思い浮かべるのは、やめなければならない。こんなふうに排泄や食事といった人間としてもっとも基本的な部分の世話をしていると、必要以上に親しい気持ちを抱いてしまう。

「ここにいるじゃないか」いつもの輝かしい笑みがかすかにうかがえるような表情を、バルが見せる。「いいか、よく聞け、イブ。なんでも好きなことをしていいが、猫にだけはなるな。父上が猫たちに何をするか知ったら、絶対にそんな気にはなれなくなる」

「まあ」ほかにどうすればいいかわからず、ブリジットは笑った。彼女を妹だと思い込んでいる錯乱した瀕死《ひんし》の公爵を心から案じながら。彼に死んでほしくないと、本気で願っていた。

「イブ？　イブ？」迷子になっておびえている少年のような声に、ブリジットの胸は痛んだ。

「わたしはここよ」

「いや、きみはここにいないはずだ」彼が真剣な声で言い返す。「アインズデイルから逃がしたんだから。きみの身の安全のためには、そうするのが一番いいんだよ。そうしたら……」

声が小さくなって消え、バルがブリジットの手をつかんだ。

「そうしたら？」彼女はささやいた。

今は夜で、彼らはふたりきりだった。疲れきったメフメトは、控えの間でしばらく睡眠を取っている。ピップも公爵の腰に寄り添って丸くなり、眠っていた。幸い、彼は犬がベッドにいるとは気づいていないようだ。

「しいっ」バルがささやいた。「しゃべってはだめだ。絶対に。何があっても」少年のように無邪気な笑みを浮かべる。「だから殺した。やつにもう、支配されないように」

意味がわからないながらも、ブリジットはぞっとした。「誰を殺したの？」

「タイガーだ」青い目が半分閉じる。「何も愛さなければ、やつはきみを傷つけられないんだよ、イブ。だから何かを愛してしまったら、自分の手で殺さなくてはならない。簡単だろう？　もっと早く気づくべきだった」

ブリジットは震えながら体を引いた。本当に彼は愛するペットの猫を、父親に殺される前に自分の手で殺したのだろうか？　まだほんの子どもだった彼が？　そんなにも痛ましく邪悪な行為が、この世に存在するなんて。

ブリジットは小さな田舎の村の出で、育ててくれた養母は愛情深い女性だった。養家のほかの家族は積極的にかわいがってはくれなかったものの、彼女を家族に割り込んできた邪魔者と見なしていた養父でさえ、特にいやがらせをすることもなかった。養父に与えられた罰でもっとも厳しかったのは、クリスマスプディングに指を突っ込んだときのものだ。ブリジットはお尻を平手で三発叩かれて大泣きしたあと、涙を拭いて養母に謝り、養母は彼女にキスをしてプディングをひと切れくれた。

養母はいつもブリジットを愛してくれた。

いたいけな子どもが、愛情をまったく受けずに生きていけるものだろうか？

そんな経験は子どもにどんな影響をおよぼすのだろう？

バルにどんな影響があったのかなら、彼女にもわかる。今、目に映っているものがその結果だ。この二日、繰り返し悪夢に襲われながら必死で息をして、信用できる人間はひとりもいないというこの男性こそ、その結果にほかならない。

そして、彼を信用する者も誰もいない。

ブリジットはスープを入れたカップを置くと、窓際に行った。もう真夜中を過ぎている。だから、こんなことばかり考えてしまうのだ。今は失った希望と絶望だけが広がる深い闇の時間。

太陽がのぼれば、すべてはいい方向に行く。

彼女は振り返り、ベッドに横たわったまま動かない男性を見つめた。

すべては彼が今夜を生き延びられたらの話だ。

恐ろしいけいれんは昨日止まった。熱の峠は今朝越えた。それなのにまだ意識が混濁していて、絶望的なほど弱っている。

刻一刻と衰弱している。

もしこのまま公爵を妹に会わせずに死なせてしまったら、自分は一生後悔するとブリジットにはわかっていた。彼のためにだけ、心が痛むのではない。ミス・イブ・ディンウッディのためにも心が痛む。彼女は善良な女性だ。

彼は妹を愛している。口ではどんなふうに言ったとしても、イブを愛しているのだ。

ブリジットは控えの間に行った。こんなふうに職務を超えて介入するのはいやだけれど、人間としての義務を果たさなければならない。彼女は眠っているメフメトを揺すった。

体を起こした少年の髪は、寝癖がついてあらゆる方向に突っ立っていた。

「どうしたんですか?」

「階下《した》に行って、従僕のボブを起こしてほしいの。彼にミス・ディンウッディ宛の手紙を届けてもらってちょうだい。彼女は公爵閣下の妹さんよ。ボブに重要なことだと伝えてね。どう、ちゃんとできる?」

「はい。大丈夫です」ふらふらしながら立ちあがったメフメトが、ぼうっとした顔であたりを見まわす。

彼が着替えているあいだに、ブリジットは公爵の妹に急いで手紙をしたためた。

書き終える頃には、メフメトも身支度を終え、だいぶしゃきっとしていた。

彼に手紙を渡す。「ほかの従僕は起こさないように注意するのよ。誰が公爵に毒を盛ったのか、まだわからないのだから」

メフメトは真剣な顔でうなずき、すぐに任務を果たしに向かった。

ブリジットはベッドの横に戻り、看病用に置いてある椅子に座った。そのまま三〇分ほど、公爵を見つめて過ごす。彼はぐっすり眠っていた。何も飲み下せないので、この二日間で体重が減っている。暖炉の火がちらちらと投げかける光に浮かびあがっているバルは、骨の上に直接皮膚が張りついているかのようだ。もし彼が死んだら……。

彼女はぶるりと震え、目をそらした。頰に流れ落ちた涙を手の甲でぬぐう。

こんな姿になった自分を見られるのを、公爵はいやがるに違いない。あれほど見栄っ張りなのだから。

震える息を吸って、ブリジットはベッドに目をやった。ミス・ロイルの細密画を手にこの上にのっているところを彼に見つかったのは、ほんの三週間前だ。細密画はあそこに見える渦巻き模様の、すぐ左にある隠し場所におさめられていた。

はっとして、ヘッドボードの渦巻き模様を見つめる。あのあと、ここ以外の部屋はすべて念入りに探した。

まさか彼は……。

次の瞬間、ブリジットは靴を脱ぎ捨て、そっとベッドにのっていた。

ピップがむくりと頭を起こし、前脚を突っ張って伸びをする。ブリジットはその横を、スカートをつまみながら膝で進んだ。手を伸ばし、ヘッドボードを探って小さな穴に指を入れる。

すると板が動き、隠し場所があらわになった。中をのぞくと……。

細密画はそこにあった。

手を入れて取り出す。「なんて悪賢いの。まるで悪魔だわ」

「きみは聖人だ」

彼女は驚いて、細密画をバルの頭に落としそうになった。急いでポケットに押し込み、目を下に向けると、彼が困惑したようにブリジットの脚を見つめている。彼女はスカートを太腿があらわになるほどたくしあげていたのだ。「なぜわたしのベッドにいるのかな、セラフィーヌ？」

「あの……」

彼が目を合わせ、いたずらっぽく口をゆがめる。

「ああ、ミセス・クラム、なんて顔をしているんだ」

ドアを叩く音が響いた。

ブリジットはびくっとして、転がるようにベッドからおりた。

ピップがバルの隣で体をこわばらせ、吠えはじめる。

彼が横を向き、犬を見つけて驚いた顔をした。

なるべく威厳を保ったまま、ブリジットは急いでスカートを直し――威厳もへったくれもないような気もしたが――ドアへと向かった。犬がベッドから飛びおり、彼女を助けようとあとを追う。

ドアを開けると、ミス・イブ・ディンウッディとミスター・エイサ・メークピースが立っていた。うしろにメフメトがいる。

「兄はどこ？」ミス・ディンウッディが部屋に足を踏み入れながら尋ねた。

ブリジットは黙ってベッドを指さした。

ミス・ディンウッディが涙を流しながら、ベッドへと向かう。「ああ、バル」

「誰にも言うなと言ったじゃないか、セラフィーヌ！」バルがブリジットをとがめるように見た。

彼女は黙って犬と部屋を出て、ドアを閉めた。

ほっとして、涙があふれ出した。


三日後、ブリジットはバルの寝室のカーテンを勢いよく開けた。

うしろから、彼の声が聞こえる。「わたしのベッドに、まだ犬がいるんだが」

彼女は振り返った。

ベッドの上に座っている公爵は、妹が訪ねてきた晩と比べ、格段に元気そうだ。きれいに洗った髪を黒いシルクのリボンでひとつに束ね、紫のローブをまとっている。完全に回復する前に身支度を気にするなんて、これほど虚栄心の強い男性はいないだろう。彼はすぐ横にいる犬を見て、顔をしかめている。ピップは目玉焼きとソーセージというバルの朝食を、物欲しげに見つめていた。「犬は好きじゃない」

「なるほど、そうですか」ブリジットは動じずに応え、彼に歩み寄ると枕を叩いてふくらませた。叩く手に力が入りすぎたような気もするが、快方に向かいはじめてからの公爵は扱いづらいといったらないのだ。

「ぼくは犬が好きです！」メフメトが明るく宣言する。

「これはきみの手で作ったものか？」公爵はブリジットにきいたあと、メフメトに言った。「おまえは猫が好きだと言っていなかったか？」

「はい、そうです」ブリジットが先に答えた。食事のたびに、彼は同じ質問をする。

ミセス・ブラムがこの先二度と口をきいてくれないのではないかと、彼女は心配になりはじめていた。断食用と称してブリジットが食べ物を用意するのは、ますます難しくなっている。一番の問題は、彼女が手早く作れて、しかも公爵が食べられるような献立がきわめて少ないことだ。

仕方なく、今朝は目玉焼きとソーセージを用意した。病人の食事として適切だとは思えないけれど、どうしても彼女が作れと公爵が言い張るのだ。

「猫と犬、どっちも好きなんです」メフメトが言う。「閣下はどうですか？」

「どっちも好きじゃない」

一瞬、公爵がうなされてしゃべった話が頭に浮かび、ブリジットは胸が痛んだ。子どもの頃、彼はかわいがっていた猫を目の前で父親に絞め殺されたのだ。さらにはのちに父親の支配から逃れるため、愛するペットを手にかけた。今のバルが猫を好きでなくても不思議はない。それでも彼女は、かつて猫を愛していた少年を悼まずにはいられなかった。

彼はソーセージを口に入れたあと、メフメトにしかめっ面を向けた。少年は暖炉のそばの椅子に座って、くつろいでいる。「両方とも好きなんて、だめだ。どちらかでないと。犬か猫か選ぶんだ」

メフメトがけげんな顔をする。「どうしてですか？」

「無視していいのよ、メフメト」ブリジットは口をはさんだ。「閣下はずっとベッドにいて、退屈していらっしゃるの。犬と猫、両方とも好きでかまわないわ」

一瞬、沈黙が落ちた。

それからバルが笑みを浮かべた。毒ヘビが頭をもたげるように、ゆっくりと。

「ああ、セラフィーヌ、情熱的なセラフィーヌ。きみはもう少し、足元に注意したほうがいい。砕けて散らばった子どもの骨の上で踊るように。なぜならこうしてベッドに横たわっていても、わたしは公爵なのだから。しかも、ただの公爵じゃない。暴力と死の申し子、モンゴメリー公爵だ」

ブリジットは口がからからになって、彼を見つめた。薄っぺらな紫のローブを着て小さなテリアと一緒にベッドに座り、卵とソーセージをのせた皿を膝にのせている姿は、滑稽に見えていいはずだ。でも、そうは見えない。

まったく。

「申し訳ございません、閣下」胸の中がざわめき、彼女は堅苦しい口調で言った。何日も親身に世話をして、公爵が秘めてきた暗い記憶も耳にした。ブリジットはもう、彼にとってただのハウスキーパーではないはずだ。

バルが優雅に手を振る。きわめて貴族的な仕草だ。

猫を愛していた少年は、はるか昔に死んだ。今の彼は公爵。ほんの少しでも同情した彼女がばかだったのだ。

「ミセス・クラムは猫が好き？」メフメトが無邪気にきいた。

「ええ、好きよ」ブリジットは歯を食いしばって答え、前の食事の残りを片づけた。

バルは何を考えているのかと様子をうかがったが、すっかり彼女を無視している。なんという男だろう。

「猫と犬、両方とも？」メフメトがさらに質問する。

「ええ」

「よかった、ぼくと同じだ！」

「そうね」彼女は出口に向かった。「では閣下、今朝はこれから出かける用事がありますので、失礼します」

バルが卵から顔をあげる。「用だって――？」

「いらっしゃい」ブリジットは指をぱちんと鳴らして、ピップを呼んだ。

テリアが公爵の皿からソーセージをくすね、ドアへと走る。

公爵が怒鳴るのを無視して廊下に出ると、彼女は静かにドアを閉めた。

廊下を歩きながら、犬を見おろす。

ピップはすでに証拠となるものをのみ込んでいた。

「悪い子ね」甘い声でたしなめる。

ブリジットはいったん部屋に戻ってショールと帽子と手袋をつけると、ピップと一緒に厨房から庭に抜け、ヘルメス・ハウスをあとにした。

陰鬱に雲が垂れこめている空の下を、ちょこちょこと走るピップを従えながら、急ぎ足で通りを進む。ビールの樽《たる》をいくつも積んだ醸造業者の大きな荷馬車が、うるさい音を立てて通り過ぎた。街角の交差路では、ぼろを着た少年たちがほうきを小道具に踊っている。彼らに数ペニー渡し、道を掃くように頼む。やや狭い道に入り、角を曲がって静かな通りを行くと、そこで紋章のない馬車がブリジットを待っていた。

誰も追ってきていないことを確認して、馬車のドアを叩く。

中にはミス・ロイルが座っていた。紫がかった灰色のベルベットの美しいマントに身を包んでいる。縁取りは白テンの毛皮だ。なんて暖かそうなのだろうと考え、ブリジットは肩に巻いた灰色のウールのショールをかき寄せて、早朝の寒さに耐えた。

馬車に乗り込み、ミス・ロイルの向かいに座る。ピップもすぐに続いた。

小さなテリアを見て、ミス・ロイルが微笑んだ。「まあ、なんてかわいらしい犬なのかしら！」

ピップが尻尾を振りながら前足をミス・ロイルのスカートにかけ、自分はきれいな女性が好きなのだと暴露する。

ミス・ロイルが顔をあげ、さっそく尋ねた。「持ってきてくれた？」

「ええ、もちろんです」ブリジットはポケットから細密画を取り出して渡した。

ミス・ロイルは描かれている家族の姿に見入った。英国紳士とインド女性と赤ん坊。目をあげた彼女は涙を浮かべていた。「ありがとう。わたしにとってこれがどれだけ大切なものか、わからないでしょうね。取り戻したかったのは、脅迫に使われていたからというだけじゃないのよ。この絵は……」

ブリジットは目の前の女性の手の中にある細密画を見つめながら、うなずいた。ミス・ロイルの過去についてはほとんど知らないけれど、彼女の母親が亡くなっているのは知っている。細密画は母親の姿をしのべる唯一のものなのだろう。

一瞬、ブリジットは自分の父親に思いをはせた。養父ではなく、子種を与えただけでわが子を無視し続けている、実の父親に。知っているのは、彼が従僕だったということだけだ。肌の色が白いのか黒いのか、背が高いのか低いのか、あるいはそもそも生きているのか死んでいるのかさえ、彼女は知らない。

それを知っているのはレディ・ケールだけだという事実を考えると、父親について話してもらえる日はおそらく一生来ないだろう。

ブリジットは苦々しい思いを脇に押しやり、ミス・ロイルを見た。「取り戻せてよかったですね」

「ええ、本当に」ミス・ロイルは細密画を小箱に丁寧にしまうと顔をあげた。「あなたには大変な仕事をさせてしまったわ。だから、お礼をさせてほしいの」そう言って小さな財布を取り出す。

「まあ、そんな必要はありません」なぜかブリジットは、礼など予想もしていなかった。ミス・ロイルが苦々しい笑みを浮かべる。「いいえ、あるわ。危険を冒してもらったんですもの。お願いよ」彼女はブリジットに財布を押しつけた。「それから、もし仕事が必要になったら、いつでも父の屋敷に来てね。近いうちに公爵の屋敷は出るんでしょう？」

「ありがとうございます。でも、公爵のお屋敷での仕事を辞めるつもりはありませんから」

「まあ、だめよ」ミス・ロイルがとたんに懸念をあらわにして、きつく眉根を寄せた。「細密画がなくなっているのに気づいたら、公爵はあなたを疑うかもしれないわ。ミセス・クラム、あなたの身に危害を加える可能性もあるのよ」

ミス・ロイルはブリジットが一度細密画を取り戻しそこねていることを知らない。バルは必ず彼女を疑うだろう。それでもブリジットは、母親の手紙を見つけずにヘルメス・ハウスを去るつもりはなかった。

それにもうひとつ、屋敷を出たくない理由がある。けれどもその理由は、目の前の女性には知られたくない。

そこでブリジットは静かな決意をこめた目で、ミス・ロイルを見つめた。「ほかにもまだ、助けなくてはならない人たちがいるんです。公爵に脅迫されている人たちが」

「あなたは本当に勇敢な人ね」ミス・ロイルが頭を振る。「そして彼は、芯まで邪悪な人間よ」

「ええ、わかっています」とはいえ、残念ながらブリジットの気持ちはもう、公爵の邪悪さを知っても止められなくなっていた。

そのことを彼女はもっと心配すべきなのかもしれない。

ブリジットは別れを告げると、乗り込んだときと同じように人に見られていないかよく確認してから馬車をおりた。ピップを連れて、ヘルメス・ハウスへと引き返す。もう自分に認めるしかない。虚栄心が強く、常識では測れない邪悪な人間であろうと、彼女はモンゴメリー公爵を愛してしまったのだ。


その晩ブリジットは、未開封のワインの瓶と自分の腕がおよぶ限りおいしく焼いた肉をのせたトレイを持って、公爵の部屋への階段を足早にのぼっていた。

彼女は肉に目を落とした。なんだか少し……焦げているように見える。でも、仕方がない。ブリジットはハウスキーパーで、料理人ではないのだ。自らの務めの範囲を超えた仕事をしなければならなくなったのだから、彼女の責任ではない。

二階に着くと、ドアの閉まる音が聞こえた気がした。廊下の奥に目を凝らす。確信はないけれど、公爵の寝室のドアのようだ。

心臓が激しく打ちはじめる。毒を盛った人間が公爵を殺すために戻ってきたのだとしたら、どうすればいいのだろう？　部屋にはメフメトを残してきたが、彼も公爵もすぐに眠ってしまうし、ピップは今朝ソーセージを盗んだのでブリジットの部屋に閉じ込めてある。

彼女は廊下を走った。「メフメト！　メフメト、ドアを開けて！」

ああ、なんてばかだったのだろう。トレイをおろし、シャトレーンにつけた鍵束から公爵の部屋の鍵を探す。

するとドアが開いた。金髪をきちんと束ね、ひげを剃った公爵が、紫のシルクのローブをまとって立っていた。

彼の無事な姿を見て、ブリジットはほっとした。けれども真っ青な目を見あげたとたん、喉が締めつけられて声が出なくなった。

彼の目に強烈な怒りが渦巻いている。

「どうして……ベッドから出ているんですか？」ばかみたいにきいてしまった。「いったいいつから――？」

バルが頭の横まで腕を持ちあげてドアの枠にもたせかけ、唇をゆがめて親密にささやいた。

「ああ、ミセス・クラム。ちょうどいいときに来た。さあ、入って」

彼は空いているほうの手を差し出した。左手だ。親指の金の指輪がきらりと光る。

公爵は全身から威圧的な空気を放っているのに、その手を目にしてブリジットの頭に浮かぶのは、彼がうなされているときに口走った言葉だけだった。農民や障害者だけが左手を使うと父親に言われたと語った、途切れ途切れのしゃがれた声がぐるぐるまわる。

ブリジットはバルの手を取った。

彼が音楽家のような長い指で彼女の手を握り、寝室に引き入れてドアを閉める。

暖炉のそばに従僕のカルが立っていた。ふてぶてしいようにも、死ぬほど怖がっているようにも見える。

メフメトは見当たらない。

「メフメトはどこですか？」バルに暖炉のほうへ導かれながら、ブリジットは静かにきいた。この雰囲気はなんだろう？　これから何かの儀式でも行うように張りつめている。

バルが肩をすくめた。「今夜はほかの使用人たちと一緒に夕食をとるように言ったんだ。イングランド料理の奥深さとイングランド人の持つ偏見を、どちらも味わえるようにね。あの子はわくわくしていたよ」

ブリジットは顔をしかめ、さらに質問を重ねた。「まだベッドから出られないと、たしか今朝おっしゃっていましたよね。それなのにこんなふうに部屋の中を歩きまわっているなんて、どういうおつもりなんですか？」

バルが立ち止まり、振り返った。彼女の両手を取って引き寄せ、耳に熱い息を吹きかけながらささやく。「嘘をついたのかもしれないな」

ブリジットがにらむと、バルは体を引いて片目をつぶった。おもむろに従僕のほうを向いて、彼を指す。「なぜわたしが回復状況を隠さなければならなかったのか、きみならわかるだろう？　わたしがまだ起きられないと思っていたから、敵は油断した。よくなったと思ったら、逃げていただろう」

ブリジットは公爵から従僕に視線を移した。「カル？　でも……屋敷から姿を消したのはアトウェルなのに」

バルが舌打ちをする。「アトウェルにはワインという名の愛人がいて、ときどき彼女の誘惑に負けては、一週間かそれ以上姿を消す。彼はどこかわれわれの知らない場所で彼女に抱きしめられながらまどろんでいて、ある日正気に返ると、空っぽのポケットとともにこそこそと帰ってくるのさ。要するにやつはハエも殺せない男で、わたしに毒を盛るなんて絶対にできないんだ」

彼はふたたびゆっくりと従僕のほうに向きを変え、さっと伸ばした手で指し示した。シルクのローブの袖がめくれる。「だが、ここにいるカルは平気で人を傷つける。そうだろう、カル？」

従僕は懸命に胸を張ろうとしているものの、おびえているのは明らかだった。

「人を平気で傷つけるのはおまえだろう、モンゴメリー。おまえは悪魔だ」

「わたしが？」バルが微笑んだ。その姿は、まるで地上に落ちてきた天使だ。死する運命にある者たちを誘惑している。「おまえを母のベッドに送ったのは、わたしではない」

その言葉の意味を理解すると、ブリジットは驚きに目を見開いた。

カルの頰がまだらに赤くなる。「おまえは間違っている。おれは彼女を愛していた――」

「彼女がおまえを初めてベッドに引き入れたとき、おまえは一四歳だった」バルは舌を鳴らした。「彼女のしぼんだ胸を前にして、おまえが本当に愛を感じていたのかは大いに疑わしい。だがどちらにしても、母が勝手に金に飽かせて欲望を満たしたのに、なぜわたしが責められなくてはならないのかわからないな。わたしたちは同い年だったんだ。父にその気がない限り、わたしにはどうすることもできなかった」

「おまえは嫉妬していたじゃないか！」カルがわめいた。つばが飛ぶ。

信じられないというように、バルが眉をあげた。「だからわたしを殺そうとしたのか？」

カルが唇を引き、チョークのように白い歯をむき出しにする。「おまえのために絞首刑になんかなるものか」

「そうかな？」バルが奇妙なほどやさしい声を出した。疲れた子どもをなだめるような声だ。「公爵を毒殺しようと試みるのは、許されない行為だと考えられている。その公爵を嫌っている者たちでさえ、そう見なすだろう。彼らはおまえをタイバーン処刑場に引きずり出す。おまえは歓声をあげる群衆の前でロープにつりさげられ、ダンスを踊るんだ。ひどい死にざまだぞ。さあ、教えてくれ、カル。おまえがわたしに毒を盛ったのか？」

カルが大きく胸を波打たせながら、バルを見つめる。

バルは微笑んだ。「ワインのグラスに毒を入れ、こぼさないように細心の注意を払いながら人々のあいだを進み、わたしを見つけて死のグラスを差し出したのか？　どうなんだ、カル？」

「あれでおまえを殺せるはずだった」従僕が低い声で憎々しげに吐き捨てた。「馬だって殺せるくらいの量を入れたんだ。反吐とくそにまみれて死ぬと思っていたのに。あのワインを飲んで死なないのは魔女や悪魔だけだ。母親はおまえの正体を知っていた。彼女はおまえの生まれた日を、おまえという人間を呪っていた。何をしたのか、彼女から聞いたぞ――」

「もういい」カルが次々に繰り出す悪意に満ちた言葉を、バルは鋭い声でさえぎった。

勢いよくローブの前を開いて脱ぎ捨て、おびえる従僕に全裸で迫る。その左手に金の柄の湾曲した短剣が握られているとブリジットが気づいたのは、彼が従僕に到達する直前だった。

「だめよ！　やめて！」彼女はふたりのほうに行こうとした。

だが、バルはヘビが獲物を攻撃するようにすばやく切りつけた。一回、二回、三回。

手の動きは正確にとらえきれないほど速い。

従僕の脇腹から血が噴き出したが、まだ目は開いている。

カルがゆっくりと視線を傷に落とした。

公爵が気だるい仕草で、従僕の喉をかき切る。

一瞬前までカルだったものが、どさりと音を立てて絨毯の上に倒れた。

ブリジットは両手で口を押さえてあえいだ。ああ、なんてことを！

バルが振り返る。全裸の彼の信じがたいほどの美しさは、少しも失われていない。腹部や胸や腕に飛び散り、完璧な肉体を汚している血を除いて。

彼が近づいてくると、ブリジットはあとずさりせずにいられなかった。

少年のように無邪気な顔で、バルが微笑む。

彼は左手に短剣を握ったまま、ブリジットの腕をつかんだ。

「見ろ、セラフィーヌ。剣を片手に血にまみれ裸で立っている姿こそ、真のわたしだ。わたしは復讐《ふくしゅう》であり、憎しみであり、人間の形をした罪そのものだ。毒を盛られたからといって、逆境に落ちた英雄だと勘違いするな。わたしは英雄ではないし、これからもそんなものにはなれない。根っからの悪人なんだ」

そして彼はブリジットにキスをした。熱い舌を押し込み、彼女の息が続かなくなるまで。

彼女がドレスについた血に気づいたのは、ずっとあとになってからだった。

さて、そんな心のない王様の国に魔術師がやってきました。彼はあらゆる奇跡を起こせると豪語しました。鉛を金に、インクをワインに、あばただらけの肌をなめらかでみずみずしい肌にできると、さんざん自慢したのです。けれども魔術師のお守りを買った者たちは、やがて思い知らされました。彼には自慢したようなことは何ひとつできないことを……。

『心のない王様』

9

ミセス・クラムの唇は熟れたイチジクのように甘く、口の中は熱い歓びに満ちていた。だが暗い色をしたあの異端審問官のような目には、恐怖と嫌悪感しか浮かんでいなかった。

翌朝バルは中国茶を飲みながら、窓の外を見つめていた。太陽が屋敷の庭を明るく照らし、偽りのぬくもりを与えている。しかし彼の空っぽの胸は、冷え冷えと凍りついたままだ。

切れ味鋭い短剣の刃は罪人《つみびと》にとって処刑人の結ぶ縄よりもやさしいのだと、彼女に説明することもできた。すばやく二、三回剣をふるわれただけで数秒のうちに訪れる死は、笑いさんざめきながら人が苦しむさまを見物する群衆の前での死よりましなのだと、教えてやってもよかった。

けれども聖人のようなミセス・クラムの目は、きっとバルの偽善的な言い訳を見抜いただろう。

従僕が手紙の山を彼の肘の脇に置いて、足音も立てずに去っていく。

今や使用人たちはみな、バルの手の届く範囲には近づいてこない。彼がカルを殺したとわかっているのだ。死んだ従僕の手にナイフを握らせ、主人を殺そうとして失敗したのだと説明したが、それでも彼らは用心深い野生の獣のような目をしてバルを見る。ミセス・クラムは口裏を合わせることに同意したものの、険しい表情だった。聖人の心を持つ彼女は嘘をつくのがいやだったのだ。彼女の内の善悪の基準に照らして、許しがたい行為だったのだろう。

それでもミセス・クラムは約束を守ると、バルは確信していた。彼女は自らの手でバルを看病したし、舌を差し入れたら熱烈に応えたではないか。一日か二日、時間をやろう。そのあとでまたミセス・クラムを呼び、彼の世話をさせる。そうしたら彼女の背後に忍び寄り、大きなモブキャップに覆われた耳にみだらな言葉をささやこう。彼女が黒いウールと糊づけした麻の下に懸命に押し込めているものを、すべて呼び起こすのだ。そして確かめる。小柄なハウスキーパーが、熱く燃える炎を内側に隠しているのかを。

必要なのは忍耐だ。

今はただじっと耐えるしかない。バルの本当の顔を知っても、ミセス・クラムは必ず彼のところに戻ってくる。彼女には時間が必要なだけだ。

だから、待つのだ。

退屈そうな顔で、バルは手紙の山に目を通しはじめた。女性の筆跡を見つけ、はたと手を止める。それを取りあげると、バターナイフで封を開けた。

すぐに中身を読み、自分の目が信じられずにもう一度読んだ。ヒッポリタ・ロイルが、今日のバルの訪問は受けられないと断ってきた。今後も受け入れるつもりはない、と。

バルは上着のポケットに手紙を突っ込み、立ちあがって食堂の出口へと向かった。不意を突かれたドアの外の従僕たちが、驚いたガチョウの群れのようにあわてて飛びのく。彼は一段抜かしで階段を駆けあがって、そのまま自分の部屋まで走った。少し息があがったのは、いまいましいカルと彼の使った毒のせいだ。窓の掃除か何かをしていたメイドが、驚いて小さく声をあげた。彼はさっと手を振ってメイドを部屋から追い出し、まっすぐにベッドまで歩いていった。身をかがめてヘッドボードに手を伸ばし、秘密の隠し場所を開ける。

中は空っぽだった。

セラフィーヌだ。

バルは自分の顔に笑みが広がるのを感じた。ブリーチズの中のものが熱く脈打ち、かたくなる。突然、退屈だった一日が明るく輝きだし、鮮やかな色彩を帯びた。彼の大好きな駆け引きの気配が空気に満ちてくる。

彼女に出し抜かれたのだ。

こんなことは本当に久しぶりだった。


「セラフィーヌ」

夢の中でささやきが聞こえると、ブリジットは小さくうめいて声を遠ざけようとした。まだ起きる必要はない。起きて仕事を始める時間ではない。眠る時間は何時間も残っているはずだ。

くぐもった笑い声とともに、やわらかいものが彼女の頬を撫でた。「有能なハウスキーパーのきみがそんなにぐっすり眠るたちだなんて、夢にも思わなかったな」

ブリジットはいやな予感がした。夢の中にいるにもかかわらず恐ろしい疑いがわきあがり、必死で眠気と闘う。

目を開けてまばたきをすると、ろうそくの光を受けた青い目が、すぐそばで彼女を見つめていた。

その目尻にしわが寄る。「やっと起きた」

「えっ？」あわてて顔を遠ざけ、きょろきょろとあたりを見まわした。自分の部屋の狭いベッドの中だ。ピップもちゃんといて、ブリジットの腰の横で立ちあがり、枕元でしゃがんでいるバルに尻尾を振っている。なんという裏切り者！「わたしの部屋で何をしているんで地獄の朝に出没する意地悪な小鬼のように、バルがにやりとした。「もちろん、きみを起こしに来たのさ」手を伸ばして、彼女の鼻をつつく。「いつも頭にかぶっているそいつを脱ぐことはないのか？　もしかして禿げているのか？　ずっと不思議だったんだが」

「わたしは……なんですって？」眠っているあいだにナイトキャップをいじられたのかと、恐怖に駆られて頭に手をやった。でもキャップは何時間か前にベッドに入ったときのまま、しっかりとひもで固定されている。ブリジットは手をおろし、情けない声できいた。「今、何時ですか？」

この世の者には聞こえない異世界の時計の音に耳を澄ますかのように、公爵が首をかしげた。「ちょうど三時半をまわったところじゃないかな」天使のような笑みを浮かべる。「さあ、起きて。四時には出発するぞ」

彼はさっさとドアへ向かった。

ブリジットは急いで体を起こした。「出発って、どこに行くんですか？」

すでに部屋を出ていた彼が頭だけ戻して答える。「アインズデイル城だ。田舎の領地にある」

それだけ言うと、公爵は行ってしまった。

彼女は一瞬呆然として、悪魔のような笑みをたたえたバルの顔があった場所をじっと見つめた。ブリジットの頭はこんな朝早くから働くことに慣れていない。だいたい、いつも二、三杯は紅茶を飲まないと動きださないのだ。それにしても、これはふつうではない。ハウスキーパーは屋敷に専属でいるものだから、アインズデイル城にはあちらのハウスキーパーがいるはずだ。それなのに、バルはなぜ彼女を連れていくのだろう？　単なる気晴らしのためか、それとももっとうしろ暗い理由があるからなのか。

ブリジットはほんの二日前に、バルが従僕を冷酷に殺すところを目撃している。カルが先に彼を恐ろしいやり方で殺そうとしたとはいえ、許される行為ではない。しかもバルは、そのあとブリジットにキスをした。彼女が生まれてから一度もされたことがないようなキスを。公爵の舌はワインと罪の味がして、キスを深められると、ブリジットはうめきながら彼に体をこすりつけたくなった。そういう気持ちになっただけで、実行はしていないといいのだけれど、その自信はない。だからあれ以来、バルを避けていたのだ。

ブリジットはすっきりと目が覚めず、紅茶が欲しくてたまらなかった。

「急げ、セラフィーヌ！」彼女がベッドに座ったままぼうっと物思いにふけっているのが見えたかのように、バルが厨房から声をかけてくる。

ブリジットは一瞬天井を仰ぎ、ようやく身支度を始めた。ベッドの下から小さなやわらかいバッグを出し、必要になると思われるものを詰めていく。彼女はピップを見あげた。ピップはベッドの上に座ったまま、首をかしげて興味深げに彼女の動きを見守っている。

「まったくもう」彼女は小声でぼやいた。

バッグを持ち、指を鳴らして犬に合図し、厨房へ向かう。

どうやら公爵はブリジットが知らないうちに、ほとんどの使用人を起こしたらしい。料理人はてきぱきとみなに指示してバスケットに食料を用意しているし、メイドは荷物を詰めた箱をまとめている。従僕は厨房を出たり入ったりして、主人の旅の荷物を運んでいた。

ブリジットが入っていくと、バルがじれったそうに手招きをした。「さあ、早く、ミセス・クラム。ぐずぐずしている暇はない」

「ですが……」彼女は困ってピップを見おろした。

公爵が大げさに目玉をまわしてみせる。「その雑種犬を連れていきたいのなら、そうすればいい。なんでもいいから来るんだ」

そこでブリジットは足早に庭へ出た。夜が明けていないので、まだ暗い。門に向かって進む彼女を犬がうれしそうに追い、途中、生け垣のところでおしっこをした。厩舎に入ると、馬車が二台用意されている。たった二台だ。三台以上馬車を連ねて旅をする貴族もいるというのに。でこぼこ道を走りながらでも寝られるだろうかとため息をつきながら、ブリジットはうしろの馬車に向かった。ところがバルに腕をつかまれた。

「いや、そっちじゃない」前に止まっている馬車にブリジットを連れていく。彼が乗るほうの馬車だ。「きみはわたしと乗る」

ブリジットは黙ってバルを見あげた。当然だ。彼はハウスキーパーであるブリジットと、当然一緒に乗りたいはずだ。彼女は頭を振りながら、促されるままにおとなしく乗り込んだ。

中にはすでにメフメトがいて、贅沢な赤い革張りの座席に座っていた。少年が彼女を見て、うれしそうに笑う。「ミセス・クラム！　ぼくたち、イングランドのお城に行くんですよ！」

「そうらしいわね、メフメト」力なく応えた。

メフメトの隣に行こうとして、公爵に向かい側の座席に座らされる。彼が隣に腰をおろし、その体の熱が伝わってくると、ブリジットは押しつけられた腿の筋肉のかたさを突然意識した。

ピップが来て、メフメトの隣に飛びのる。

従僕がドアを閉めた。

「冒険の待つ危険に満ちた北へ、出航だ！」公爵が叫び、杖の先で天井を叩いた。

「万歳！」メフメトが声をあげる。

ピップが吠えた。

馬車が動きだした。

「ああ、お茶が欲しい」ブリジットはうめくようにつぶやいた。

「なぜもっと早く言わなかったんだ？」公爵がふつうの声に戻ってきく。「メフメト、お茶を頼む」

「はい、閣下」少年がぴょこんと立ちあがった。

彼は犬を座席からやさしく押しのけると、座面を持ちあげた。するとそこには荷物がおさめられていた。メフメトが磨いた木で作られた長方形の箱を取り出し、座席の上に立てて、本を広げるように両側に開く。右には栓をした陶製の瓶が、左にはティーカップとスプーンと砂糖入りの小さな瓶が収納されていた。瓶は動かないようにまわりに詰め物をして、ひもで押さえてある。

馬車の揺れに合わせて優雅に体を揺らしながら、メフメトはブリジットとバルのために紅茶を用意した。うれしいことに、紅茶はまだ熱い。続いて彼はふたたび収納場所にかがみ込むと、紅茶用のミルクの小瓶が入ったふた付きのかごと、食べ物が詰められたバスケットを取り出した。バスケットからは殻をむいたゆで卵、向こう側が透けるくらい薄く切ったハム、きれいにスライスした端がぽろぽろと崩れるチーズ、かた焼きのパン、冷たいラズベリータルト、数個のリンゴといったものが、磁器製の皿にのせられた状態で次々に現れる。

バルが手で合図すると、メフメトは最後にもうひとつバスケットを出して、大げさな身ぶりでふたを開けた。

本だ。あらゆる大きさと形の本が、ぎっしり入っている。

「まあ!」ブリジットは息をのんだ。

バルが彼女と目を合わせて微笑んだ。「わたしは本を持って旅をするのが好きなんだ。さあ、好きなものを選ぶといい」

やがて日がのぼるのを目にすると、ブリジットは公爵と旅をするのはなかなか興味深い体験かもしれない、とひそかに考えた。

その日の夕方、バルはなかば目を閉じながら、馬車の外を流れていく秋の野を眺めていた。

馬車は順調に、予定よりも早く進んでいる。今頃ロンドンは大騒ぎになっているだろうから、それは歓迎すべきことだった。おとりの馬車を二台用意して別々の方向に送り出しておいたが、追っ手を長くはごまかせないだろう。

彼はにやりとした。

それはそれで、ゲームが面白くなるだけだ。

馬車が道のこぶの上を通過し、ぐったりと力の抜けたミセス・クラムの頭がバルの肩にのる。向かいの座席のメフメトと犬と同じように、彼女もこの三〇分間、眠り続けていた。そのあいだに彼女は、安全な距離を取るために座っていた遠い端からバルのすぐ横へと、座席の上を移動してきていた。今は安心しきって、無防備に彼に寄りかかっている。

ミセス・クラムとの勝負で、彼は次の一手を繰り出した。それがどんなものか知ったとき、彼女はどうするだろう？　反応が楽しみだ。ひたすら怒り狂うかもしれないし、あの暗い色の目に別の激しい感情を浮かべるかもしれない。彼女は面と向かってバルを非難するだろうか？

そうなると面白いのだが。

彼は眠っているミセス・クラムを見おろした。膝の上に重ねて置かれた両手は、咲きかけの花のようになかば開いている。小さいがしっかりとした、労働者の手だ。指はふっくらと肉づきがいい。バルは微笑んだ。彼女の両手に自分の手を重ねて見比べる。指が長く優雅な彼の手の下にあると、ミセス・クラムの手はいかにも小さい。それでもバルは彼女の手のほうが好きだった。

彼は膝の上に手を戻した。

ミセス・クラムはいつもの見苦しいモブキャップをつけていて、髪も顔もバルからは見えない。彼はモブキャップをむしり取りたくてたまらなかった。

だがそうすれば、彼女の眠りを妨げてしまう。

バルは首をかしげ、どうするのがいいか考え込んだ。そして結局、自分はハウスキーパーの眠りを邪魔したくないのだと気づいた。こんなふうに安心して体を預けられるのは……なかなかいいものだ。

耳を澄ますと、彼女の息遣いが聞こえる。

その息遣いに合わせてみた。

吸って、吐いて。

吸って……吐く。

車輪が道に空いた穴の部分を通過して、馬車ががたんと揺れる。

投げ出されそうになったミセス・クラムの体を、彼は腕で支えた。

「どうしたのかしら?」彼女が目を覚ましてきく。

「なんでもない」そうなだめて向かいの座席に目をやると、メフメトも犬も眠ったままだった。少年は犬を抱きかかえている。

「まあ」ミセス・クラムが狼狽《ろうばい》したような声をあげて、体を離そうとした。

けれどもバルは、そうされたくなかった。

そこで彼女の肩に腕をまわした。「気をつけるんだ。このあたりは道の状態が悪い」

「でも――」

「窓の外を見てごらん。青い牛が見えるかもしれない」

ミセス・クラムがあからさまに信じられないという顔をして彼を見あげる。

「なんですって？」

ふだんから本当のことばかり話す男なら、傷ついているところだ。

バルは彼女に微笑んだ。「このあたりは青い牛で有名なんだよ。地主たちが品種改良で作り出したんじゃないかな。実際は青じゃなくて――」

「そんなばかげた話は聞いたこと――」

「紫に近いと言う者もいる」憤慨しているミセス・クラムに動じず、最後まで言い終えた。

「きみはいつも主人がしゃべっている途中でさえぎるのか？」

「そのご主人様が、とんでもない嘘でわたしをだまそうとしている場合だけです」彼女はぶつぶつと言った。

バルはミセス・クラムの顔をじっと見つめていたので、表情が変化した瞬間がわかった。

彼女は自分が何を言ってしまったのかに気づき、話している相手が誰かというさらに重大な事実に思い当たったのだ。顔に一瞬だけ恐怖が浮かび、そのあと完全に無表情になった。

「申し訳ありません、閣下」

バルは自分が貴族であるという事実を、いやだと思ったことはない。なぜそう思う必要があるだろう？　爵位はまわりの人々からの敬意と富を与えてくれる。どちらも生きていくうえで非常に役立つものだ。しかし生まれて初めてモンゴメリー公爵バレンタイン・ネイピアは、五分間でいいから爵位を持たないふつうの男になりたいと思った。

だが念のためにはっきりさせておくと、五分間だけだ。

彼が五分間だけ輝かしい身分を捨て、たとえばジャックなどという名のどこにでもいる退屈な男になったら、ミセス・クラムはどんな受け答えをするのだろう？

少し落ち込んだ気分で、バルは彼女を見つめた。

ミセス・クラムがまた、彼から体を離そうとしている。

バルは彼女にまわした腕に力をこめた。「きみの生い立ちを聞かせてくれ」

彼女が疑わしげに眉をひそめる。「この前はつまらないと言ったじゃないですか」

バルは左手をひらひらさせた。「興味が出てきたんだ」

ミセス・クラムがため息をつき、彼の腕の下で体の力を抜く。いい感じだ。

「育ったのはスコットランドに近い北の地方で、小作人だった……父は小さな土地を耕し、羊を飼っていました」

「読み書きはどうやって覚えた？」

「母が夜に教えてくれました。兄や姉は年が離れていたので、わたしと差し向かいで」

「離れていたって、どれくらいだ？」

彼女は急に用心深い表情になり、それから肩をすくめた。「イアンは今年四〇歳、モイラは来月で三八歳、トムは三六歳になったところです」

「きみは何歳なんだ？」

「二六です」こわばった口調で答える。

バルは微笑んだ。「じゃあ、きみはご両親が年を取ってから突然できた子だったんだな」

ミセス・クラムが目をそらす。「そうだと思います」

「なるほど」バルは窓枠に肘をかけ、拳で頭を支えて彼女を見つめた。「育ったのは、ずいぶんとのどかな場所だったのか？　詳しく説明してくれ」

「ヒースの生えた丘が連なっている、風が強くて寒い場所でした」

「嫌いだったんだな」彼は決めつけた。

「いいえ」ミセス・クラムが顔をしかめる。「風が強い晩に暖炉のそばで過ごすのが好きでした。母が編み物をしたり、お話を聞かせてくれたり、歌を歌ってくれたりして」

バルは首をかしげた。「歌を歌ってくれたのか？」

「はい。子どものときに歌を歌ってもらったことがないんですか？」彼女が奇妙なものを見るような表情でバルを見た。だが、彼はそういう表情には慣れていた。

父親と暮らしていた頃、屋敷にときおり響いていた酔っ払いの歌を思い浮かべる。でも彼女が言っているのは、おそらくそういうたぐいの歌ではないだろう。「ない」

「まあ」ミセス・クラムが唇を嚙んだ。「公爵夫人は子どもに歌を歌わないものなんですね」

「そうだ」鷹揚《おうよう》に微笑んだ。「特に、その子どもを嫌っている場合は」

彼女が衝撃を受けた顔になり、目をしばたたいて咳払いをした。「とにかく、本当にいい場所だったんです。小さい頃は丘を歩きまわるのが大好きでした。ヒースの茂みには鳥たちがいて、ほかに野ウサギやネズミも……本当に、こんな話に興味があるんですか？」

「正直に言うと、前はなかった。だが、今はある。続けてくれ」

小さくため息をつくと、ミセス・クラムはさらに緊張を解いた。「もう少し大きくなると、たしか一二歳のときだったと思いますが、近くのお屋敷に働きに出ました。ミセス・クロムビーという老婦人のお屋敷だったんですけど、家が恋しくてたまらなくなってしまって。二週間くらいは、毎晩泣きながら眠りました。それからやっとお休みをいただけて、母に会いに帰れたんです」

バルは顔をしかめた。子どもだった彼のハウスキーパーが泣いている場面が頭に浮かび、いやな気持ちになったのだ。「両親はなぜきみを奉公に出したんだ？　泣いてしまうくらい家を恋しがっていたのに」

彼女があきれたような表情を浮かべる。「生きていくすべを身につけなければならなかったからです。それに、そこで働けたのは幸運でした。ミセス・クロムビーはとても厳しい人でしたが、おかげで彼女やハウスキーパーのミセス・リトルからたくさんのことを学べました。家計簿のつけ方、木や真鍮《しんちゅう》や銀の磨き方、リネン類をひっくり返す時機の見極め方、チーズの保存の仕方、牛肉の安い部位、肉屋への値引きのさせ方、魚の鮮度の見極め方、貝を食べるべき月と食べるべきではない月、毛織物を虫食いから守る方法、食料保存庫をネズミから守る方法、白い布からワインの染みを抜く方法、色あせた生地を黒く染め直す方法、そのほかにもまだまだたくさん」

ひと息に言いきって息を吸うミセス・クラムを、彼は心から驚いて見つめた。

「どれもこれも、恐ろしく退屈なことばかりだ」

「ですがこういう知識がなければ、汚れ放題、散らかり放題、害虫や害獣に荒らされ放題の家で暮らさなければならないんですよ」彼女がやさしい口調で反論する。

「まあ、そうだが」

得意な分野に絶対の自信を持っているミセス・クラムは、なぜか魅力的だった。バルと同じ階級に属している女たちは仕事を持たず、何かに有能さを発揮するということがない。音楽とか、刺繍とか、踊りとかいったものを除いて。彼の妹は細密画を描くとはいえ、イブはほかの女たちとは違う変わり者だ。それ以外には口を使った愛撫の得意な女を何人か知っているが、それは仕事と呼べるだろうか？　娼婦であればもちろんそうだが、彼の知っている女たちはその技で金を稼いでいるわけではない。より力のある男を愛人として獲得するのに使っているという意味ではそうかもしれないけれど、直接的な金のやり取りはないわけだから……。

まばたきをしてわれに返ったバルは、ミセス・クラムが真剣な表情でこちらを見つめているのに気づいた。「なんだ？」

「ときどき、閣下は今何を考えているんだろうと思うんです」

直前に何を考えていたか思い返し、教えるかどうか検討したものの、賢く有能だが世間知らずなところのある彼女の顔を見て、やめておくことにした。「ロンドンにはなぜ出てきた？」

その質問を聞いて、明るく心を開いていたミセス・クラムの顔から一瞬で表情が消えた。これは興味深い。彼女が肩をすくめて目をそらす。「みんなと一緒で、仕事を見つけるためです。当時はもう数軒のお屋敷で経験を積んでいたのですけど、ハウスキーパーとしての勤め口はなかったので、ロンドンまで出てきました」

一見単純な説明の中に語られていない部分があるはずだと考えながら、バルは彼女を見つめた。

底知れぬ深さをたたえた暗い色の目が見つめ返してくる。「それに母はもう亡くなっていて、とどまりたいと思う理由がありませんでしたから」

ほかに引き止めるものはなかったのだろうか？　父親や兄や姉は？　ヒースに覆われた丘や、暖かい炉辺は？　バルは首をかしげ、ミセス・クラムの心の内側をのぞこうとした。

何を考えているのだろう？

だが、彼女は馬車の中を見まわしている。「わたしの読んでいた本はどこですか？」

「ここだ」バルはマルコ・ポーロの『東方見聞録』を持ちあげた。彼女が眠っているあいだ、床に落ちないように自分の横に置いていたのだ。「興味深い選択だな」

「ハウスキーパーにしては、という意味でしょうか」ミセス・クラムが小声で言いながら本を受け取る。

バルは頭を少し傾け、強い視線を向けた。「いや、誰が選ぶにしてもだ」やさしい口調で返す。

彼女は古びた赤い革装の本の表紙を親指で撫でた。「中国に行かれたことはありますか?」

「いや、行ってみたいとは思っているが」

馬車ががたんと揺れて、速度が落ちる。外に目をやると宿屋が見えた。

残念なことに、ミセス・クラムが体を起こして彼から離れた。「今夜はここに泊まるのですか?」

「夕食をとって、馬を替えるだけだ」そうするのはごくふつうだというように明るい口調で返すと、メフメトと犬がようやく目を覚ました。彼女が問いかけるようにバルを見つめたが、気づかないふりをした。

「では、どこで宿を取るのですか?」

「取らない」彼はミセス・クラムと目を合わせた。「急ぐ旅なんだ。今晩も明日の晩も、進み続ける」

馬車が止まった。

「なんですって?」

驚いている彼女に、バルは微笑んだ。一行は今、金に糸目をつけずに馬を替えながら、全速力で北のヨークシャーへと向かっているのだ。

それは彼にとってさえ、常軌を逸した無謀な旅だった。「うまくいけば、三日後の夕暮れにはアインズデイル城に着くだろう」

自分が生まれたこの城を、バルはときどき好んで別の名で呼ぶ。子ども時代を送り、心を失った場所を、〝死の城〟と。

10

魔術師が引きたてられてくると、心のない王様は夕食から目もあげずに、彼を鞭《むち》で打ち追放するよう命じました。ですが、魔術師はひとりではありませんでした。一緒に旅をしている娘がいたのです。名前はプルー。彼女がひれ伏して父親のために懇願すると、王様は目をあげました。そして、まじまじと彼女を見つめたのです……。

『心のない王様』

馬車が下弦の月を背に黒々とそびえる城へと続く曲がりくねった長い道に差しかかったのは、三日後の真夜中に近い時間だった。窓の外に目をやったブリジットは、思わず体を震わせた。ひときわ高くそびえている一本の塔が、月に照らされて妙に不吉に見える。

彼女は持ちあげていたカーテンを落とした。

いつもは自信たっぷりに休みなくしゃべっているバルが、子ども時代を過ごした城に近づくにつれて口数が減っている。今や彼はひっそりと隅に置かれた彫像のようだ。身をこわばらせ、警戒心だけを放っている。

彼が目を合わせてきた。「印象的だと思わないか？　何世紀も前にわたしの先祖はこの城を襲い、城主を串刺しにして幼い跡取りを殺し、未亡人を祝宴のテーブルの上で犯して妻にした」ブリジットがぞっとした顔をしているのを見て、肩をすくめる。「城は彼女の一族のものだったから、あとで所有権に問題が出ないようにしたかったんだろう」

「串刺しって、なんですか？」メフメトが尋ねる。

「剣で突き刺すことだ」いつもの饒舌《じょうぜつ》さを控え、バルが淡々と説明した。

ブリジットは彼の手を握ってあげたいという奇妙な衝動を覚えた。どう考えてもばかげている。彼は公爵なのだ。

馬車が止まった。

従僕がひとりおりて馬車が小さく揺れ、すぐにドアが開いた。

ピップが踏み段を駆けおり、暗闇に消えていく。メフメトもすぐに続いた。

遠くで犬たちがきゃんきゃん鳴く声がひとしきりしたあと、遠吠えが始まった。馬車の外で、ピップがその声に精一杯応えている。

「あれはなんでしょう？」好奇心に駆られて、ブリジットはバルを見つめた。

彼が顔をしかめる。「フォックスハウンドだ。父が何頭も飼っていたんだが、その子孫が残っているんだろう。薄汚いやつらさ」

彼女はいぶかしく思って尋ねた。「よく知らないんですか？」

バルが肩をすくめた。「一九歳のときにイングランドを出て、一〇年ほど世界を放浪した。

そのとき以来、アインズデイルには戻っていない。ここに来るのはほぼ一年ぶりだ」

彼は開いた馬車のドアを不機嫌そうに見つめた。

なぜこんなにあわててロンドンを発《た》ったのか、公爵は何も話してくれない。けれどもブリジットは北への長かった旅のあいだに、彼は敵にふたたび毒を盛られるのを恐れているのではないかという結論に達していた。今、彼を見て、この城まではるばる来るとはよほどの恐怖だったのだと実感する。

ためらったあと、彼女はそっと言葉をかけた。「馬車をおりましょうか」

バルはわれに返ったようだった。「そうしなくてはならないだろうな」

先に行くように促され、ブリジットは従僕のボブの手を借りて踏み段をおりた。うしろに止まっている二台目の馬車を見て、考え込む。昨夜初めて気づいたが、向こうに乗っている使用人は知らない者たちばかりだった。今朝、馬の取り替えのために止まったとき、たまたまあの馬車の近くに行ったのだが、見知らぬ男に即座に行く手を阻まれた。

どこか荒っぽい感じの男に。

「わが先祖たちの城か」

ブリジットが振り向くと、バルがあからさまな嫌悪を浮かべて、アインズデイル城を見つめていた。

「そんなにここがお嫌いなら、なぜいらしたんですか?」静かに尋ねる。

彼は一瞬目を大きく見開いたあと、穏やかに微笑んだ。「ああ、セラフィーヌ。どうやっても逃げられないものが、この世にはあるのだよ。埋めて忘れることも、燃やして消し去ることもできないものが。ねじれて使い物にならない腕や脚のように、そいつは常にともにあり、忌まわしい悪臭を放ちながら、人が人生でもっとも忘れたいと願っている瞬間を永遠に思い出させる」肩をすくめる。「しかしその不快で胸くその悪いそいつが、役に立つときが来たら？　すかさず利用すべきじゃないか？」

彼女の答えを待たず、バルは城に入る大きな両開きのドアへと向かった。先に行った従僕たちは、この城の使用人たちをまだ起こせていないらしい。

ブリジットはゆっくりと公爵のあとを追い、暗い道を眺めた。月の光の下で、高い木々の枝が風を受けて音を立てている。城の窓は暗く、主人の訪問を前もって知らされていないのは明らかだった。

ピップがうれしそうにだらりと舌を垂らしながら、彼女に向かって駆けてきた。

メフメトは犬ほど楽しそうではない。「イングランドのお城は寒いですね」

「中に入れば暖炉があるわ」そうであってほしいと祈りながら、ブリジットは慰めた。

ドアがきしみながら開き、痩せた長身の男が現れた。寝間着のシャツにあわててブリーチズと上着を着てきたらしく、ナイトキャップをかぶったままだ。そのうしろにはモブキャップの下から細い灰色の三つ編みを垂らした老女がいて、こちらも寝間着の上に灰色のショールを羽織っている。

「閣下！」バルを見て、男が叫んだ。「いらっしゃるとは、まるで存じませんでした」

「知っていた者はほとんどいない」公爵が返す。「だが今、わたしはここにいる。疲れきって腹をすかせ、寒々しい夜に玄関の前に立っているのだ。ささて、親切なきみはわたしを城に入れてくれるのかな？」

最後の部分にはあからさまに皮肉がこめられており、執事らしき長身の男は赤面した。彼はずいぶんと若く見える。「もちろんですとも、閣下。当然でございます。さあ、お入りください」

一方、老女のほうは険しい顔でぶつぶつとつぶやいていた。「知らせもなしで、いきなり来るなんて。ベッドは準備してない。厨房にはパンも肉もありゃしない。これだけの人間を、どうやって食べさせろっていうんだい」

けれども若い男のほうはすでに体を引き、バルを通していた。メフメトと犬が続く。公爵はさっさと歩いていったが、ブリジットは自分の番になるといったん足を止め、混乱した様子の使用人ふたりに笑みを向けた。「はじめまして、わたしはミセス・クラムよ」

男は帽子を脱いで挨拶を返そうとしたが、ナイトキャップをかぶっているのに気づいて、ぎこちなくお辞儀をした。「はじめまして。ぼくはジョン・ドワイト、執事のようなものです」

「会えてうれしいわ、ミスター・ドワイト」ブリジットは次に老女のほうを向いた。「あなたは？」

「ミセス・アイブス。ここのハウスキーパーで、この子のおばだよ」老女がむっつりと言い、頭を傾けて執事を指す。

「おふた方とも、よろしく」ブリジットはきびきびと応え、少年を示した。メフメトは天井に広がる不気味な彫刻を見つめ、ぽかんと口を開けている。ちらちら光るろうそくの光で、彫刻が動いているように見えたのだろう。「この子はメフメト。公爵閣下の従者です。こちらは従僕のボブ。全部で一二人ほどだと思うわ」二台目に何人乗ってきたのか、彼女はまだ正確に把握していなかった。「ところでこの城には今、どんな食材がどれだけあるのかしら」

このうえなく不機嫌そうに見えたハウスキーパーの顔が、あろうことかさらに不機嫌さを増した。「この城の使用人たちを賄える分しかないね」

「そのことだけれど、使用人の数を教えていただける?」ブリジットは動じずに問いかけた。

メフメトとボブに、先に行くよう合図する。

「最小限だね」ハウスキーパーが鼻を鳴らした。「これしかいないのに、公爵様はどうしろっていうんだろう。メイドが六人に従僕が四人、それから料理人と厨房づきのメイドがふたり。あとはあたしとジョンだよ。もちろん外の仕事をする使用人は別さ。馬丁や庭師なんかは」

「それは大変でしょうね――」ブリジットが城のハウスキーパーの心をやわらげようと穏やかに言いはじめたところに、バルが割って入った。

「早く来るんだ、ミセス・クラム」いつのまにかブリジットの横まで戻っていた彼が腕をつかむ。「ここでは仕事をしなくていい」

バルは先に向かっていたと思われる方向へと、ふたたび歩きはじめた。彼女の腕をつかんだまま、暗く陰気な廊下を進んでいく。壁にずらりと並んだ肖像画から、体にぴったりした上着《タブレット》にタイツ姿で尊大なポーズを取っている男たちやうつろな目をした女性たちが、ふたりを見つめているようだ。彼らの指には宝石が光り、首元は糊のきいたひだ襟で飾られている。

「では、なぜわたしを連れてきたんですか？」ブリジットは辛辣に尋ねたあと、答えを待たずに続けた。「それにわたしは閣下の夕食がきちんと用意されるように、手をまわしているところだったんですよ。ご自分が快適に過ごせるよう、もう少し気にされてはいかがです？」

「わたしは自分が快適に過ごせるか、必要なものを手に入れられるか、いつも大いに気にかけている」バルが返した。広い石の階段の前に着くと、彼はブリジットのほうを向き、そっと頬に触れた。薄暗い明かりの中で、彼の青い目が明るく輝く。「きみを連れてきたのは、きみが好きだからだ」

ブリジットは息を吸い込んだ。頭が真っ白になっている。彼はあまりにも近くに立っていて、まるで互いの息を吸いあっているかのようだ。

バルがゆっくりと口の端を持ちあげ、彼女の手を握る。

そうやって手をつないだまま、彼は階段をのぼりはじめた。「この城のすばらしく有能なハウスキーパーが、これまたすばらしく有能な料理人を真夜中に起こし、わたしの味覚に耐えうる食事を作らせるなんて悠長なことを待つ気はない。ごめんだね。旅に出るときにミセス・ブラムが持たせてくれたものを部屋で食べるよ。まだたくさん残っているから。こんなことじゃないかと思って、たっぷり用意するように言ったんだ」不意に体を震わせる。「まったく、とんでもないな。ここは覚えていたより、さらに寒い」

二階にあがると、公爵用の続き部屋と思われるところが開け放たれていた。中では小柄な黒っぽい色の髪のメイドが寝間着姿で巨大な暖炉の横にひざまずき、火をおこそうとしている。ベッドのマットレスをひっくり返しているメイドもいるが、埃を立てているようにしか見えない。もうひとり、部屋に湯を運び入れているメイドもいた。

メフメトとピップは暖炉のそばで、黒っぽい髪のメイドが火をつけるのを眺めていた。

ブリジットはさりげなくにおいをかいだ。黴《かび》くさい。それに何かが腐敗しているようなにおいも、かすかにする。

バルは彼女ほど慎重ではなく、いきなり大きく息を吸った。「ああ、朽ちたわが先祖たちのにおいだ。これをかぐと、細かいところまで全部記憶がよみがえってくる。楽しいとは言えない記憶だがね。さあ、おまえたち、もうベッドに戻るがいい。夜が明けたら、またおまえたちの力が必要になるのだから」

メイドたちがいっせいに動きを止めた。暖炉の前でひざまずいていたひとりが、手首の外側で額の髪を払いのけながら言う。「すみません、なんとおっしゃったんですか?」

「出ていけ」バルが高飛車に言い放った。

ブリジットは彼をにらんだあと笑みを作り、メイドたちのほうを向いた。彼女たちはあくびをしながら、とぼとぼと出口へ向かっている。「ご苦労様！」

ドアが閉まるのを待って、ブリジットは公爵に向き直った。彼が名残惜しそうな様子も見せずに、彼女から手を離す。「そんなひどい態度を取る必要はないはずです」

「そうだな」食べ物の入ったバスケットをかきまわしながら、バルが同意した。「しかし彼らには金を払っているのだし、わたしは公爵だ。丁重に接する必要はない。リンゴはどうだ？」

リンゴを差し出す笑顔は無邪気そのものだが、よく見るとかすかにあざけりを含んでいる。

ブリジットは腰に両手を当てた。「使用人だって考えもすれば感情もある同じ人間なのだと思って接すれば、もっと心をこめて仕えてもらえるんですよ」

バルは椅子にどさりと座り、肘掛けに片脚をのせてぶらぶらさせた。「使用人がちゃんと仕事をしなかったら首にする。ほかの使用人たちは、それを見て学ぶだろう。わたしは金で買える最高の奉仕を得るというわけだ」

赤いリンゴを大きくかじり、口を動かしながらブリジットを見つめる。

彼女は公爵のそばに行って、ひざまずいた。「お金で売り買いできるもののように人を扱うのは、正しいことではありません」

バルが薄く笑う。「正しいことと間違っていることを分けるものはなんだ？」

「閣下はそんなふうに扱われたいですか？」まるまる三日も疲れる旅をしてきたし、今は真夜中だ。それなのに、彼にわかってもらうことがなぜこれほど重要に思えるのか、ブリジットにはわからなかった。

だけど、どうしてもわかってもらいたい。

バルが彼女に指を突きつけると、暖炉の火を受けて親指の指輪がきらりと光った。彼は美しく、自分の富と身分に対する自信にあふれている。「もし誰かがわたしをそんなふうに扱ったら、そいつの鼻をそぎ落として口に押し込んでやるさ」

彼はもうひと口リンゴをかじり取った。

「では、誰かがわたしをそんなふうに扱っても平気ですか?」ブリジットはささやいた。「何も感じたり考えたりしない、ただの物みたいにわたしをこき使っても?」

バルが凍りついたように動きを止め、彼女を見つめる。

目を合わせたまま、ブリジットは彼の手からリンゴを取り、ひと口かじった。

そしてもぐもぐと咀嚼《そしゃく》しながら立ちあがって、部屋をあとにした。


バルが目を覚ますと、部屋は凍りつくように寒く、ベッドの上の足元には赤茶色の猫が座っていた。胸に白い炎のような毛があるその猫は、彼を気にする様子もなく、一心に毛づくろいをしている。

猫が動きを止めてバルを見あげると、プリティと同じ緑色の目をしているのがわかった。

プリティは彼が初めて飼い、父親に絞め殺された猫だ。

それにしても、当時は五歳だったとはいえ、猫にひどい名前をつけていたものだ。

バルはくしゃみをした。

まばたきをするまもなく、猫が一瞬で消える。

猫を見たと思ったのは幻だったのだろうか？

体を起こし、埃っぽい上掛けの上の、猫が座っていたあたりを見つめた。なんの跡も残っていない。

狂気のきざしだろうか？

太陽の光が差し込んでいても、この部屋は死と腐敗のにおいがする。

バルはベッドを出ると、埃っぽい上掛けを取って体に巻きつけた。布を引きずりながら、ひし形格子の窓に歩み寄る。そこからは城の中心が見渡せた。ねじれたオークの木が一本立っているだけの荒涼とした地面に、見渡す限り霜がおりている。仮面をつけた男たちが赤々と燃える火に照らされて、あの木のまわりを飛んだり跳ねたりしていた光景がよみがえった。あのときの笑い声と悲鳴が頭の中に響き渡る。

うめき声とくぐもった泣き声も。

幼かったバルは仮面の男たちの姿におびえた。こっそりのぞいていた未亡人の塔から自分の部屋まで駆け戻り、ベッドの下に隠れたこともあった。あのときは翌朝遅くになって、養育係のメイドに発見されたのだった。

今のバルには、あの仮面の男たちの真の姿が見える。彼らはバルに力をもたらす〝機会〟だ。それ以上のものではない。そしてそのような〝機会〟を生かすためには、利益とリスクを正確に判定する必要がある。

この判定を、バルはロンドンを発つ直前にダイモア公爵へ手紙を送ったときに開始した。あの老人がちゃんと手紙を受け取ったか、あるいはわざわざヨークシャーまで彼を追ってくるほど興味を抱いたかは、もちろん不明だ。だが来週までに老公爵からなんの連絡もなかったら、それこそ驚きだろう。

耳障りな鳥の鳴き声に目をあげると、カラスの群れが城壁の上に飛び立ったところだった。バルはここで創造された。アラビア馬の繁殖のように、種をつける相手を慎重に選んで。彼の父親は爵位と領地と美しさを兼ね備えた男。母親はノルマン侵攻時代からの裕福な家系の出だ。

そして、少しずつ今のバルに作りあげられていった。生身の体は少しずつ結晶し、やがて全身が透明に輝くかたいダイヤモンドみたいに凍りついた。

かつてやわらかかった部分は、もうどこにもない。

バルの姿に信じられないと衝撃を受け、恐怖に引きつった顔をする者たちは、彼がどれほどかたく凍りついているか知ろうともしない。

どこまでも冷たい大地が死しか生み出さなくても、驚くのはおかしい。

彼はようやく先祖の地に戻ってきた。しかし本当は、もうとっくに正当な地位を受け継いでいるべきだったのだ。

バルは窓から離れ、ドアへと向かった。開けて廊下をのぞく。

驚いたことに、従僕がちゃんと外にいた。彼が起きるのを待っていたらしい。

従僕はバルを見てびくりとし、おずおずと言った。「閣下?」

「お湯を持ってきてくれ。たっぷりとな。それからメイドをよこして、暖炉に火を入れさせろ。朝食はお茶、ミルク、砂糖、卵、ハム、薫製ニシン、ソーセージ、チーズ、パン、バターとジャム。ああ、あとはミセス・クラムを呼んでくれ」そう言い終えてから、昨日の夜、彼女に言われたことを思い出した。「よろしく頼む」

「すみません、閣下、それは誰のことでしょう?」圧倒された従僕が問いかける。

「ミセス・クラムだ。昨夜、わたしが一緒に連れてきた女性だよ。これくらいの背で——」手を水平にして、顎の高さまで持ちあげる。「恐ろしくぶざまなモブキャップをかぶっている。今頃はあれこれ指図してまわっているはずだ」

「ああ、その女性ですか」従僕は寄せていた眉を戻した。

ブリジットは朝早くに目が覚めた。冷えきった暗い部屋で、黴くささとじっとり湿った上掛けをまず感じる。

それから相反するふたつの思いに襲われた。

まずは同情。田舎の屋敷の使用人たちは大変だ。真夜中に突然現れる気まぐれな主人をいつでも迎えられるように、準備しておくことを期待されているのだから。貴族たちはベッドなんて勝手に整うもので、食料保存庫は魔法みたいに一瞬でいっぱいになるものだと思っている。足りない使用人は、指を鳴らせばどこからか集まってくるものだと。けれどもその半面、黴や埃や湿気は無能さのしるしであり、別の問題としてとらえるべきだろう。ハウスキーパーとして、見過ごすわけにはいかない。

ブリジットは心を決めて起きあがった。シュミーズだけなので思わず震えると、ピップも目を覚ました。全身を毛で覆われているにもかかわらず、寒くて上掛けの下にもぐり込んでいる。犬はしばらくもぞもぞと出口を探したあと、ようやく端を見つけて顔をのぞかせた。その姿はまるで頭巾をかぶった中世の修道僧だ。

ピップは伸びをして座り、ブリジットが身支度をするのを見守った。

体をぬぐうための水が用意されていないので、すっきりしないままモブキャップをかぶって顎の下でひもを縛り、腰にシャトレーンをつける。それから指を鳴らしてピップに合図すると、部屋を出た。

彼女は二階の小さな部屋を割り当てられていた。使用人用ではないが、来客用でもない。どっちつかずのあいまいな部屋だ。

暗い廊下を歩きながら、精巧な彫刻が施された木の壁に目を留める。目線から上と天井に埃がついていた。階段をおりながら、手入れの必要がある部分を次々に数えあげていく。絨毯ははがして外で叩いたあとスポンジで汚れを拭き取る必要があるし、手すりは蜜蠟で磨かなければならない。踊り場で足を止めると、壁の上のほうには長年のろうそくの使用による煤《すす》が、下のほうには湿気による黴が見えた。階段の残り半分をおりながら、手すりがぐらついているのに気づく。これは危険だ。すぐに大工を手配しなくては。一階の廊下には中庭に面して背の高いゴシック様式の窓が両側に並んでいるが、どれもこれも汚れて曇っていた。

ブリジットはそっと舌打ちをした。

廊下を奥まで進むと使用人用の通路に突き当たり、そこを行くと厨房に続く狭い階段があった。

厨房に入ると、すぐに円形の天井に目が行った。煮炊きの煙に何十年もさらされて、茶色く変色している。壁の一面をまるまる占めている炉は、牛の半身を丸ごと焼ける大きさだ。ここは城なので、実際に昔はそのために使われたのではないだろうか。炉のそばに幅の広い古くてぼろぼろのテーブルが置かれており、そこに城の使用人がほぼ全員集まっているようだった。彼らはそれぞれ反感や好奇心や恐れを顔に浮かべている。片側にかたまってやや小さくなっている集団は、ヘルメス・ハウスから来た従僕たちだ。ボブ、ビル、ウィル、サムという面々が、いかにもよそ者という空気を発散していた。ほかに御者もいるはずだが、厩舎に行ったか、あるいは敵意に満ちた雰囲気に耐えかねて逃げ出したのだろう。

ブリジットは裏口からピップを外に出してから、みなのほうを向いた。腰の前で両手を組みあわせる。「おはようございます。わたしはミセス・クラム。ミセス・アイブスはどこかしら？」

執事のミスター・ドワイトが立ちあがった。痩せた首に目立つ喉仏が、神経質そうに上下する。「おばは今朝、家に戻ってしまいました。夜中に突然閣下をお迎えするような仕事をするには、年を取りすぎたんだそうです」おばはもっといろいろ言ったのだろうが、それを押し込めるように彼はつばをのみ込んだ。

ミセス・アイブスがいなくなったのなら、それはそれでやりやすい。

「洗濯を担当してくれているのは誰かしら？」ブリジットはミスター・ドワイトにきいた。

すると茶色い髪をきつく結んだ長身の痩せた女が、けんか腰で口をはさんだ。

「あんたは誰だい？」

ブリジットは自信に満ちた笑みを浮かべて答えた。「さっきも言ったとおり、ミセス・クラムです。あなたは……？」

「マッジ・スミザーズ」女が薄い胸の前で腕を組む。「料理人だよ」

「それなら、もう公爵閣下の朝食の支度を始めたいでしょうね。閣下は、朝は卵を召しあがるのがお好きなのよ」

料理人は動かない。ほかの使用人たちも。

ため息をついて、ブリジットは言いたくないことを言う覚悟を決めた。「最初に言っておきたいのだけれど、近いうちに公爵閣下は誰をここに残し誰に出ていってもらうか、お決めになるでしょう」

「公爵は悪魔だ。ここら辺の者はみんな知ってる」従僕のひとりが言った。大きすぎる声が厨房の天井にこだまする。

ブリジットは彼を見つめた。二五歳以上にはとても見えない。実際に公爵に接したことがどれだけあるのだろう？　「あなたの名前は？」

「コナーズ」

「ではコナーズ、もしあなたが閣下を悪魔だと考えているのなら、なぜここで働いているの？」

「なぜかって？」コナーズが顔をしかめる。「このあたりにはほかに仕事がないからかな」

ブリジットはうなずいた。「では、そのことについてよく考えてみるといいわ。あなたが本当に閣下に対してそれほど軽蔑と恐れを抱いているのなら、ここでの仕事はやめたほうがいい。でも、もしここに残りたいのなら、あなたは悪魔と見なしている男性と協定を結んだという事実に折りあいをつけ、尊敬の念を持ってモンゴメリー公爵閣下にお仕えしなさい」

口をつぐみ、みなが彼女の言葉を理解するのを待つ。生きていくため、必要に迫られて仕事をすることに異議を唱える気はない。ここにいる者たちは、誰もがそういう身だ。それでも自分たちの主人を悪く言うのを許すつもりはなかった。

さらに言えば、主人に反旗を翻すのも。

「では、朝食の準備ね？」ブリジットは料理人に向かって明るく言った。

ミセス・スミザーズはいそいそと仕事に取りかかったとは言えないまでも、厨房づきの下働きのメイドふたりに手伝わせ、とにかく準備を始めた。

「村から何人か来てもらっています」ブリジットが洗濯女についてふたたび質問すると、ミスター・ドワイトは答えた。「ですが、おばが直接頼んでいたので、どうなるか……」

「名前はわかっているのかしら？」

「はい」

「それなら、彼女たちに今日来るように伝えてちょうだい」

「ですが……」ミスター・ドワイトは厨房に集まっている使用人たちを、助けを求めるように見まわした。「今日は洗濯の日ではありません。次は数日後です。本当に今日、洗濯するものがあるんですか？」

「ありますとも。それどころか、今日だけじゃなくて一週間は続けて来てもらいたいと、その人たちに伝えてちょうだい」

「それはまた――」

「次に、メイドたちだけど」ブリジットはてきぱきと進めた。

「メイド？」ミスター・ドワイトが、そんな言葉は初めて聞いたとでもいうような声を出す。

「そうよ。少なくとも、あと一二人は欲しいわね。あなたにも従僕があと六人は必要でしょう」ブリジットはこくりとうなずいた。「メイド、従僕、洗濯女、大工、石工……すべて必要だから、幅広く人を雇うつもりだと村に知らせてもらったほうがいいかもしれないわ。ミセス・スミザーズの邪魔にならないように、厨房ではなく廊下でわたしたちふたりが面接をして、雇う人を決めましょう。午前中はこれから一緒にお城の中をまわって、何が必要か紙に書き出すことにします。でも、まずはお茶ね。朝はお茶を飲まないと、何も始められないの」彼女はミスター・ドワイトに打ち明けた。彼はなかなか性格のよさそうな若者だ。

少し注意散漫そうではあるけれど。

彼が目を見開いて、ブリジットを凝視する。「お茶ですか……？」

そのとき彼女が気づかなかった出入り口から、二台目の馬車に乗ってきた荒っぽい外見の男たちのひとりが入ってきた。「女に朝食が必要だ」

「誰にですって？」

ブリジットの問いかけに厨房が静まり返った。

彼女は目を細めた。背は低いが樽のような胸をした傷のある顔の男に、ふたたび尋ねる。

「誰に朝食が必要なの？」

彼があざけるように答えた。「あんたには関係ねえ」

「レディによ」昨夜、公爵の部屋にいた黒っぽい髪の小柄なメイドが勇敢にも声をあげた。

「地下牢に入れられているの」

彼女が言い終わる前に、ブリジットは駆けだしていた。厨房を横切り、今男が入ってきた出入り口を抜ける。

「おい！」うしろで誰かが叫んだ。

狭い通路を急いで進み、貯蔵室らしき部屋が並んでいるのを無視してどんどん奥へ行くと、アーチ形の開口部の奥に石造りのらせん階段が下へと続いているのが見えた。

ブリジットは迷わずそこをおりていった。

壁が湿気で濡れていて冷たい。下に明かりが見える。らせん階段をおりきると石敷きの空間に出て、端に小さな火が赤々と燃えていた。壁には粗末な木製のドアが三つ並び、それぞれ大人の男の頭の高さあたりに小さな穴が開いている。床に丸めた毛布が四枚、火のそばにあるテーブルのまわりには椅子が四脚置かれていた。

それを見て、ブリジットは一瞬ほっとした。地下牢という言葉から、もっと恐ろしい場所を想像していたのだ。

座っていた三人の男たちが顔をあげた。彼女を見ても、さほど警戒する様子はない。

そこへさっき厨房に来た男が階段を駆けおりてきた。荒く息をつきながら、仲間たちに言う。「止めようとしたんだ」

ブリジットは背筋をぴんと伸ばした。「彼女はどこ？」

男のひとりがため息をつき、椅子を押しやって立ちあがる。「いいかい、お嬢さん」

「ミセス・クラム！　ミセス・クラム！　あなたなの？」

ブリジットのうしろにいた男が、彼女をつかんで止めようとした。

それをかわして真ん中のドアに走った。女の声が聞こえてきたドアに。背伸びをして小さな穴をのぞくと、そこにはミス・ヒッポリタ・ロイルがいた。

11

けれども心のない王様は、家来たちにうなずいて刑を執行せよと合図しました。と、そのとき、魔術師が咳払いをしました。「王様、わたしは自分の魔法が本物だと証明できます」

王様は眉をひそめ――彼はよくそうするのです――言いました。「どうやって？」

「王様が心を見つけるお手伝いをいたします」

それを聞いて、誰もが凍りつきました。ただひとり、プルーだけは小さな声で言いました。「お父様、いったい何を言いだすの？」

『心のない王様』

バルは埃っぽいベッドに横たわっていた。シャツとベストの上にローブを羽織り、リンゴをかじりながら、朝食をここに運んでミセス・クラムを呼んでこいと言いつけた従僕は階段を転げ落ちて首の骨でも折ったのだろうかと考えていたちょうどそのとき、天国のドアが開き、猛烈に怒り狂った大天使が彼のもとに舞いおりた。

部屋のドアが壁に勢いよくぶつかり、繊細な彫刻の施されたオーク材の壁板に間違いなく傷がついたであろう音がした。ミセス・クラムが飛び込んでくる。目を怒りにぎらつかせ、頬を紅潮させて。胸は黒いウールの下で激しく波打っていた。

なんという堂々たる姿だ。

「彼女を解放するように言って!」彼女は威厳をもって命じた。「彼らに言って、彼女を解放してください、今すぐに」

バルの上にそびえるように立ったミセス・クラムの唇は濡れ、体は怒りで震えている。そんな彼女をベッドに押し倒して奪いたくなった。

だが、彼女にどう思われていようとバルは完全に正気を失ってはいない――いくらか自己弁護をする気はあった。

「つまり、きみはミス・ロイルを発見したと思っていいのかな?」リンゴを慎重に口から離して尋ねる。

ミセス・クラムが片手を突き出し、地下牢の方角を指した。「あの……あなたが雇ったあの連中はわたしの言うことを聞きません。彼女を外に出そうとしないんです。いったいどんな理由があって、ミス・ロイルを地下牢に閉じ込めておくんです? そんなにも彼女が憎いんですか?」

「まさか」驚いて答える。「なぜわたしがミス・ロイルを憎むんだ? わたしは彼女と結婚するつもりなんだぞ」

一瞬、ミセス・クラムが彼を見つめた。息が止まり言葉も出ないようだ。まるで激怒しているみたいに。

ヒッポリタがバルにとらわれていることに彼女がこれほど激しい反応を見せるとは、思ってもみなかった。

なかなか興味深い。

「ミス・ヒッポリタ・ロイルはあなたを忌み嫌っています」ミセス・クラムがようやく口を開いた。声が少し低くなっている。「彼女は決して、あなたとの結婚を心から望んだりしません」

「だろうな」バルは同意した。「だが一度汚されれば、選択の余地はなくなる」

ミセス・クラムの目が丸くなり、顔は色を失った。「彼女を強姦《ごうかん》するつもりですか？」

恐怖に青ざめた少女の顔が脳裏によみがえり、彼はたじろいだ。「そうは言っていない。偶然にも、わたしは強姦と強姦魔を唾棄すべきものだと思っている。そうじゃない。地下牢に一週間もいれば、ミス・ロイルも簡単にわたしの言うことを聞くようになるだろう。今頃はもう、彼女が消えたことがロンドン社交界に知れ渡っている。彼女がどこに誰といたのかが発覚すれば……」肩をすくめる。「さっきも言ったように、彼女には選択の余地がなくなる。たとえ彼女が認めなくとも、彼女の父親は間違いなく認めるだろう。二週間後には、わたしは彼女と婚約しているはずだ」

「でも……」ミセス・クラムが奇妙な目で彼を見ている。「自分を嫌っている女性と結婚して、彼女を強姦するつもりがないのなら、どうやって初夜を成就させるんですか?」

バルは片方の眉をあげて両腕を広げ、美しいわが身を誇示してみせた。「永遠にわたしを嫌うことなどできないさ。結婚してしまえば、彼女には一週間の猶予をやろう。多く見積もっても一カ月で彼女は落ちる」

肩をすくめ、ふたたびリンゴにかじりつく。

「あなたって、本当に世界一うぬぼれが強いんですね」ミセス・クラムが驚嘆の念をこめて言った。

バルはリンゴを嚙むのをやめた。「今頃気づいたのか?」

ミセス・クラムが彼を見おろした。審判を下す天使のように、燃える目がにらみつけてくる。「バル、こんなことをしてはだめです。わからないんですか? これは正しくありません」

その言葉はバルに向かって鋭く投げつけられた。

彼はリンゴを脇に置き、転がってベッドから出た。裸足でミセス・クラムに近づくと腕をつかみ、顔を彼女に近づける。彼女の熱を感じた。目の端に燃えあがる炎が見える。「何が正しい? 何が悪い? 教えてくれ、セラフィーヌ。みながよく知っているそういうルールは誰が作っているんだ?」

バルの怒りにも、彼女はたじろがなかった——そう、彼は怒っていた——が、彼の目を探りながら答えを口にするのをためらった。「聖書が——」

その言葉をバルは鼻で笑った。「あんなものは死者によって書かれ、朽ちてゆく文言だ。やつらはわたしに、土の上にわたしの種子をまくのが罪だと言う。ばかな話だ。ほかの答えは？」

ミセス・クラムの舌が唇を湿らせる。彼の下腹部がうずいた。彼女が寝室に飛び込んできたときから、そこはこわばっていた。彼女の炎、確信に満ちた態度に興奮を覚えていたのだ。

「宮廷は――」

「賄賂と自分の地位にすがって生きる老いぼればかりじゃないか。これが英知か？　これがわれわれの正義の頂点だというのか？」

彼女が目を細める。「法律は議会が定めた――」

「おやおや、セラフィーヌ」猫撫で声を出し、鼻を彼女の顎へ近づけてかぐわしいにおいをかいだ。「議会にいるのは誰だと思う？　誰が法律を作り、誰がこの偉大なる国の政府を運営していると思うんだ？」彼女は今朝風呂に入っていない、とバルは見定めた。彼女は独特のにおいがする。女のにおい、汗のにおい。彼はミセス・クラムの頬から口元まで、ぺろりと舐めた。塩辛い。そして無垢な聖人の味だ。彼女の唇を噛む。一度、二度、三度。彼女が欲しい。意志の力を総動員して体を離し、彼女の顔を見る。「わたしだよ、セラフィーヌ。わたしが政府だ。公爵、侯爵、伯爵に子爵。土地と金と権力を手にし、それを何世代先までも受け継いでいく者たち。何が正しくて何が悪いか、われわれが決める。ハンカチ一枚を盗んで絞首刑になるのは誰か、メイドを強姦しても無罪放免になるのは誰か。一軒の家に何枚以上窓があれば税を課すべきか、一度の戦争で何人が死ぬべきか、われわれが決める。われわれが支配者階級なんだ」バルは自分の知る限り最上級に甘い微笑みをミセス・クラムに向けた。「さあ、言ってくれ。きみは本当に、わたしのような人間が善と悪のルールを作っていていいと思うか？」

ミセス・クラムが黙ってバルをにらみつける。どんなに怒りに燃えても、彼女の負けだ。彼女には、もうゲーム終了を認めることしかできない。

バルは彼女を放っておいて、食べ物の入ったバスケットのほうへ大股で歩いていった。リンゴがもうひとつ、もしくは彼女を誘惑する材料になるひとかけらのチーズでもあればいい。彼は勝者の善意を見せることもできるのだ。

「言いたいことはそれだけですか？」

「うん？」振り向くと真うしろにミセス・クラムが立っていた。いつのまに？

彼女の目は細められ、小鼻はふくらみ、自分が負けたことには気づいてもいないようだ。

「それで説明をしたつもりですか？　あなたには善と悪の見分けもつかないし、ふつうとされている道徳の常識を受け入れてもいないから、なんでも好きなことができると？」

バルは頭を傾けた。「そうだが？」

「違います」ミセス・クラムがきっぱり言う。自分がただのハウスキーパーで、平民で、羊飼いの家に生まれた身分で、使用人にすぎないことなどいっさい忘れ、まるでバルと対等だと思っているかのように。

むしろ、彼より上だとさえ思っているかもしれない。

「違います」ミセス・クラムが繰り返した。「そんなこと、わたしは認めません。あなたはその愚かな哲学で、相手に対する敬意がないことで、他人を傷つけています。お望みなら、今すぐにでもふしだらな舞踏会を開けばいいし、醜聞で社交界を騒がせればいいでしょう。でも、あなたとの結婚を望んでいない女性と結婚することは許されません。それは間違っています」

ミセス・クラムは確信を持って語っている。バルについても確信しているようだ。彼は不本意ながら魅了され、にやりとしそうになった。「誰がそんなことを言えると――」

「わたしが言います、それは間違っていると」彼女が手のひらをバルの胸に押しつけた。看病していたとき以外、彼女のほうから触れてきたのは初めてだ。ローブとベストとシャツ越しでも、その手は肌に焼けつくように感じられた。「聖書でもなく、法廷でもなく、議会でもなく、このわたしが言います、それは間違っていると。ヒッポリタ・ロイルを解放してください。馬車を用意してヘルメス・ハウスから従僕を呼んで、彼女を家に送り届けてくださ い。今すぐにやるんです、バル。あなたはこんなことをするよりも、もっとまともな人になれるはずです」

バルはミセス・クラムの目を見つめた。まばゆく燃えて彼をにらみつけている、その目を。そして自分が崖っぷちにいるのを感じた。ぐらぐら揺れて、足元の地面が崩れていく。落ちたら、熱いと感じるだろうか？

胸元に置かれた彼女の手をつかんで持ちあげ、手のひらに口づける。「違うな、かわいいセラフィーヌ」ひどくやさしい口調で言った。「わたしは決してそんなことはしない。きみはわたしについて重大な思い違いをしている。わたしは哲学者かもしれないが、それは無数にある顔のひとつにすぎない。わたしを裏返せば、また別の顔を見せるだろう。きみが面白いとは思わないであろう顔をね。だが、それもまた真実だ」

ミセス・クラムが身を引こうとしたが、彼は手を放さなかった。

彼女が顔をしかめて見あげる。「それはどんな顔ですか?」

バルは微笑んだ。少し悲しげにも見えたが、本当のところは誰にもわからない。

「支配者の顔だ。わたしがこれまでしてきたこと、今やっていること、それはすべて力を手にするためだ。まわりを見てみろ。先祖もみな、これをやってきた。ここに到着したときに聞かせた話を覚えているか? この城の主を殺し、その妻を犯した男の話だ。きみはそれをおとぎばなしだと思ったのか? いいや。彼の血はわたしの中に流れている。わたしはこんなことをやるために生まれてきた。毒ヘビが嚙みつくからといって責めてはいけない。それが毒ヘビのやることなんだ」

ミセス・クラムの唇は震えていたが、目は乾いていた。バルを説得する望みなど、とうに捨てたかのように。彼は悲しくなかった。まったく。「犯された女性の血もあなたの中に流れているでしょう?」

おっと、彼女は急所を心得ているようだ。「当然だ。だが、それは表に出てきてはいない。

その物語からわかるのは、彼女は目立たないちっぽけな存在だったということだ」

ミセス・クラムが頭を振った。「それで、善と悪の話は何もかも――あなたにとってはなんの意味もないということなのですね？」

バルはためらった。ほんの一瞬だけ。というのも、何が善で何が悪かという問いには常々強い興味を持っていたからだ。

しかし、彼はミセス・クラムに向かって微笑んだ。「抽象論にすぎない。わたしはミス・ロイルを軟禁して、わたしの妻にする。なぜなら彼女はイングランド一の美女で、もっとも裕福な女相続人だから。彼女は賞品だから。そして、わたしにはそれを手に入れることが可能だから」

彼女の目に燃える炎はバルを焼き焦がしそうだった。「わたしがどう思うかなんて、あなたは気にもしないでしょうね」

それは質問ではなかったので、彼は答えなかったが、息を詰まらせた。もしミセス・クラムが注意深く見ていれば、それだけでもじゅうぶん答えになったかもしれない。けれども彼女は手を引き抜いて向きを変えたので、それには気づかなかった。

彼女の手が消えて、胸が寒く感じられた。とても寒い。

「出ていけ、ミセス・クラム」バルは言った。「わたしはもう決断した。きみがどんなに言葉を重ねようと、わたしの心は変わらない」

彼女が部屋を出ていった。

すると、部屋から温かさがすっかり消えた。

その晩遅く、ブリジットは考えていた。その日のうちに救出を試みるのは性急なのかもしれない。地の利もなく、頼れる仲間もほとんどおらず、資金はもっとない。凍えるような寒さの中、あたりにひとけもない場所で、計画を練る時間もろくにない。

あんなにも愚かしい男に怒りで目がくらまない人もいるかもしれないけれど、驚くほどやる気をかきたててくれるものなのだ、怒りというのは。

ブリジットはなるべく音を立てずに地下牢へのらせん階段をおりていった。理論上は、警備の男たちはエールの中にまぜておいた薬のせいで眠っているはずだ。

もちろん、理論と実践はまったく違う。途方もない額の金でミセス・スミザーズから買い取ったあのどろりとした黒い液体を、使いすぎたのでなければいいけれど。ブリジットはバルが雇った男たちを殺したいとは思っていなかった。

とはいえ、実のところ、それほど心配しているわけでもない。

バルは彼女の道徳観に、非常に悪い影響を与えつつあるようだ。

最後の角を曲がって、ブリジットは安堵《あんど》のため息をもらした。大きな体が四つ、テーブルに突っ伏している。全員がうるさいほどのいびきをかいていた。

急いで鍵を探す。あいにく、それはひとりの男のくさい腕の下にあった。そして彼女は地下牢の真ん中のドアへ走った。「ミス・ロイル！」

「あなたなの、ミセス・クラム？」小窓にミス・ロイルの顔が現れた。

「ええ、助けに来ました」毅然として言う。

鍵を差し込んでまわすと盛大にきしる音がして、ブリジットは顔をしかめた。あの男たちは、このいまいましい錠に油を差すこともできないのだろうか？

「ああ、ありがとう」ミス・ロイルが小さな牢獄から出てくる。

ほとんど何も着ていないも同然だった。髪はもつれた塊となって肩先に落ち、鼻や額は汚れ、体にはブランケットを巻きつけている。ブリジットは今朝見たときに、その下にはシュミーズしか着ていないようだと気づいていた。まるで夜中に襲われたみたいに。寝間着姿の女性を誘拐するなんて、いったいどんなろくでなしだろう？

「マントを持ってきました」そう言いかけたとき、ミス・ロイルの目が大きく見開かれた。

彼女はブリジットをまわり込んで炭用のシャベルをさっとつかみ、もぞもぞと起きあがりかけた男の頭に振りおろした。

シャベルがごんと鐘のような音を立てた。

「やったわ！」ミス・ロイルがブリジットに笑顔を向ける。「この五日間の仕返しよ。わたしがどんなにせいせいしているか、あなたにはわからないでしょうね」

「彼らはあなたを傷つけたりはしていませんよね？」心配して尋ねる。

「ええ、あなたの思っているような意味では」ミス・ロイルは鼻にしわを寄せ、地面に倒れている男をつま先でつついた。もう一度ぐらいシャベルで殴りたいと思っているようだ。

「でも乱暴だったし、この人たち、一カ月以上もお風呂に入っていないんじゃないかしら。彼らと一緒に馬車に詰め込まれるのは、ミセス・クラム——最悪だったわ」

ブリジットは目をしばたたいた。「どうか、わたしのことはブリジットと呼んでください」

「まあ、そう？」ミス・ロイルは兵士が銃をかつぐようにシャベルを自分の肩にのせた。

「だったら、わたしのことはヒッポリタと呼んでちょうだい」

「それは……わかりました……ヒッポリタ」ブリジットは言った。「服を持ってきました。急がないと」

「もちろんよ」ヒッポリタはタイツと男物のバックルのついた靴を履き、料理人のミセス・スミザーズのお古だったぶかぶかなドレスを着た。

ブリジットは最後にマントを差し出した。「残念ながら、いいものがなくて」

薄汚れた灰色の大きなマントは、濃い緑や明るい青や赤の格子柄の布があちこちにつぎはぎされていた。なおかつ強烈な馬のにおいがする。

「ありがとう」ヒッポリタはマントを羽織って明るい笑顔を見せた。「暖かいわ！」

ブリジットはうなずき、先に立って地下牢の階段をあがった。夜のこの時間、使用人の大半は眠っている。ブリジットは昼間のうちにさりげなく彼らに質問してまわり、疑念を感じたことを確認していた。一年近くも不在にしていたのだから無理からぬこととはいえ、バルはこのあたりではあまり好かれていない。もっとも、そうでもない人たち、あるいは金をつかませれば味方になる人間を見つけるのはそう難しくなかっただろう。陰謀に長けた男なら、懐かしの陰鬱な古城に向かって馬車を走らせる前に考えて当然のことだ。

彼女はヒッポリタを連れて厨房を抜け、勝手口を出ると中庭に入っていった。空は曇っているが、一瞬だけ欠けた月が姿を見せ、その青白い月を背に古いオークの木のねじれた枝が黒々と浮かびあがった。

「向こう側に厩舎があります」ブリジットは借り物のコートを体にきつく巻きつけながら言った。今夜は空気が湿っていて寒い。どんよりした空から今にも雨か雪が降ってきそうだ。彼女はショールも持ってくればよかったと後悔しはじめていた。

ふたりは凍った地面を急いで歩き、門を出ると城壁をまわり込んだ。厩舎には人影がなかったものの、ポニーが一頭、約束どおり外側につないであった。

「ごめんなさい」ブリジットは詫《わ》びた。「時間がなくて、用意できたのはこれだけなんです」

ヒッポリタは不安そうだ。「この子、わたしたちふたりを乗せられるの？」

「そう願います」むっつりと答える。

ヒッポリタはうなずき、ポニーをつないであるひもを外した。彼女は楽々と、ブリジットは苦労しつつもなんとか馬に乗り、一行は黒い夜の闇へと踏み出した。

「どこに向かうの？」ヒッポリタはうしろに乗り、実質的には彼女が手綱を取っている。

「地元の村です」ああ、このポニーはなんて遅いのだろう！　ブリジットは人間ふたりを乗せたポニーが速く動けないことまでは計算に入れていなかった。

ちらりとうしろに目をやる。アインズデイル城はまだずいぶんと近くにそびえ立っているように見えた。いくつかの窓から明かりがもれている。定かではないけれど、警報が鳴らされたようには見えない。バルはたぶんまだ自室で起きていて、あの派手な紫のローブを着て、片手にワイングラス、もう一方の手に古い本を持っているだろう。

ブリジットに計画をつぶされたことには気づきもせずに。それに気がつくのはきっと、彼女がヒッポリタを安全に逃がしたあとだ。それで本当に終わりになるのだろうか？

ブリジットはまた前を向いた。ポニーは人影もない荒野に向かって走っている。彼女たちふたりに、ほんの少しだけ幸運の女神が微笑んでくれるなら……。

三〇分後、小さな丘の頂に着いた。ブリジットはあたりを見まわし、遠くで光がまたたいているのを見てほっとした。「ほら、あそこ。あれが村のはずです。あの明かりを見ながら行けば、すぐに着きますよ。赤いドアのついた最初のコテージがミセス・アイブスの家です。彼女はアインズデイル城の前のハウスキーパーで、公爵のことがあまり好きではないんです。ミセス・アイブスならあなたをひと晩かくまってくれるだろうと、ミスター・ドワイトが請けあってくれました。そして早朝に来る郵便馬車に乗れば、ロンドンまで行けます」

ブリジットはポニーの首の上に片方の脚をまわし、地面に滑りおりてようやく安心した。ヒッポリタには言わずにおいたが、馬に乗ったことなど片手で数えられるほどしかなかった。

「お願い」闇の中では顔は見えないものの、ヒッポリタの声は不安げだった。「お城には戻らないで。彼は怒っているはずよ。彼があなたを傷つけるようなことになったら、わたしは決して自分を許すことができないわ、ブリジット」

一瞬、ブリジットの体をぞくぞくする感覚が駆け抜けた。おそらく、この一日の緊張と謀略と興奮が極致に達したのだろう。「どうかご心配なく。公爵はわたしを傷つけたりしません」少なくとも肉体的には、と心の中で訂正する。「それにわたしの持っているお金では、郵便馬車でロンドンまで行く切符を一枚しか買えないんです」

「でも——」

遠くで甲高い犬の吠え声が聞こえた。ほとんど音楽のようなその声が、一〇分ほど前からだんだん近づいてきている。アインズデイル城の猟犬たちがふたりを追ってきたのだ。

それを予想していなければ、ブリジットは恐怖に震えあがっていたかもしれない。けれども想定済みだったので、犬たちの声は決心をあと押ししただけだった。

「さあ、行って！」

ヒッポリタはポニーの頭を村の明かりのほうへ向け、全速力で駆けていった。

そのとき、空から冷たい雨粒が落ちてきた。

ブリジットはスカートを持ちあげて逆方向へ走りだした。猟犬たちの注意をヒッポリタからそらすというのが、この計画では重要なのだ。彼女は男物のコート——そう、バルのコートだ——を着て、ポケットには角切りにした生のベーコンを詰めてあった。数歩走るごとに、ベーコンをいくつか落としていく。

小道は黒くて見えづらく、雨で滑りやすくなっていた。足首をひねったり、うっかり茂みに突進したりしないように気をつけなければならない。

犬の吠え声はどんどん大きくなってきた。ブリジットはふと、訓練された猟犬の役目が単に獲物のあとを追ってその存在を指し示すだけではないことに思い当たった。

猟犬はふつう、狩りが終わる頃にはキツネをばらばらに引き裂いてしまう。

不意に、ヒッポリタのにおいから犬たちを引き離すという聡明な計画が、それほど聡明とは思えなくなった。

いや、きっとバルが犬を呼び戻してくれるはずだ。

でも、猟犬を呼び戻すなんてことができるものなのだろうか？

いつしかブリジットは必死に走っていた。スカートを両手でつかみ、ベーコンのことなどすっかり忘れて。顔が濡れ、息があがり、脇腹にきりきりと痛みが走る。

吠え声はすぐうしろまで迫っていた。彼女はポケットをひっくり返し、犬が手足に飛びついてこないようにベーコンをぶちまけた。

巨大な黒い獣が飛びかかってくる。その足音が彼女の耳の中でとどろいた。身をすくめ、踏みつぶされる覚悟をする。だがその代わりに、力強い腕が伸びてきて彼女をつかみ、ひょいとすくいあげた。

「さあ、つかまえたぞ、わたしのセラフィーヌ」耳元でうなったのはモンゴメリー公爵だった。「わたしが追いかけてこないと、きみは本気で思っていたのか？」

猟犬たちは父の武器だった。

バルは犬たちが馬のひづめのまわりで泥まみれになりながら、ミセス・クラムが彼のお気に入りのコートのポケットに隠し持っていたベーコンをめぐって争っているのを嫌悪感もあらわに見つめた。彼のあっぱれなセラフィーヌは救出を試みるだろうと予想はしていたものの、こんなにもすぐに、あるいはこんなにも無謀なやり方で実行するとは思わなかった。

自分の前にいる温かな、びしょ濡れで大きく息をついている女性を抱く腕に力をこめ、バルは馬に蹴りを入れて駆けだした。彼女が小さな悲鳴をあげる。彼はミセス・クラムの不格好なモブキャップに向かって笑った。彼女は使用人であり、おそらく馬には慣れていないはずだ。いつも自分に逆らう彼女には、これぐらいのお仕置きは妥当だろう。

だが、公爵であるバルは五歳の頃から馬に乗らされた。跡継ぎが馬にろくに乗れずに笑われるより、大きな馬から落ちて死んだほうがましだと父は考えたのだろう。あの父が息子の教育について、いくらかでも考えをめぐらすことがあったならの話だが。

丘をのぼり、バルはとらわれの乙女を腕の中に抱えて嵐の荒野を駆けていった。気をつけないと、馬が思わぬ穴に足を取られ、みなで地面に転がって首の骨を折るかもしれない。しかし、今はそんなことはどうでもいいと思っている自分もいる。

まったく、彼女は見事に挑発してくれるものだ。バルが妻を迎えることを二度も阻止した。最初は彼がヒッポリタを脅迫するのを邪魔して、今度はあの女相続人を本当に逃がしてしまった。まるでミセス・クラムが、反結婚主義を掲げてでもいるかのように。けれどもさらに悪いことに、彼女自身も逃げたのだ。

それは許しがたい、筋の通らないことだ。バルを殴り、恥をかかせ、つばをかけるのはかまわない。彼に背を向ける以外のことなら、何をやってもいい。だが、彼女がふたりのあいだのゲームをただおりるというのはだめだ。そんなことは許されない。

嵐の夜の荒野にミセス・クラムが出ていったとわかったとき、貴族のレディといまいましいポニーはさておき、彼女がひとりで出ていったと悟ったとき……。

バルはうなった。

ミセス・クラムはじっとして動かなかった。猟犬にくわえられたウサギのように、胸の鼓動は速くなっていた。すばらしい。彼女はバルを恐れるべきなのだ。彼はとても悪い男で、ミセス・クラムは完全に彼の意のままだ。彼女にどんなことでもできる。

そう、どんなことでも。

そのうち彼女も思い知るだろう。

城の明かりが近づいてきて、バルは残念に思いながら馬の速度を落とした。

とらわれの身になってから初めて、ミセス・クラムが口を開いた。歯がかちかち鳴っている。「何をするつもりですか？」

「賞品を家に持ち帰るのさ」城の玄関の前へ馬を乗りつけながら、さらりと言う。「わが獰《どう》猛《もう》な先祖たちがやったように。わたしが理解しているところでは、囚人たちを地下牢にぶち込んで宴会を開き、捕らえた者たちを拷問して楽しむのが習慣だったそうだ。だが、わたしはその部分は割愛してもいい」

待ち受けた馬丁のひとりが雨の中を駆け寄ってきて、手綱を受け取った。バルは馬からおりた。ブーツが泥をはねる。そして手を伸ばし、ミセス・クラムを持ちあげておろしてから、赤ん坊のように抱いて歩きはじめた。

彼女がたちまち体をこわばらせる。「おろして」バルの耳にささやき、両手を自分の前に伸ばした。まるで、その手をどこにおろせばいいのかわからないというように。

「だめだ。走って逃げようったって、そうはいかない」ゆっくりと微笑んで、ミセス・クラムの濡れた顔を見おろす。不意にひらめいた考えに、彼は目を輝かせた。「きみは男の腕に抱かれて運ばれたことなど、これまで一度もないんだな?」

「ありません」彼をにらみつけながら言う。「あると思いますか?」

「ふむ」答えるつもりはなかった。とりあえず今のところは。「では、こつを教えよう。少し力を抜くといい。そうしてくれないと、わたしはうっかりきみを落としてしまうかもしれないぞ。そうなると、われわれふたりとも赤っ恥をかく」

「なんてことを」ミセス・クラムがうめいた。玄関のドアが開き、長身の執事がふたりを見てぽかんと口を開ける。

「ごきげんよう」バルはそう言いながら、彼の横を通り過ぎた。「ふたり分の夕食をわたしの部屋へ。よろしく頼む」

中に入るとミセス・クラムは少し緊張を解き、彼に体を預けた。あいにく明かりの下に出たバルは、彼女の着ているコートを初めてまじまじと見るはめになった。

彼はうめいた。「なぜわざわざその紫のベルベットを？　まるで、わたしのことが好きではないと言っているようじゃないか」

ミセス・クラムが胸の前で両腕を交差させる。階段をのぼっていく彼の目は、その部分に吸い寄せられた。「そのとおりです」誇らしげな態度を打ち消すように、彼女が突然激しく身震いする。

「嘘つきだな」思わずそう言った。「かといって、嘘がうまいわけでもない。わたしがレッスンを授けてやってもいいが、そうするとわたしは自分の強みを失ってしまう」

ミセス・クラムがため息をつく。ふたりは彼の部屋へ向かっていた。「ミス・ロイルのことはどうなさるんです？」

バルは困惑の目を向けた。「どうなさる、とは？」

「なぜあなたはわたしとここにいるんです？　結婚したいとおっしゃっている女性を探しに出かけたらいいじゃないですか」

彼は微笑み、肩でドアを押し開けて部屋に入った。「嫉妬しているのか？　そんな必要はない。使用人の多くは犬とともに荒野に行かせてある。朝までには、連中が彼女を見つけるだろう」

小さな犬が駆け寄ってきて、悪魔のように吠えた。浴槽のそばに乾いた服を置いていたメフメトが振り向く。「ミセス・クラム！　閣下があなたを見つけたんですね、よかった！心配していたんですよ、ピップもぼくも。あなたが荒野で迷子になったら、幽霊になって閣下に一生取りつくんじゃないかって」

「おまえがわたしを信頼していなかったと知って、わたしは相当打ちのめされているぞ、メフメト」バルは言った。「いいから犬を連れて厨房へ行け。そしてわれわれの夕食ができあがっているかどうか見てこい。よろしく頼む」

少年は小鬼のようににやりとした。「はい、閣下！」

彼はたちまち犬とともに部屋を出ていった。

バルは炎がうなりをあげている暖炉の前にミセス・クラムをおろしたが、両手は彼女をつかんだままだった。レッスンを授けてやらないといけない……それに、バルは彼女に触れているのが好きだった。

彼女は湯気を立てている浴槽をちらりと見て、また身震いするのを抑えた。「あなたが入浴なさるのなら、わたしは出ていかないと」

「なぜ？」バルは無惨にもぼろぼろにされた紫のベルベットのコートをミセス・クラムの肩から脱がせた。それはおそらく彼女が一生働いても稼げないほどの値段がついたコートだったのに、今やベーコンと馬のにおいが染みついている。彼はびしょ濡れのコートを部屋の隅へ放り投げた。

「あなたはおひとりになりたいでしょうから」

バルは面白がるようにミセス・クラムの目をのぞき込んだ。彼女のシャトレーンを外し、テーブルの上に置く。「わたしがいつひとりになりたいと言った？」

彼女がさっと目をそらした。「あなたにおひとりになる時間を持っていただきたいと、わたしが願っているのかもしれません」

「そうかもな」バルは同意した。「だが、きみが願いをかなえてほしいと思うなら、わたしのもとから逃げ出すべきではなかった。むしろそうしてきみは退路を断ってしまったんだぞ、セラフィーヌ、違うか？」

微笑みながら、彼女の首から白いスカーフを引き抜く。

ミセス・クラムはまばたきをして、スクエアネックの質素なドレスを、まるで今まで見たことがなかったというように見おろした。もしかしたら尼僧のように暗闇の中で着替えていて、本当に見たことがないのかもしれない。「何をなさっているんです？」

彼はため息をついた。「告白しよう。きみの初心《うぶ》さに困惑しているんだ。いったいどうやって、二六歳まで誰にも誘惑されずにきたんだ？　それについてわたしが思っていることはふたつある。ひとつ、きみの魅惑的な誘いに気づかないほど無関心な男しかまわりにいなかったのだという驚き。ふたつ、その初心さが本当に初心であることを示しているのかもしれないと考えて感じる喜び。なぜそれがこんなにもわたしを興奮させるのかはわからないが、これまで一度も処女に心を動かされたことなどなかったのでね。もしかしたら、この環境のせいかもしれない。好色な先祖たちによって花を散らされた乙女が、いったい何人いたことか。あるいは」巧みにピンを外してエプロンを投げ捨てる。「単純にきみのせいかもしれない」

「わたしは何も……」言葉が途切れ、それから興味深いことに、彼女の顔が真っ赤に染まった。ふむ、そうか。この乙女は本当に初心なのだ。「なんです？」

「わたしはきみのせいだと思う」そう打ち明けると、ミセス・クラムの顎の下でモブキャップを結んでいるひもを引いた。

彼女はさっとモブキャップをつかもうとしたが、バルのほうが早かった。そのいまいましいものをひったくった——ついに。そして大いに満足感を覚えた。ミセス・クラムは彼が半年という時間と大金をかけて狙ってきた妻を奪ったかもしれないが、こちらは彼女のあの恐ろしいモブキャップを奪ってやったのだ。

そして、その下には……。

「ああ、セラフィーヌ」バルは感嘆の声をあげた。彼女の髪は炭のように黒かった。夜のように、彼の魂のように黒い。だが、左目にかかるひと筋の髪だけは真っ白だ。髪はねじって頭にしっかり留めつけられていて、バルの指はそれをほどきたくてうずいた。

「やめて！」まるで彼の望みを察したように、ミセス・クラムが言う。両手をさっと上にあげて髪を押さえた。

その手をどかして笑いながら、バルはピンを次々に引き抜いて絨毯の上に落としていった。彼女は少女のように金切り声をあげて離れようとする。

凍てつく荒野を一時間もさまよい、丘の下で彼女が首を折って死んでいるのではないかと心配していたのでなければ、哀れみをかけてやってもよかったかもしれない。

髪はすぐにほどけ、もつれた塊となって腰のあたりまで垂れさがった。

「すばらしい」バルはつぶやき、両手で髪を持ちあげた。

ミセス・クラムがあとずさりして、暖炉の横の壁に背をつけた。息をあえがせ、顔を紅潮させ、彼を鋭くにらんでいる。「脂ぎっています。洗わないと」

バルはやさしく微笑んだ。そんなに簡単に思いとどまらせることができると思っているのか？「わかっている。なぜわたしが風呂を用意させておいたと思う？」

彼女が浴槽をちらりと見る。その目が見開かれ、それからふたたびバルを見た。

彼はうなずいた。「きみのためだ。この時期の荒野は、嵐でなくても寒い。それにきみが風呂に入りたくなるだろうとわかっていたよ。さあ、湯が冷めてしまう前に、残りを脱がせようじゃないか」

バルはドレスの胴着《ボディス》の隠されたフックを外しにかかった。ミセス・クラムはじっと立っている。指の下で胸が盛りあがり、震えながらさがった。まるで野生動物を脱がせているようだ。あるいは、じっと立っているのは一瞬だけと約束した天使か。バルのほうで間違った動きをひとつでもすれば、彼女をおびえさせてしまうかもしれない。

微笑んで、ミセス・クラムの目をのぞき込んだ。彼のものはかたくこわばり、ブリーチズを押しあげている。ミセス・クラムの髪は、大地と彼女のにおいがした。そのにおいを消してしまうのが惜しい。

だが、彼女は凍えている。指も頬も氷のようだ。バルは彼女を温めてやりたかった。

燃えあがる天使の火を消してしまうわけにはいかない。

フックの外れたボディスを大きく開くと、質素で飾りのないコルセットが現れた。腕からドレスをするりと脱がせたバルはスカートとペチコートもさっとほどき、彼女がそこから足を踏み出すのを手伝った。続いて足元にかがみ込み――公爵がハウスキーパーの足元に――泥だらけの靴とウールの靴下を脱がせた。それから立ちあがって、これ以上ないほど質素なコルセットのレースに手を伸ばす。ミセス・クラムの呼吸が速まっているのがわかった。今やシュミーズ越しにふっくらした胸の先端が見えているのだ。漆黒の髪とは対照的に肌は青白く、象牙色をしている。

バルはコルセットをゆるめて頭から脱がせた。彼女はすり切れたシュミーズ姿になって立っている。寒さでとがった乳首が見えた。それはおそらく彼の退廃的な人生で目にした中でも、もっとも官能的な眺めだった。

用心のために片手でミセス・クラムの腕をつかんだが、彼女は逃げようとはしなかった。顎をあげ、バルの目を見ている。彼は自分の唇がゆがむのを感じた。

下腹部がうずく。

自分が何をするつもりか、考え直すべきかもしれない。殉教者、異端審問官、怒り狂う大天使とベッドをともにするというのは、たとえそれが処女であっても、少々常軌を逸しているのではないだろうか？

そんなことをしたら、人はいくらかでも変わってしまった自分に気づくのでは？

なんと奇妙なことを考えているのだろう。

その考えを頭から消し去るべく、バルはにやりとした。そしてシュミーズを彼女の頭から引き抜いた。

ミセス・クラムは裸で立っていた。白い腹部があらわになり、ルビー色をした乳首が豊かな胸の上でとがっている。青白い腿の付け根には黒々とした茂み。シャトレーンもモブキャップもつけていない彼女は、なんの武装もなしに立っている。そして自分の体を隠すことを拒否していた。

彼女は肩を怒らせて、バルの視線を挑戦的に受け止めた。

その瞬間、彼の中で何かが締めつけられた。

「ああ、セラフィーヌ」甘く歌うようにささやき、両腕で彼女を抱いて、そのやわらかく白い肌の感触を味わう。「今夜、きみをどうやって奪ってやろうか」

「わたしの名前はブリジットです」彼女が言った。

12

心のない王様は目を細めました。これまで大勢の魔術師や医師や占い師が彼の心を見つけようとしました。あるいは心を作り直したり、彼に心を贈ろうとしたりしてきましたが、誰もが失敗に終わっていたのです。

「いいだろう」王様が低い声で言い、その声に城の者たちは思わずあとずさりしました。「わたしの心を見つけられたら、おまえと娘を解放してやる。それができなければ、ふたりとも首をちょん切って城門の上にさらしてやるからな」

『心のない王様』

「ブリジット?」バルが言った。五分経っても、まだ仰天している。

彼がそれを言うのはもう三回か四回目で、そのたびに声が少しずつ恐ろしい響きになっていく。

ブリジットはバルを無視しようと決めていた。銅製の浴槽は彼女が中に座ると肩までの高さがあり、そこには湯がなみなみとたたえられていて、実に贅沢だ。彼がブリジットのクリスチャンネームになんらかの問題を抱えているからというだけの理由で、この時間を無駄にする気はない。

「しかし、ブリジットとは」バルがなおも言い募る。今は上着を脱ぎ、浴槽のそばに椅子を引いてきていた。長袖にレースのついた上質なリネンのシャツと、金の刺繡が施されたセルリアンブルーのベストといういでたちだ。バルがこんなにも名前にこだわっていなければ、ブリジットはずっと彼の目に自分がどう映っているのか気になって仕方がなかっただろう。

「本当に、本当なのか?」

「はい」浴槽の中にさらに深く体を沈め、二の腕まで湯に浸かる。まさに天国だ。バルがいつも妙な時間に風呂を所望するのも無理はない。できることなら彼女だって、毎日でも風呂に入りたいくらいだ。

「だが、それはアイルランド人の名前じゃないか。そしてきみはイングランド北部の出身だと言った。スコットランドに近いところだと。もし――」

ブリジットは首をのけぞらせて湯に沈み、彼の声はくぐもって聞き取れなくなった。浮かびあがると、また聞こえてくる。「――きみがアイルランド人でない限りは。本当はアイルランド人なのか、きみは?」

「いいえ」彼女はきれいな練り石けんに手を伸ばし、顔も知らない従僕の父親のことを考えながらつけ加えた。「少なくとも、わたしの知る限りでは」

「どうにも響きがしっくりこない。ブリジットブリジットブリジット。鳥の鳴き声のようにも聞こえてくる。茂みの中に住んで絶え間なくさえずり、人のピクニックを台なしにして、いらだたせる鳥だ。わたしがピクニックによく行くというわけではないが。ブリジットブリジットブリジット」

石けんは薔薇の香りがして、なめらかな手触りだった。やわらかな泡を髪にこすりつけ、泥と寒さと恐怖にまみれた一日の果てに味わうそのすばらしい感触に、思わずうめきそうになる。目を閉じて石けんの香りを吸い込み、彼の物憂げな声をぼんやりと聞きながら、指先で頭皮をもんだ。

ああ、本当にすてき。

だが目を開けてみると、バルがいつのまにかブリジットの名前について文句を言うのをやめていたことに気づいた。その代わりに彼女を見つめている。目がゆっくりと腕から首にかけてなぞり、その先へ移って、胸がちょうど浸かっている水面まで行く。彼は長いあいだ、ただ胸を見つめていた。ブリジットは自分の鼓動を、腕からしたたる水のしずくを、乳首が冷たい空気に触れてかたくとがっているのを意識した。

バルの真っ青な目が上に向けられ、視線が合う。きらきら輝く熱のこもった目。彼の言葉を思い出す。〝今夜、きみをどうやって奪ってやろうか〟

ブリジットの唇が開き、心臓が激しく打ちはじめた。

「髪をすすぐのを手伝わせてくれ」

彼の声は低く、ブリジットのおなかの底に重く響いた。バルは立ちあがって部屋の向こうまで行くと、暖炉の上から水差しを取ってきた。彼女は振り向かなかったが、バルが背後へ歩いてくるのが聞こえた。人生でこれまで一度も誰かに——しかも紳士に——頭を洗ってもらったことなどない。

「少し前に座るんだ」いきなりすぐ近くで声がした。「目を閉じて、頭はうしろに」

湯が頭に注がれた。温かくて気持ちがいいはずなのに、肌がどうしようもなく粟《あわ》立つ。

「もう一度やったほうがいいかな」バルの声はとても近く、その手は大きくてがっしりしていた。また湯が注がれる。「ほら、これでいい」

ブリジットは浴槽の奥へと座り直し、震える指で髪を絞った。彼が水差しを置く音が聞こえる。どう動けばいいのかわからない。これまで経験した、あるいは想像したどんなことども、これは違っている……。

咳払いをしたが、しゃべりだした声はかすれていた。「髪を拭く布を取ってくださいます？」

「わたしが拭いてやろう」きれいになった髪が湯に触れないよう、バルは巧みに布で彼女の頭を包んだ。「今のきみはオスマントルコの王妃のようだ」彼の指がうなじを撫でる。

ブリジットは目を閉じた。胸の先端がうずく。彼はまだほとんど触れてもいないというのに。

息を吸って微笑もうとしたが、わかったのは自分があまりにも緊張しているということだった。「そ……そこに布はもう一枚ありますか？　自分で拭きます」

指が離れ、ふたたび椅子に座ったバルは頬杖をついた。「でも、きみはまだ体を洗っていないじゃないか、かわいいブリジット」最後の〝ト〟の音を舌を鳴らすようにして発音する。「きみは逃したくないはずだ……」彼の視線が濁った湯を貫き、それから上に動いてブリジットの目をとらえ、悪魔のようにきらめいた。「そう、何もかも」

彼女は喉元まで熱くなるのを感じた。バルはこちらを観察するつもりなのだ。いや、すでに観察を始めている――まるで彼女がどこかの官能的な精霊であるかのように。どこかの自堕落で放埓《ほうらつ》なレディであるかのように。

ブリジットはつばをのみ込んだ。いつもは水差しと洗面器で体を洗う。こんなにすてきな浴槽で体を洗うなんて、これ以上の贅沢はない。この快楽をバルは与えてくれている。裸になる解放感や、このあとベッドで彼とすることになるかもしれないことはさておき、まさに今味わっていることこそが文字どおり肉体の快楽だ。熱い湯、石けんの繊細な香り、自らの肌の感覚、きれいに洗った髪。

このちょっとした快楽と引き換えに自分を売ってしまっていいのだろうか？

いや、これはちょっとしたことではない。まったく違う。ブリジットはこれをちょっとしたことだと考えている人たちに仕えているのだ。浴槽を熱い湯で満たすのが大したことではないと考える人たち。彼らは、水を汲《く》み、火をおこし、水差しを湯で満たして、階段をのぼりおりしてそれを運ぶといった苦労をしたことがないのだから。

ブリジットはちょうど中間に立っていた。

彼女は両方を見ている。指を鳴らせばすぐに誰かが飛んでくる贅沢な暮らし。それを支えているのはつらい労働と汗と努力だ。

それにブリジットは自分を売るわけではない。彼女はそれを知っている。バルもそうだ。たとえ他人には金で買われたと思われたとしても、ほかならぬ彼女自身が知っている。そんなことより、もっと複雑な事情なのだと。

その結論に至り、彼女は両腕を頭上に伸ばして湯気をたっぷりと浴び、自分を包む薔薇の香りを堪能して、バルの熱い視線を受け止めた。

そして微笑んだ。

彼の青い目が見開かれ、両方の眉がつりあがる。「ああ、セラフィーヌ、きみはすばらしい」

ブリジットは洗い布を取って湯に浸けると、石けんをつけて首筋をこすった。

天国だ。

「きれいなお湯はまだあるんでしょうか？」彼女はきいた。

「ベルを鳴らして持ってこさせよう」バルの声はかすれている。

「お願いします」

彼は立ちあがって出入り口へ行き、外にいる誰かと話せるだけの隙間を空けてドアを少し開いた。相手はおそらく従僕だろう。ブリジットは一瞬、ほかの使用人たちはどう思うだろうかと考え、肩をすくめた。

そんなことはもうわかりきっている。

バルが食べ物ののったトレイを持って戻ってきた。

「どうやら自分で従僕の役をやるしかなさそうだ。わたしは嫉妬深すぎて、ほかの男をここに入れる気になれない」

ブリジットは少々驚きながら、ちらりと見あげた。彼は自分の裸なら、誰に見られようと気にしたこともないだろうに。「ありがとうございます」

椅子に戻った彼は、今度はゆったりと深く腰かけた。目はなかば閉じられ、脚は大きく開いている。「どういたしまして」

バルのブリーチズが大きく張りつめていた。ブリジットはそれを見つめた。

それから視線をあげると、彼と目が合った。

彼の顔は炎に横から照らされ、美しすぎてこの世のものとは思えない。まるで妖精の王子様みたいだ。唇がゆがみ、目は輝いている。彼が左手を振った。「どうぞ。続けてくれ」

洗い布を取ってまた濡らし、湯を鎖骨に垂らす。薔薇の香りが彼女を包んだ。くらくらして、ほとんど圧倒されそうだった。

バルの息遣いが大きくなるのが聞こえたが、あえてそちらは見ないようにした。

胸の谷間を泡だらけの湯が流れていく。それを布でたどってやさしくこすり、胸の下をそれぞれぬぐった。湯に浸かった布を絞り、片腕をあげる。

肌は炎の光を浴びて輝いている。

ドアにノックの音がして、バルが小声で悪態をついた。

椅子から飛びあがってドアへ向かう彼を見ながら、ブリジットはひそかに微笑んだ。奇妙な興奮だ。こんな感情が自分の中にあるとは思いもよらなかった。彼女は風呂に入りながら、モンゴメリー公爵を魅了しているのだ。

もう一方の腕を洗っているところに、バルが熱い湯の入った水差しを置きに来て、また椅子に戻った。顔をしかめ、もっと座り心地のいい体勢を探すようにいっそう脚を開く。ブリジットは思わず微笑んだ。われながら、なんて意地悪なのだろう。でも、退廃の世界へ彼女を誘い込んだバルは自業自得だ。ハウスキーパーという縛りを解いたのは彼なのだから。その下にいる女をさらけ出させたのは彼なのだから。

彼にとってブリジットがどういう存在なのかを、明らかにしてしまったのだから。

洗い布をすすぎ、また石けんをつけ、片足を浴槽の縁にのせてごしごしとつま先をこする。どういうわけか、バルがうめき声をもらしたのはそのときだった。

少し驚いて、彼をちらりと見る。それが失敗だった。

バルは顎をあげ、伏せたまつげの下で青い筋になった目でブリジットを見ていた。白い歯が唇を噛み、頬は上気している。一方の腕が頭のうしろへ伸ばされ、もう一方は……。

ブリーチズの前立てに無造作に置かれ、手のひらが動いていた。

彼女は息をのんだ。体の中がかっと熱くなる。

「ああ、セラフィーヌ」バルがささやいた。「きみのふっくらした小さなつま先、土踏まずの曲線、なまめかしいふくらはぎ……」まるで苦痛を感じているかのようにうめく。そして実際に椅子の上で身をよじり、動きを止めた。「きみはその布で、わざとわたしをじらしているんだろう。わかった。もう一度それをやってくれるなら、爵位も何もかも、きみにくれてやる」

彼は本気でそう言っているように聞こえる。

ブリジットはゆっくりと洗い布をかかとへ持っていき、丸みを帯びたふくらはぎへと引きあげた。

バルが身震いする。

次に脚をあげて膝の裏を洗った。誘惑するつもりも、見せびらかすつもりもない。けれども、彼は歯ぎしりしながら盛りあがったブリーチズの上で手を動かした。

注意深く脚をさげ、もう一方の足を浴槽の縁にのせて、つま先を念入りに洗う。湯の温かさと石けんの薔薇の香りに、ついうとうとしそうになった。気がゆるみ、動作がゆっくりになってしまう。体の中がやわらかく溶けていくようだ。脚を洗い終え、椅子の上であえいで悪態をついていたバルが静かになると、彼女は目を閉じて洗い布を湯に沈めた。

腹部から茂みを通って両脚のあいだへ。秘めやかな部分を布でそっとこする。敏感な突起を布で撫で、ブリジットは口元に笑みが浮かぶのを感じた。とても温かで、そう、とても気持ちがいい……。

バルが大きくひと声吠えたと思うと、次の瞬間、彼女は浴槽から抱えあげられていた。水滴がそこらじゅうに飛び散り、暖炉の炎がじゅっと音を立てる。彼女が洗い布を浴槽に落とすと水しぶきがあがった。

バルは大きな乾いたタオルでブリジットをくるむとベッドへ運んでいき、そのあいだもずっと語りかけていた。「セラフィーヌ、セラフィーヌ、セラフィーヌ。わたしの正気を失わせる気か？　わたしの理性を吹き飛ばすつもりか？　男の殻は残しておいてくれ。壊れて、脳みそも魂も消えて中身が空っぽの殻を。愚かなヤギみたいにうずく部分だけは残してくれ。慈悲をくれ、お願いだ、シャトレーンとぶざまなモブキャップの精霊よ！　わが飢えた口に、きみの甘い肉を味わわせてほしい。わたしはもう我慢できない」

タオルに包まれたまま、ブリジットは洗いたてのシーツが敷かれたベッドにおろされるまで、バルを見つめていた。彼が本当に正気を失いかけているように見えなければ、声をあげて笑っていただろう。バルの目はぎらつき、小鼻がふくらんで、美しい口はぎゅっと引き結ばれている。いつもの浮ついた笑みや物憂げな仕草、優雅さはどこかに消え失せていた。

バルがブリジットの上にまたがる。筋肉がこわばり、神経が今にも音を立てて切れそうに見えた。

危険だ。

愛を交わすとき、彼はこんな感じなのだろうか？　すべてをはぎ取った、むき出しの男。笑っている貴族は、もうどこにもいない。もっとも原始的な欲求に突き動かされた、ただの男がここにいる。

ほかの女性たちにも、彼はこんなふうになるの？

ブリジットは見ていた。魅了され、興奮を覚えながら。バルが手を伸ばし、タオルをはぎ取って、繭から飛び出す蝶のように彼女を広げるのを見つめていた。

「神よ」彼が言う。「神よ」

バルが彼女の喉に顔を押しつけた。突然の動きに驚き、声も出せない。彼が舌でブリジットの口をこじ開け、彼女はうめいて体をのけぞらせた。これがピンクのベストを着て、黒いベルベットの蝶ネクタイをしていたのと同じ人なのだろうか？　あまりにも原始的で、あまりにも動物的だ。彼女が知っていると思っていた、あの退廃的な貴族とはまるで違う。

彼が鎖骨に嚙みつき、さっと胸を舐め、先端を強く吸う。

ブリジットはバルの頭をつかんだ。かたいベッドの上に横たわっているのに、バランスを崩して落下しているように感じる。彼の髪がシルクのやわらかさで指に巻きついた。

それからバルが体を離し、彼女の胸の下を舌でたどった。腹部へおりていった舌がへそで止まる。彼はブリジットの両脚を開かせるとすばやくそのあいだに入り込み、可憐《かれん》な花びらを親指で大きく広げた。

彼女はあえいだ。「わたし……待って――」

だがバルはすでに口をつけ、乱暴に舐めあげていた。まるで、むさぼり尽くそうとしているかのように。

こんな……こんなことは一度も……。

ブリジットは悲鳴をあげ、片手を口の中に突っ込んで声を殺しながら、たちまち絶頂に達した。

それでもバルはやめなかった。今度は舌を敏感な突起に押し当て、親指でその周辺を撫でている。その指が深くもぐり込み、奥のほうをそっと探る。絶え間なく続く舌の愛撫が、ふたたびゆっくりと快楽を高めていった。

ブリジットはまぶたを開き、うつろな目で宙を見た。歓びのうねりが何度も押し寄せてくる。

バルはまるで、これを永遠に続けられるかのようだ。そして彼自身の行為から快楽を得ているかのよう。こんなに低俗で、こんなにみだらなことなのに。

そう思ったとたん、ブリジットは全身にえも言われぬ衝撃を感じ、それを味わいながら目を閉じた。両手はバルの髪をくしゃくしゃにしている。髪をまとめていたリボンはどこかに消え、彼はブリジットの下腹部に吸いついていた。彼女は泣き、うめき、そしてまた達した。今度は苦痛に近い波のうねりにのまれながら。

ああ、神様。

バルが何かをしている。動いている。けれども彼女はぐったりして、目を半分開けるのがやっとだった。

視線をあげたそのとき、バルが膝をついて上半身を起こしているのが見えた。目をぎらつかせ、ブリーチズの前を開けている。大きくこわばったものが、へそに届くほどに屹立していた。彼がブリジットのヒップをつかみ、自分の膝にのるまで引き寄せる。それから身をかがめ、造作もなく男性の証を彼女の中に沈めた。

「さあ」ざらついた声で言う。優美さも、気だるさも、礼儀正しさも消え失せていた。「今だ。わたしのために、また達するんだ」

バルは腰を動かし、抜き差しを繰り返した。目はブリジットを一心に見つめている。まるで彼女が砂漠で見つけた最後の水の一滴だとでもいうように。

まるで彼女が唯一の生きる希望であるかのように。

太いものがブリジットをこすりあげる。裸で横たわった彼女は、バルの欲望を満たすべく差し出された異教徒の生贄のようだった。

唇を開いてあえぎながら、バルはいっそう速く、いっそう強く彼女を突いた。

「達するんだ」

ブリジットはシーツに頭をこすりつけながら振り、胸を激しく波打たせた。体が震え、息が苦しい。まるで血管に稲妻が走ったかのようだ。

バルはのけぞり、両手でしっかりと彼女のヒップをつかんで突き続けた。「頼む。達してくれ」

ブリジットは腿のあいだに片手を当てた。彼のものが体の中心を出入りしている。そして彼女は自分自身に触れた。

けれどもバルがその手を払いのけ、代わりに自分の親指を強く押し当てた。

彼女は弓なりになって悲鳴をあげた。体の奥から稲妻が走り、閃光《せんこう》が手足を駆け抜けて指先から飛んでいく。

ブリジットはまばゆく光り輝いていた。

バルがその上に覆いかぶさる。彼女の両脚を自分の腰に巻きつけさせ、それから一度、二度、奥深くへ欲望の証を突き入れた。

彼の全身の筋肉がこわばる。バルはブリジットの耳元で臨終を迎えたかのようにうめき、ぐったりとくずおれた。

そのとき、ブリジットは彼が発したひとことを耳にした。

「わたしのものだ」


この日の朝、コペルニクス・シュラグはハイネックの深紅のベストの上に茶色の上着を合わせていた。どちらも値の張る素材だが、仕立てがよくほとんど飾りもないのでピューリタン風に見える。それとは対照的に、白いかつらは繊細な小さな巻き毛がいくつも連なり、彼の悲しげな犬にも似た顔を豪華に彩っていた。

ヒューはふと気づけば、いつもその可憐な巻き毛に視線が吸い寄せられている。

「この件は片づいたと思っていたんだが」シュラグが哀れを誘うほどに眉根を寄せ、紅茶を注ぎながら言った。ふたりがいるのはセント・ジェームズ宮殿にある彼の事務室だ。今回は秘密の任務で呼ばれたわけではなかったので、ヒューは正面玄関を通ってきたのだった。

「われわれの気に入るやり方ではことは運ばなかったが、きみは最善を尽くしてくれたし、あの方もこれでおしまいということで満足しておられる」

ふたりして、反射的に頭上へ目をやる。

ヒューの視線が相手の男のところまでさがった。「だが、そうなのか？」

「どういう意味だ？」シュラグがティーカップを差し出しながらきく。

ヒューはうなずいて感謝を示したが、紅茶は好きではない。深く座り、繊細なティーカップを大きな手で慎重に持つ。「ひそかに調べてみたんだ」

「それで？」

ヒューは舌で歯をなぞった。「あの手紙は見たか？　王にうなずいてもらう代わりに、モンゴメリーが持ってきた手紙だ」

シュラグがそわそわする。「あれはすでに破棄された。もう意味のない――」

「シュラグ」ヒューはさえぎった。「教えてくれ。あの手紙には何が書かれていた？」

国王の個人秘書は唇を舐め、ヒューに前へ来るよう合図した。

ため息をついて身をかがめる。

シュラグがしわがれ声でささやいた。「あれはウィリアム王子ご自身が書かれた手紙だ。〝混沌の王〟とその次回の会合について述べていた。そこに書かれていたのはふたりの非常に放埒な貴族のこと、そして教会を冒瀆《ぼうとく》する悪魔的な儀式のことだ。そこに」顔をしかめる。「少女の花を散らすことについて、かなり具体的な記述があった」

「それで？」

シュラグが見つめる。「それで？　どういう意味だ？　もうじゅうぶんじゃないか」

「ウィリアム王子が入会することについての記述はあったか？」

「いいや、わたしの覚えている限りでは。なぜそんなことをきく？」

「なぜなら」ヒューはいかめしい顔で言った。「わたしの情報源によれば、〝混沌の王〟は常に新メンバーのための入会の儀式を行っているという。そして、その儀式でどんなことがあろうとも、新入りは〝混沌の王〟と永遠の絆を結ばされる」

シュラグが首を横に振った。「わたしには何も――」

「いいか、考えろ」じれったい思いで言う。「〝混沌の王〟が何をしようとも、新入りは怖くてやつらから離れられない。自分がその不埒《ふらち》な秘密組織に関わったことも、入会の儀式で行われた恐ろしい行為のことも、よそでばらされるのではないかと思うからだ。そしてモンゴメリーはウィリアム王子に関して、その情報を持っている。彼は今でも王を脅迫できるんだ、そうしたいと思えばいつでも」

「わたしには……」シュラグが目をしばたたく。「わたしにはわからない。彼はわれわれに、あの手紙をよこした。あれこそが脅迫の材料だろう」

「それがモンゴメリーの持っていた唯一の手紙だと言えるのか？」ヒューは机の上にカップを置き、両膝の上に肘をついた。「やつはいつも何かを隠している。脅迫する人間というのはそういうものだ。彼がよこしたあの手紙ぐらいで大それた脅迫ができると思うのか？」

「だが、処女を奪うと書いてあって……」シュラグが小声で言う。

ヒューはいらだたしげに彼を見た。「処女を奪うことが脅迫の材料になるなら、貴族社会全体がその対象になるだろう。そうじゃない」椅子にもたれ、抗議するような木のきしみは無視して首を横に振る。「この件はそもそも最初からめちゃくちゃだった。責任はおおむねわたしにある。わかっているさ——モンゴメリーの屋敷に侵入するべきではなかったんだ。だが、あのときはほかに選択肢がなかった。しかし誰だろうと彼に毒をのませるよう命じたやつは、まったくの愚か者だな」

シュラグが仰天した。「なんだって？」

「おや、知らなかったのか？」

「ああ、ちっとも」

ヒューは片方の眉をあげた。「モンゴメリーは三日間、吐き続けて震えていたんだよ。毒殺しそこねたということだな、わたしの理解する限りでは」

一瞬、シュラグがぼんやりと視線を漂わせた。頭の中で何か計算しているようだ。

「それはきっと……」どんな名前を口にしようとしていたにせよ、シュラグはふたたび口を閉じた。頭を振る。「この手のことがどう運ぶかは、きみも知っているだろう。情報を手にして、うまく立ちまわった者がのしあがる。自分なら、陰謀と駆け引きにけりをつけて問題の根を断つことができると考えた者がいたんだな。不幸なことに」

「ああ。そいつが成功していたらどうなったか、想像してみるがいい」ヒューは返した。

「モンゴメリーに関心を集めることになっただろうさ。そして彼を通して、もしかしたらウィリアム王子にも。彼が脅迫状を誰に出していたかなんて、わかったもんじゃない。もしそれが誰かに託されていて、彼の死とともに公表されるように手配されていたら？　すべてがわれわれの目の前で吹っ飛んだ可能性もある」

シュラグが身震いする。

「それに比べれば」ヒューはつぶやくように言った。「われわれは、あの従僕の行方を案じるだけでいい」

「なんだって？」

ヒューはシュラグを見た。「従僕だ、わたしの情報屋。そして誰かに雇われて毒殺を試みた男。そいつが行方不明なんだが、彼の身に何が起きたかは想像がつく」

「そんな、まさか」シュラグは本当に嘆いているように見える。この男が今までどれほどの醜聞や陰謀を見てきたかを考えると、ヒューは笑いだしたくなった。「モンゴメリーは公爵だ。人殺しなどするはずがない」

ヒューは肩をすくめた。「同時に彼は脅迫者だ。脅すよりも殺したほうが早いと思うだろう、どちらか選ぶとなれば」

シュラグの唇が色を失った。「なんということだ」

「おそらくはテムズ川の底だろうな」考え込むように言う。「沈むだけの体重があればの話だが」

短い沈黙がおりた。

シュラグはまだ少し顔が青ざめている。「それで……これからどうする？」

ヒューは眉をあげた。そんなことは明白に思えるが、シュラグのような事務担当の人間にはそうではないかもしれない。「わたしは今後もモンゴメリー公爵を追いかける」彼は立ちあがり、相手の巻き毛を見おろした。「彼を片づけるまでは、われわれに休みはない」さらに一瞬考えてつけ加える。「それに〝混沌の王〟もだ」

バルが目覚めると、ベッドは冷たくて空っぽだった。信じがたいほど愚かなことをしてしまったという思いが襲ってくる。

それは奇妙な感覚だった。いったん決断なり行動なりをしたら、彼はめったに後悔しない。なぜ気にする？　起きてしまったことはもう変えられない。だが、今回のは……まあ、かなり悩まされることになるかもしれない。

そして彼女はいったいどこにいるんだ？

バルは自分の頭の横にある枕のへこみを見つめた。ひと晩じゅう、腕の中に温かな体を抱いていたという記憶がある。丸みのあるヒップがしっかりと彼の下腹部に押し当てられ、そこは熱くてやわらかかった。それなのに今は？

冷たさしか感じられない。

バルはおぼろげに思い出した。この寒さで目覚めたのだ。それは彼女がいないせいでもある。

体を起こすと、悪魔のような緑色の目をした猫と視線が合った。前夜から置かれていた食事のトレイの上に立ったその猫は、鶏肉をくわえている。彼が怒鳴るとあわてて飛びおり、ドアの隙間から全速力で逃げていった。

着替え室につながっている内側のドアが開き、メフメトと犬が走って入ってきた。犬はすぐさまトレイに駆け寄り、食事の残りをむさぼろうとした。

「公爵閣下!」メフメトがテリアをトレイから引き離そうと無駄な努力をしながら叫ぶ。「けがでもなさったんですか?」

「いいや」バルは片手を頭の上に走らせ、髪がもつれているのに気づいた。ゆうべ、彼が舌を駆使しているあいだ、ブリジットが指で巻き毛をくしゃくしゃにしていたのだ。彼女は塩と女と欲望の味がした。

その記憶を脇に押しやってベッドから出る。昨夜の服を着たままで、しわくちゃになっていた。それに――わきの下をかいだ――少々におう。バルはブリーチズの前のボタンを留めた。

「従僕たちを呼べ。浴槽を空にして、熱い湯と紅茶と卵を持ってこさせろ――」じれったい思いで片手を振る。「すべていつものようにだ。くそっ、ミセス・クラムはどこだ?」

メフメトが肩をすくめる。「知りません。彼女をベッドに呼ぶのですか? 今度は彼女をあなたの第二夫人にするんですか?」

「なんだと?」メフメトがドアの外にいる従僕に用を伝えるあいだ、バルはぼんやりと少年の背中を見つめた。

彼が戻ってくると、バルは眉をひそめて言った。「公爵夫人と言え。だが、そうじゃない、ミセス・クラムはわたしの公爵夫人にはならない。彼女はただのハウスキーパーだ」彼女の髪には素性を物語る、あの白い筋があったが。ああ、セラフィーヌ、きみはいったいどんな秘密を隠しているのだ?

メフメトが前夜の残骸を片づけはじめた。「多くの偉大な第二夫人は、ハーレムでももっとも低い階級の出身ですよ。彼女たちはハーレムに奴隷として入るんです」

「ああ、そうだ、オスマン帝国が支配する場所ではな。でもここはイングランドで、事情がまったく違う」そう言いながら、いらだちが募っていく。「それにあっちは三人の妻を持つことが許されているが、悲しいかな、われわれキリスト教徒には妻はひとりと決められている」

「キリスト教徒って悲しいですね」メフメトも同意した。「イスラム教徒になったらどうです? そうしたらミセス・クラムを妻にして、あとふたりも持てますよ」

バルは顔をしかめた。「ありがとう、メフメト。しかし、わたしは自分の包皮があるべきところにあってほしいんだ。それを切り取るというのは、あまりにつらすぎる」

「気がつきませんよ」少年は熱心に言うと、両手をぱっと広げた。その隙に、犬が夕食のトレイから最後のチーズのかけらを盗む。「ぼく、切り取られたとき、気がつかなかったもの」

「おまえは赤ん坊だったんだ」バルは怒鳴り、それからふつうの口調に戻って続けた。「ああ、ありがたい」従僕たちがようやく湯を運んできた。だが一緒に執事も来ていて、バルはもうその男の名前を忘れていたが、彼の顔はいかにも痛ましげだった。「閣下」

「なんだ？」本当に、これ以上悪い知らせを聞く気分ではないのだ。バルは次々に湯を運んでくる従僕の列に見入った。冷たくなった水が汲み出され、熱い湯が満たされはじめる。

執事が咳払いをした。もしかしたら、ただ風邪を引いているだけかもしれないが。

「その……猟犬の調教師が閣下にお伝えしてくれと言ってきたのですが……」

ゆっくりと頭をめぐらせ、執事を冷ややかな目で射る。「何をだ？」

執事は咳払いと咳の発作に見舞われた。もしかしたら、マラリア熱にかかっているのかもしれない。それならすぐに新しい執事を探す必要があるだろう。

「ええと……」男がようやく話しはじめる。「その……彼は彼女を見つけられませんでした。荒野のあのレディです。彼女は姿を消し、調教師は彼女を見つけられずに、臆病なあまりそのことを自分の口ではお伝えできなかったのです、閣下」

一瞬、バルはただ静かに息をしていた。本当にひどく悪い知らせを持ってきた者を見つめ、目を細める。

それから両腕を大きく広げて怒鳴った。「出ていけ！　出ていけ、この疫病神、ハエども！　おまえたちの壊れた厨房にとっとと戻り、目も口も閉じていろ！　出ていけ、そして二度と入ってくるな！　おまえたちに災厄が振りかかればいいんだ！」

ドアに突進する足音が続き、それから沈黙が訪れる。

そのあいだ動かずにいたメフメトが悲しげに浴槽を見て、そのまわりで湯気を立てている水差しを見た。「風呂は半分しか湯が入っていませんよ、閣下」

「だったら残りを入れろ」バルはぴしゃりと言うと、女たちの、特にそのうちのひとりの女の裏切りについて考えながら、むっつりとベッドに戻った。

13

プルーは心配そうに父親を見やりましたが、魔術師はただこう言いました。「心を見つけるために、王様には三つの試練を乗り越えていただかねばなりません。まず第一に、月明かりの下で荷馬車一台分の羊毛を紡いで糸にしてください」

心のない王様は魔術師をじっと見ました。「糸を紡ぐのは女の仕事だ」

「そのとおり」魔術師はにっこりしました。「わが娘、プルーにお手伝いをさせましょう」

『心のない王様』

山のようなリネンを洗うのは骨の折れる重労働だけれど、奇妙なほど満足感が得られる仕事だ、とブリジットは思った。洗濯室は厨房の脇にある古びた小屋だった。三つの大きな釜に湯が沸いていて、彼女が昨日雇った一二人ほどの洗濯女のうち三人が、長い木のへらで釜をゆっくりかきまわしている。テーブルの一方の端では数人の女が濡れた布を必死に絞り、もう一方の端ではふたりの女が乾きかけの洗濯物にアイロンをかけていた。

彼女たちは朝六時から働いている。

ブリジットはエプロンの端を持ちあげて、額と上唇の汗を押さえた。

「なるほど、きみは温かな湯気と波打つ白い布の中にいたわけだ」耳元でささやかれ、彼女は飛びあがった。

さっと振り返ると、バルが真うしろに立っていた。今日は濃い青ねずみ色の上着を着ている。彼にしては地味な色だ。金色の巻き毛はきっちりとうしろに撫でつけられ、青い目はブリジットの弱点を探ろうと観察している。

バルはあの口をゆうべ、彼女のもっとも秘めやかな部分につけたのだ。そんなことをさせるなんて、いったい何が自分に取りついていたのだろう？　まるで官能的な夢の中にいるような感じだった。熱い湯、彼の言葉、彼の手、彼の唇……。

バルが微笑む。ブリジットが何を考えているか、彼にはお見通しなのだ。

彼女は向きを変えると、ほとんど走るようにして洗濯室を出た。

今朝の中庭は明るく照らされていたが、見捨てられて悲しそうに見える。厨房への小道を駆けていきながら、そう思う。

「わたしはのんびり散歩しようと思っていたんだが」バルが脇から言った。息を切らしてさえいない。

彼が手を伸ばしてブリジットのモブキャップを取った。

足を止めてバルをにらみつけ、両手でさっと髪を押さえる。白い筋は誰の目にも明らかだった。ゆうべ彼はそれに気づいたに違いないけれど、そのことを口にはしない。もしかしたら、その意味に気づいていないのかもしれない。

何しろブリジットの母親の髪は、すっかり真っ白だったのだから。

どういうわけかバルがにやりとして、完璧な歯並びを光らせた。モブキャップを肩越しに放り投げる。ブリジットはそれに向かって駆けだそうとしたが、彼に腕をつかまれた。

「だめだ。きみのおかげで、妻ひとり分の出費が無駄になった。今朝言われたぞ、ミス・ロイルは見つからなかったと。あのいまいましいモブキャップを没収されるぐらい、きみも我慢しろ」

彼女は息をのみ、バルを見つめた。もちろんミス・ロイルが逃げおおせたのは喜ばしいことだ。けれど、彼が本当は自分に何を要求しているのかがわからなかった。

今は朝。夜のおとぎばなしは消えてしまった。ブリジットはハウスキーパーで、バルは公爵だ。彼は……。

「考えるな」バルが彼女をせきたてて歩きはじめる。「そんなのは恐ろしいほど退屈だ。今朝、メフメトがわたしに包皮を切り取るよう提案したのは知っているか？」

「わたしは……なんですって？」また足を止めて彼をまじまじと見そうになったが、もう屋内へ入るドアのところまで来ていて、引っ張られるがままに歩を進めた。

「包皮を切り取るんだ」バルが大声で繰り返したちょうどそのとき、ふたりは大工が階段で作業をしているところを通り過ぎた。当然バルは大工に気づいていないようだが、ブリジットは顔が熱くなり、大工は金づちを取り落とした。「包皮がどういうものか、きみは本当に知っているのか？」バルが階段をのぼりながら、ご丁寧に尋ねる。「それは――」

「包皮が何かは知っています」彼女はささやいた。「どうしてそんなに大声を出すんです？」

「わたしが公爵だからじゃないか？」バルが肩をすくめる。「なぜ声を落とさなければならない？　いい声だろう、よく響いて、豊かで。誰もが聞きたがる声だと思うが」

「まあ、なんて――」

「だが、世間一般の文句ということで言うなら」彼女の言葉をさえぎって続ける。「なぜ、きみは処女ではなかったんだ？」

「わたしは自分が処女だと言ったことなどありません」さらに上の階へとのぼりながら、ぴしゃりと言い返す。バルが寝室のほうへ曲がらず、通路に沿って左に行ったことには驚いていた。

「明らかに、そうほのめかしていた」

「そう受け取ったのはあなただけです」ブリジットはため息をついた。いつもの優雅さを漂わせたバルの横では自分の卑しい身分を意識せずにはいられないが、彼がブリジットを探して来てくれたことに気分は高揚している。「どのみち、それがどうしてそんなに重要なことなんです？」

「まあ、そんなに重要でもない」彼はあっさり認めた。「少なくともわたしにとっては。だが、人があることを期待してその行為を始めたとき、その代わりに別のものを見つけたとしたら……それはあまり正しいことだとは思えないのではないかな」

「そんなにもお腹立ちだったのなら、やめていただいてもよかったのに」ブリジットは甘い声を出した。

「そんなことができたと思うか？」バルが悪びれもせずに返す。「問題は、わたしはそう思わないということだ。そして、親愛なるブリジット、これは前例がないというだけでなく、どうにも不安にさせられる事実なんだ」

彼が口をつぐみ、ふたりはまた別の通路へと曲がった。おかげでブリジットにはバルの言葉を考える時間ができた。今のは褒め言葉なのだろうか？　彼の唇からこぼれ落ちる言葉は、どう受け取っていいかわからないようなものばかりだ。

「それで」沈黙の時間などなかったかのように、バルが不意に言う。「きみはどうやって処女を失ったんだ？」

まつげの下から横目でちらりと彼を見る。「そんなことは気にしないとおっしゃったのでは？」

「気になどしない」バルが激しい口調で言った。「教えてやろう、処女の証などというのは、ほんのわずかな肉の一部にすぎない。激しく揺さぶれば壊れてしまうようなものだ。さて一方、包皮だが、こっちはもっとしっかりした肉の一部で、ずっしりと中身がある。そして自分の人生においてかなり重要なものだと、わたしは感じている。きみが処女であろうがなかろうが、そんなことはわたしには影響しない。だが、きみがそれをどのように失ったかについては重大な関心がある。というのも、処女膜を失うにはいろいろな方法があるからな。中にはかなり不快な方法も」少年のような笑みを浮かべて彼女を見る。「誰かを殺してやろうか？」

彼なら本当にそうするだろう。

そう考えると、ブリジットはぞっとしてもいいはずだった。この正気でない男は、彼女の言葉ひとつで人を殺すに違いない。見知らぬ相手だろうとなんとかして探し出し、息の根を止める。

ブリジットのためだけに。

彼女は大きく息を吸い、あばた面の肉屋の若い見習い職人の顔を思い出した。

「いいえ、誰も殺してもらう必要はありません」

「ほう、それはよかった」バルが言う。「誰だ？」

「何がです？」

「それは誰だった？」彼は尋ねた。二本の廊下が交わるところにあるドアを開け、中に入るようブリジットを手招きする。

「あなたには関係のないことだと思いますが」うわの空で言った。そのドアの先には上へ続く曲がりくねった階段があった。城の尖塔《せんとう》の中にいるに違いない。肩越しに目をやると、バルが真うしろを歩いていた。彼が頭をさげて見ているのは……ブリジットのくるぶしだろうか？

彼が目をあげた。「もちろん、わたしの知ったことではない。だが、要点はそこじゃない。わたしは知りたいんだ」

ブリジットはふたたび前を向いて階段をのぼり続けた。「わたしがこれまでのあなたの恋人全員についてききはじめたら、どんな気がしますか、閣下？」

「おや、閣下と呼ぶようになったか。まあ、わたしはすべての愛人について述べてもかまわないが。いや、どれだけ長いリストになるかを考えれば問題だな。何しろ話はわたしが一二歳のときから始まるんだから」

彼女は足を止め、階段の上で振り返った。

バルがこちらを見あげていた。両手を塔の壁の左右に突いている。円形の階段には石を深く切り込んだ窓があり、彼の頭を照らす日差しが金色の髪に後光を放っていた。

まさに天使だ。

「一二歳ですって？」驚いて尋ねる。

彼が片目をつぶった。「上級のハウスキーパーだ。一九歳さ、わたしの記憶が正しければ。積極的な女だった。モンゴメリー家の婚外子を狙っていたんだろう。彼女は最高の舌使いで、まだ幼いわたしの下腹部を刺激してくれたものだ。それで思い出したが、その件についてはきみの立場はどういう――」

けれどもブリジットは、とっくに向き直って急ぎ足で階段をのぼっていた。一二歳。いったいどうして両親は、そんな子どもが襲われるのを放っておいたのだろう？　たとえ彼が明らかにそれを楽しんでいたのだとしても。純粋さを失うには、あまりにも若い年齢だ。

塔の上の部屋に着くと、彼女は涙がこみあげるのを感じた。

バルは汚れを知らずにいることを許された時期があるのだろうか？

窓辺に行って外を見つめたが、ブリジットの目には何も見えていなかった。

彼がうしろにやってくる。「よくこの塔から彼らを眺めたものだ」

袖で目元をぬぐい、息を落ち着かせようとした。「誰をですか？」

「父を」彼女はバルが肩をすくめるのが見えたような気がした。「それとほかの者たち。彼らは自らを〝混沌の王〟と呼んでいた。秘密組織だ。今も存在している。信じられるか？わたしは最近まで知らなかった。ともかく、父は組織の中心だった。酒と酩酊《めいてい》の神、ディオニュソスだ。彼らは年に一度、ここで宴会を開いた」

肩越しに見た彼の顔からは笑みが消えていた。「彼らは何をしたんです？」

バルがまた肩をすくめた。「酒。ダンス。強姦」みじめな少年のようにため息をつく。「いつものことだ」

ブリジットは息をのみ、彼の言葉を邪魔しないように、ただじっとしていた。

彼が息を吸い込む。「わたしが次のディオニュソスになると思われていた。世襲制なんだ。モンゴメリー家と、もうひとつの家が交互にその地位を受け継ぐ。つまりそれは、わたしが相続するものの中に入っていたというわけだ。爵位、土地、ろくでなしどもの一団を統率する地位、月光のもとで踊り、性交する権利。わたしはしかるべき夜に入会することになっていた。ディオニュソスの聖獣であるイルカの刺青を入れられて、みな儀式の準備は万端だった。だが、そのときだ。父がイブを連れてきた。ようやくブリジットの目を見たバルの青い瞳からは、いっさいの光が消えていた。「彼女はここで育った……」わたしの子守《ナースメイド》に父が産ませた婚外子で、わたしより五歳下だった。わたしは彼女を隠して、その宴会を見せないようにしていた。なぜなら……まあ、それが最良の策だったということさ。ところがその晩はわたしが入会することになり、イブを隠す役目を彼女の母親に任せた。そして……」頭を振って遠くを見やる。小鼻がふくらんだ。「ばかだった。本当にばかだ」

　ブリジットはバルの袖に片手をかけた。彼がその手を見つめながら続ける。

「宴会のテーブルから目をあげると、レディのドレスを着たイブがそこにいた。彼女が着るには大きすぎるドレスだ。そしてわたしは知っていた。わかっていた。知っていたんだ、何が起こるかを。だが、わたしは父の隣に座らされていた。父が猟犬たちを放ったとき、わたしは――」

　バルはまるでおぼれているかのようにあえいでいる。両手は拳に握られていた。ブリジットは自分にできる唯一のことをした。

　彼に両腕をまわし、しっかりと抱きしめた。

　胸の中でバルは震えている。毒を飲まされたときのように。ブリジットは彼もろともへなへなとくずおれ、最後には冷たい石の床の上に重なるように座り込んだ。

　バルは床の冷たさも気にしていないようだ。気づいてすらいないのかもしれない。

なんてこと、子どもに向けて猟犬を放つなんて。自分の子どもに……。

「彼女は……」バルがブリジットの髪に向かって言葉を詰まらせた。「わたしがやっとそこに着いてみると、大人の男がひとりいた。彼女を傷つけていた。そして彼女の顔。彼女の小さな顔は……」

彼はもう一度身を震わせると、不意に硬直した。

それがイブ・ディンウッディなのだと、ブリジットは自分に思い出させた。元気で、健康で、まもなく結婚する幸せな女性だ。過去に何があったとしても。

ふたりは少なくとも五分は、かたく冷たい床の上に座っていた。彼女はバルが眠ってしまったのだろうかと思いはじめた。

そのとき、彼が体を起こした。

微笑んだ顔にも、澄んだ青い目にも、涙の跡は残っていない。

「わたしはその男を血まみれの肉塊になるまで殴り倒した。そしてイブをイングランドから連れ出した。父から引き離したのさ。わたしが大陸を旅したのはそれが初めてで――学校で習ったフランス語など、ろくに役に立たないことがわかった」部屋をさっと見渡す。「いつも思っていたんだが、ここは昔レディの日光浴室だったのかもしれないな」

ブリジットは彼を見つめた。あの感情の嵐は何もかも嘘だったの？　でも、あの震えは、あの苦痛に満ちた声は……。

バルはもう立ちあがって、彼女に手を差し出している。

「バル」助け起こされながら、ブリジットは言った。「何歳だったんです？」

「うん？」彼はれんがのかけらをつついた。「なんだって？」

「あなたがその……〝混沌の王〟に入会したとき、何歳だったんですか？」

「おっと、わたしは入会などしていない。そうする代わりにイブと逃げたんだ。それがすべてを台なしにした。わたしが戻ってみると、父はたいそうご立腹で、わたしとは口をきこうともしなかった。ちょうどよかったがね、本当に。入会の儀式は新入りを彼らに縛りつけて逃がさないことを目的にしている。だからやつらはたいてい、特に不快な思いをするように仕向けるんだ。父はわたしにイブを犯させて、それから彼女を殺させるつもりだったんだと思う」

ブリジットは口を開いたが、声が出なかった。なぜそんなことができるのだろう？　そこまでの悪事など考えもつかない。

「そうそう、わたしは一七歳だった」バルが微笑んだ。あの青い目で、えくぼを浮かべて、金色の髪をして。「ひげを剃るのも、まだ覚えたてという頃だ」

彼女も今度は止められなかった。あふれる涙が頬を流れ落ちる。一七歳。それまでの歳月に何があったのだろう？　そのオオカミたちは、両親は、彼に何をしたの？

バルの目が大きく見開かれる。「どうした？　なぜきみが泣く？　わたしの話のせいか？嘘だよ。ひげを剃りはじめたのは一五のときだ。だが、そこはたいしたところじゃない。ちゃんとひげが伸びるのには、永遠とも思えるほど時間がかかった。セラフィーヌ。ブリジット。頼むから泣かないでくれ」

けれども涙は止められなかった。どうしても止まらない。

彼らがバルを壊したのだ。オオカミどもが。美しく聡明な少年を奪い、堕落した残酷さで彼を壊し、自らの悲しみにどう反応すればいいかわからなくなるほどのところにまで彼を落としてしまった。

そしてさらに悪いことには、自分たちの仲間にしようとした。

バルがブリジットに両腕をまわしてしっかりと抱きしめた。バルの言うとおりだ。先ほど彼女がそうしたように。抱かれながら、彼女は濡れた目で塔の中を見た。バルの言うとおりだ。ここはレディの日光浴室に見える。全方向の壁に趣のあるゴシック様式のアーチがめぐらされ、そのあいだには幅の狭い窓がはめ込まれている。ほとんどはひし形のガラス板が入った窓になっているが、ふたつの窓はステンドグラスだった。ひとつ目は脇にかぶとを抱え、金色の頭をかがめたひとりの騎士を描いている。向かい側には、泣いている黒髪のレディが描かれていた。もしかしたら、このレディは今のブリジットと同じ理由で泣いているのかもしれない。泣くことができない彼のために。

バルは恋人を待つことに慣れていなかった。

誰であろうと人を待ったことなどないが、特に恋人というのはありえない。わたしをつかまえられるかしら、と鬼ごっこを仕掛けてくる奇妙なレディはいたけれど、一度つかまえてベッドに入ってしまえば、あとはもうおとなしいものだった。

気ままに出ていって、他人を待たせるのはバルのほうだ。

一日じゅう暇をもてあまし、いらだって、切望して、女性の靴音がこつこつ鳴るたびに気になり、ドアの開閉の音がするたびに振り返る……どう考えてもおかしい。

しかも、こんな理由のために！

どうかしている。

その夜、ようやくふたりきりになれたとき、バルはそのことを告げた。

「なぜそんなに大騒ぎをなさるのか、わたしにはわかりません」ブリジットは目を閉じ、頭を浴槽のうしろにもたせかけて言った。「わたしはあなたのハウスキーパーです。あなたのお住まいを切り盛りすること以外に、何をしろとおっしゃるの？」

バルは不快そうにブリジットを見た。彼女の体を、ではない――実際、彼は相当な好意をもって彼女の体を見ていた――が、気に食わないのは彼女の、そう、ほかの部分だ。何かがおかしい。ハウスキーパーが雇い主に自分の立場を講釈するとは。

「それはそうだが、そんなものはほかの誰かに任せられないのか？」あいまいに手を振る。

「いいえ」バルの嘆きぶりにも、ブリジットはさほど心を痛めていないようだ。「洗濯物はほとんど終わったし、階下の多くの部屋には空気が通るようになりました。大工は手すりの修理を終え、石大工を呼んでいくつかの窓のまわりのれんがを直してもらいました。全体的に見て、いい一日でした。やるべきことがたくさん片づいて」

「わたしとのことは、まだだ」今やおなじみになった椅子に座り、バルは脚と腕を組んだ。

ふたりの夕食の残りは浴槽の脇に置かれている。彼は自分の手で、ブリジットに食べさせてやる気でいた。彼女がにべもなく、そんなやり方ではミートパイのグレービーソースがこぼれてしまうと言い、自分で食べると主張するまでは。

「きみがなぜそれほど熱心にこの城をきれいにしようとするのか、わたしには理解できない」少しすねた口調で言う。「わたしがここにずっと住むわけでもないのに」

「これがわたしの仕事ですから」ブリジットが穏やかな声で返した。「それにわたしは自分の仕事が好きなんです。とても満足できますもの」

ふん。そんなのはまったくの戯言だ。バルは両手をさっとあげたが、彼女は目を閉じたままだったので、その仕草は見ていない。おそらくブリジットは、遅ればせながら目覚めた欲望で彼を翻弄するつもりなのかもしれない。

だとしたら、そのたくらみは成功している。

「ここにはどれぐらい人が住んでいなかったんでしょう」彼女がつぶやくように言う。

バルは目を細めた。ブリジットが昼間のばかげた仕事のせいで眠りに落ちるなら、彼は眠たそうな女が好きという役を演じなければならないかもしれない。「母は二年前に死んだ」

「そして、あなたはわざわざ戻ってこようとはなさらなかったんですね？」

彼は黙っていた。

ブリジットが目を開けてバルを見る。彼女の視線にはどこか、ものを探るような力があると最近になって気づいたが、何を探っているのかはわからない。

「なぜです？」彼女が静かに尋ねる。

バルは頭を振った。

「最後にここにいらしたのはいつですか？」

彼は天井を見あげて驚いた。昼間のうちに、そんなところまで埃を払って磨きあげたメイドがいたのだ。間違いなくブリジットの指示だろう。木目は暖炉の光を受けて蜂蜜のような色に輝いている。それはとても……温かく感じられた。奇妙だ。父の部屋を温かいと考えたことなど、一度もなかったのに。

「バル？」ブリジットが小さな声で呼びかける。

「なんだ？」視線がさまよい、彼女の胸までおりていった。ふっくらとした胸が水面に浮いている。薔薇色の先端を舐めたくなった。

「バル？」

彼はまばたきをして、ブリジットと目を合わせた。アインズデイル城。そう、その話をしていたのだ。「ああ。そうだな、父が死んですぐ、わたしはイングランドを離れた。一七三〇年のことだから、一二年ほど前になるか」

「それ以降は戻られなかった。あなたはそのとき……」

「一九歳だ」彼はうなずいた。

「わかりました」ブリジットの目が強く光る。

何をわかったというのだ？　狂気、殺人、暴力、そして苦痛を？　それとも、ただぽっかりと穴の開いた胸、人間らしさと思いやりを欠いた心か？

どうでもいい。

「お母様は？」彼女が尋ねる。炎が小さくぱちぱちはぜる音だけが部屋に響いた。「お母様の葬儀にも戻らなかったんですか？」

「ああ。危篤のときも、葬儀にも。彼女もそんなことは望まなかっただろう。彼女はわたしを憎んでいた」

「わたしは……」ブリジットが目をしばたたく。バルの言葉のせいか、風呂の湯気か、それとも眠いせいだろうか？　わからない。鳥の歌を理解しようとするようなものだ。まったく理解不能で、いらだちが募る。「お気の毒に思います」

「そうか？」彼は頭を傾けた。人はこんなふうに会話をするものなのか？　これまで愛人たちとは性交してきた。だが、本当に望んでいたのは……そう、話をすることだ。彼のハウスキーパーと。「わたしはそうは思わない。わたしも彼女が好きというわけではなかった。彼女にはよく言われたよ、おまえは父親にそっくりだと。彼女は父のことも憎んでいた」肩をすくめる。「わたしと父はとてもよく似ていた」

「まあ」

ブリジットが彼を見つめる。燃えるような目をいっそう大きく見開いた。また泣きだすのだろうか？　それは勘弁してほしい。

「きみは知っていたか？」バルは急いで言った。「イスタンブールでは煙草のパイプを水にくぐらせて吸うんだ」

ブリジットがわずかに身を乗り出す。「なんですって？」

「本当だ」彼女の注意を引けてよかった。「ターバンを巻いて色とりどりの衣装を身にまとった男たちが、クッションにゆったり身を預け、巨大な水パイプで煙草を吸う」バルは両手を宙に差し伸べた。「銅製の背の高い器具には、とても優雅な彫刻が施されている。上のほうにボウルがあって、そこに置かれた煙草に火をつけるんだ。長いチューブが底までつながっていて、台には水をためてある。台からは細いパイプが突き出していて、喫煙者は思いきり吸わないと煙を吸い込めない」

ブリジットがかすかな笑みを浮かべて彼を見ている。わたしのセラフィーヌ。心が空洞になっていなければ、喜びに胸が震えていただろう。

「見てみたいわ」彼女が言う。「その水パイプというのを試したことは？」

「もちろんある。オスマントルコのゆったりと流れるような服もよく着ていた。長いコートも。紫に白い縞模様の入った、すてきなやつだった」興味津々で見つめているブリジットの目をちらりと見る。「それは水パイプと一緒に持ち帰った。いつかきみに見せてやろう」

「本当に？」彼女がささやき、頭の向きを変えたので、横顔しか見えなくなった。

「そうだ」ブリジットがまつげを伏せて表情を隠すのを、彼は観察した。「きみをはるばるイスタンブールまで連れていくのもいいかもしれないな。ひげの男たちが水パイプをくゆらしているのが見られるだろう。それにドーム形の建物や、僧侶たちが祈りの歌を聞かせるイスラム寺院の尖塔も。香辛料の市場、噴水のあるタイル張りの静かな中庭もいいぞ」立ちあがって彼女のうしろへ移動する。「イスラム世界の王たちは今もハーレムを持っている。その女たちは美しい衝立《ついたて》の奥で暮らしているので、ほかの男たちはその姿を見ることもかなわない」

ブリジットが身震いした。「なんだか恐ろしく聞こえるけれど」

バルは肩をすくめた。「それが彼らのやり方だ。だから彼らは恐ろしいことだとは思っていないだろう。わたしはときおり女性の目を感じた。わたしをもてなしてくれた主人の屋敷の中庭で、衝立の向こうからこちらをのぞいている女の目を。その目のまわりはコールという粉で縁取られ、顔と頭はシルクで覆われているんだ」

浴槽のうしろにひざまずいてブリジットの肩へかがみ込み、両手で胸を包む。先端のつぼみを手のひらで転がして、そこがとがっていくさまを眺めた。

「心がそそられるよ。なぜオスマントルコの男たちが自分の女を隠すのか、わたしにはわかる。わたしもできるなら、きみをシルクで包みたい。深い赤のシルクで。そして、ほかの男にきみを見られないようなところへ隠したい」

ブリジットが振り返り、目をきらめかせて彼をにらむ。「わたしはそんなのいやです」

バルは微笑んだ。自分はなぜこの女性をこんなにも求めるのだろう？

「わかっている」彼女の唇を軽く吸った――とても軽く。「それでも、やはり心がそそられる」

ブリジットの唇をしっかりとらえて、口を開かせた。赤ワインとグレービーソース、リンゴ、そして彼女のすべてを味わう。ブリジット、セラフィーヌ、彼女を。

彼女を。

バルはブリジットの口に舌を差し入れ、まさぐるように求めた。下腹部はもう暴れている。彼女を浴槽から抱きあげた。昨夜と同じだ。これまで身につけてきた技巧はかなぐり捨てていた。ブリジットをタオルで包み、椅子に座って膝の上に抱く。

キスをしたままで。

死ぬまでキスをしていてもいい。自分の思いどおりにできるのならば。

体を包むタオルがヒップまで落ちた。頭に巻いていた布もはぐと湿った髪が肩に落ち、バルはそれを指ですいた。

彼女が体を引いてあえぐ。「だめです、そんな」

「いや、いいんだ」彼は返した。「わたしはきみの髪に欲情する。できることならこの髪を自分のものに巻きつけて、果てるまで引っ張りたい」

ブリジットが眉をひそめる。「きっとざらざらします、馬のたてがみみたいに」

彼は笑った。「ということは、わたしは馬のたてがみにも欲情するんだな」

指で髪をかき分け、ひと房つかんで唇へ近づけた。

薔薇の香りがする。

「今度はあなたも服をお脱ぎになる？」彼女が尋ねた。

「いいや」きっぱりと答える。「一五歳に逆戻りした気分だよ。いきなり爆発してしまいそうで、服を脱いでいるあいだに粗相をしかねない」

「それは不公平です。何度もわたしに裸を見せつけたくせに」

「気づいていたのか！」それはうれしい。「わたしの体は見事だと思わなかったか？　では、取引をしよう。終わってからなら、わたしの体を見てもいい」

そう言うと、バルは彼女を少し持ちあげて、胸の先端を口に含んだ。爆発してしまいそうというのは嘘ではない。

ブリジットがうめいた。彼の両手の中にいる温かな、濡れた女性。目の前には胸のふくらみがある。脚の上には彼女の腿があり、女騎士のようにバルにまたがっている。彼はブリジットを吸い込んでしまいたかった。いっそ飲み干してしまいたい。

できることなら。

秘めやかな部分をまた愛撫したい。彼のために蜜をあふれさせたい。悲鳴をあげて体をよじってほしい。だが、ここでは無理だ。バルは誓った。ベッドの前の風呂は今後なしにしよう。これでは神経がもたない。彼は可憐な乳首を強く吸い、脚のあいだに手を差し入れた。濡れている。ああ、なんとすてきな女性だろう！　すでに熱く濡れそぼり、彼のために準備ができている。

ごく限られた空間の中で手を動かすと、ブリジットがうめき声をあげた。

バルは彼女を見あげた。彼の大天使。首がのけぞり、黒髪が燃えるように輝いている。

彼はうなじを支えてキスをした。深く、乱暴に。ほかにやることを思いつかなかった。

ブリジットを抱いていたい。抱きしめていたい。

もう一方の手でブリーチズの前を探り、かたくこわばったものを解放した。もう終わりにしようと、すすり泣いて懇願しているそれを。

彼女のヒップを少し持ちあげ、熱く濡れた天国に下腹部をあてがって突き入れる。

ブリジットが大きく目を見開いた。

もう一度、突いた。中はきつくて狭い。彼女は濡れているものの、今夜はまだ絶頂を迎えていないのだ。

ああ、神よ。

彼女の口が開く。輝く唇に髪が張りついた。

ふたたび突き入れた。強く。奥までしっかりと。

燃える炎がバルを包む。これでもう二度と寒さを感じないだろう。

こうしてずっと彼女を貫いたままでいたい。ひと晩じゅう彼女を眺めていたい。ワインでも味わいながら。

そう考えて、バルは小さく微笑んだ。

ブリジットがつばをのみ込み、喉がごくりと上下する。

それから彼女は動いた。

少し膝をつくように体を起こす。

おっと、これは……。

ブリジットがまた体を沈めた。やさしく、だがしっかりと。彼を迎え入れ、いったん体勢が落ち着くと、腰をまわしてみせさえした。

バルはあえいだ。

こんなのは、まったく公平ではない。

彼女を止めようと手を伸ばす。だが……。

ブリジットがまた動いた。今度はもっと速く。もっと激しく。

彼女は実にすばらしい。美しく、毅然としてバルにまたがっている。それに……賛辞をもっと考えようとしたが、言葉がどこかへ飛んでしまった。

だからバルは彼女に顔を近づけてキスをした。ブリジットに身も心も奪われながら、彼の復讐の女神に、彼の救世主に、いや、もしかしたら彼の死神に、むさぼるようなキスを。

彼女が炎に包まれるのが見えた。

大天使が燃えている。煌々《こうこう》と輝いて。恐ろしいような、けれども絶品の眺めだ。

ブリジットの溶鉱炉へ突き入れ、自分も炎に包まれてうめきながら果てたとき、バルに考えられたのはこれだけだった。

彼女はわたしの底に金色に輝く核があると思っている――わたしも救われてしかるべき善人だ、と。

だが、それは間違いだ。

バルの奥底を探り、そこには凍てついたうつろな穴しかないとわかったとき、ブリジットは自分がなすべきことをするだろう。

彼を捨てて去っていくに違いない。

14

それでその夜、心のない王様とプルーは城の庭に向かいました。プルーは緊張しながら一本の心棒とひとつかみの羊毛を取り、糸を紡ぐ方法を王様に教えました。

「おまえはあまり上手ではないな」王様が言ったそのとき、彼の毛糸が切れました。

「あら、王様だって！」プルーは何も考えずに、そう言い返していました。

それからというもの、王様はほとんどしゃべりませんでした。口を開けば悪態をついてしまうからです。そして朝になると、プルーは自分がまだ生きていられることをありがたく思いました……。


『心のない王様』


モンゴメリー公爵は眠るときも、ほかのあらゆるときと同じようにゆったりとして優雅で美しい。

この世に生きている誰よりも美しい。

翌朝ブリジットは物思いにふけりながら、眠っている男を見つめていた。清潔なシーツの上で寝ているバルは片方の腕を頭の上にあげ、金色の巻き毛が枕の上でもつれている。横向きになった彼のまっすぐな鼻が、シーツの上にきれいな輪郭を描いていた。唇は少し開いているが、いびきはかいていない。もちろんそうだろう、彼はモンゴメリー公爵なのだから。無精ひげも金色で、顎の完璧な角度を強調している。上掛けは腿のところまで押しさげられ、もう一方の手は腹部にのっていた。傷ひとつない胸にはなめらかに筋肉がつき、胸に数本生えた金色の毛が男らしさを際立たせている。片方の脚は曲げられ、その腿に沿って太く長い男性の証が伸びていた。

彼は完璧だ。わたしの恋人。

ブリジットは唇を引き結び、すてきな彼のものにもう一度ちらりと目をやると、向きを変えて部屋をあとにした。

ほんのつかのまであっても、公爵が恋人だなんてあまりにも奇妙に思える。たとえ彼が公爵でなくても、どこか別の世界の従僕か執事――ブリジットと同じ身分の男――だったとしても、きっと奇妙な組みあわせだっただろう。彼はこの世のものとは思えないほど美しい生き物だ。それに引き換え彼女は？

ごく平凡だ。馬のたてがみのような髪から、がっしりして実用的な足に至るまで、男の気を引くようなところはない。もっとも、不器量というわけでもない――容貌はじゅうぶん人並みだ――が、彼女はよくわかっていた。自分は男性が遊びたがるような女ではないことを。男が見とれるような女ではないことを。過去には彼女にも数人の崇拝者がいたけれど、そう大勢でもない。

要するに目立たない女なのだ。

バルはその正反対だった。

もしかしたら、彼はそこに引きつけられたのかもしれない。ブリジットがごくふつうであるところに。自分があまりにも非現実的な存在なので、面白くもなんともないものに魅了されてしまうのだろう。ごく短い期間なら。

そう考えると落ち込まずにはいられないけれど、現実を直視しなくては。これから何が起ころうと、バルと長く添い遂げるようなことにはなりえない。そんなことを考えるのは滑稽すぎる。競走馬が農耕馬とつがいになるみたいなものだ。

自分は彼のどこに惹かれたのだろう？　自らをだますのはたやすい。バルを求めたのは、彼が善悪を見分ける手伝いをしたかったから、彼のよこしまな生き方を正したかったから、というふりをすることはできる。

でも、それは子どもだましのゲームだ。バルが彼自身のよりよい部分を見つける手伝いをしたかったというのもあるけれど、それはブリジットがここにとどまっている本当の理由ではない。

真実はもっと単純だ。人生で初めて、彼女は自分自身のために動いている。礼儀作法も、理屈も、論理も、道徳心さえも捨ててかまわないと思っていた。

バルと愛を交わしたい。なぜなら、自分がそうしたいから。なぜなら、彼はブリジットがこれまで与えられてこなかったもの――自分に禁じてきたもののすべてだから。笑い、機知、本、冒険。性愛にふけること。シルクと熱い風呂。温かい犬と、もっと温かな寝具。

もし、その代償が子どもだったら？

いや、それはそんなに悪いことではない。

ブリジットも婚外子だった。バルの子どもを授かったら、きっとその子を産んで育てるだろう。どんなに大変でも、その子がいつか彼女の道しるべとなってくれる。少なくとも、もう二度とひとりぼっちにならずにすむ。

厨房のドアを開けながら、ブリジットはいつものように身だしなみを確認した。モブキャップがないこと以外はふだんと同じだ。今頃はもう従僕たち全員が、彼女が公爵とベッドをともにしているのではないかと疑っているだろう。でも彼女のほうからそれを触れまわる気などないし、どんな噂だろうと、そんなものに自分の権威を傷つけさせるつもりはなかった。

彼女はドアを開けて厨房に入っていった。「おはよう」

「おはようございます」ミセス・スミザーズが何かの粉をこねながらむっつりと応える。

このアインズデイル城の料理人とは、ロンドンのミセス・ブラムほど仲よくなってはいないけれど、ミセス・スミザーズも無口なりに親切だった。ブリジットが最初に出会った頃のミセス・ブラムに比べれば断然やさしい。

その証拠に、ミセス・スミザーズはすぐに食器洗い場のメイドに顎で合図して言った。

「そこはいいから、アン、ミセス・クラムにお茶をお出しして」

ブリジットはテーブルで紅茶のカップを受け取って笑顔でメイドに礼を言うと、ミスター・ドワイトの向かいに座った。

「おはようございます、ミセス・クラム」執事がほがらかに言う。彼は驚くほど目覚めがいいのだ。「今日は階上《うえ》に行かれますか?」

「ええ、たぶん」彼女は前に置かれた粥のボウルを抱え込んだ。ミセス・スミザーズの作る粥は本当においしい。「ほとんどの部屋は、もう何年も閉めきってあるんでしょう?」

ミスター・ドワイトが唇を引き結んで頭を振る。「おばが言っていました、奥様が病気になられる前に閉じられたと」

ブリジットはうなずいた。そうやって節約するのはうなずける。使われていない部屋に光熱費や維持費をかける必要はない。でもたまには点検をしないと、そういった場所には害虫やその他のうれしくない事態が発生したりするものだ。

厨房のドアが開き、メフメトがピップを従えて入ってきた。犬はブリジットに飛びつき、おはようの挨拶に頭を撫でてもらおうと膝に前足をのせた。

彼女は粥の最後のひと口をすすった。「あとですぐに行きますから」ミスター・ドワイトに断って、少年と犬とともに中庭へ出る。

ピップはおしっこをしに古いオークの木の根元へ走っていった。

「ここはとても寒い」メフメトが悲しげに言い、両腕を肩に巻きつけた。「冬のうちにぼくは凍ってしまうんじゃないかな。公爵が言ってました。空は氷に変わり、その一部が白い小さなかけらになって降ってくるんだって」

「閣下はドラマティックな表現がお好きなのね」ピップが中庭を駆けまわるのを見ながら、ブリジットはささやいた。

ちらりと未亡人の塔を見あげる。城の上にそびえるように立つ尖塔。そして、そこから何を見ていたかバルが語ってくれたことを思い出した。この塔はブリジットの想像を超えた堕落、悪徳、残酷さを目撃してきたはずだ。それでも、古い灰色の石にはなんの跡も残されていない。城は傷口も見せずに立派に立っている。

自分がここのハウスキーパーなら、この中庭に菜園を作ろう。厨房のドアのすぐそばに、小さな箱できっちりと区分けして、ハーブにレタス、豆ににんじん、ラディッシュを植える。いずれは庭師を雇ってまっすぐな砂利道を作ってもらい、内側の壁に沿って洋梨やリンゴやプラムを育て、薔薇やアヤメを植えて、屋敷の女性たちに散歩しながら愛《め》でてもらうのだ。

それがブリジットの仕事だ。もし彼女がアインズデイル城のハウスキーパーならば。

「ミセス・クラム！」

メフメトのうれしそうな大声に驚いて、彼女は夢想から引き戻された。

振り向くと、少年がピップと並んで立っていた。「ミセス・クラム、あなたに言うのを忘れてました。昨日、ピップにお座りを教えたんです」

ブリジットは眉をつりあげた。小さなテリアは座る気配すら見せていなかったのに。

「そうなの？」

「見ていてください！」少年は犬に向き直り、その頭上で両手をぱんと打ち鳴らした。「ピップ！」犬が吠え、頭をさげて尻をあげる。

「ピップ！　お座り！」メフメトが怒鳴り、命令するように両手を振った。

たちまちテリアは飛びあがり、うるさく吠えたてて、少年のまわりを三度まわると……。

彼の前に座った。

「あら」ブリジットは片手で口を押さえた。笑い声を聞かせるのはメフメトに失礼な気がする。「まあ、すごいじゃないの」

メフメトが顔を輝かせた。「あなたが教えているのより、こっちのほうがずっといいお座りでしょう？」

「そうね、本当に」彼女は同意した。

「ピップは今ではお座りが得意なんです」少年がそう言って目を向けると、犬はとっくに立ちあがってうろうろ歩きまわっていた。

「ええと、わたしはそろそろ仕事に取りかからないと」ブリジットは言った。「あなたは公爵閣下のお世話をしてくれる？」

メフメトが少し暗い顔になる。「ずっと起きないんです。正午よりも前に起きるのはシ、ョ、ミ、ン、だけだと言って」彼女を見て頭を振る。「ショミンっていうのがなんのことか、ぼくにはわからないけど」

「わたしたちのことよ」ブリジットはうなった。「閣下なら、そうおっしゃるでしょうね」

「公爵は一日じゅう寝ていてもいい。ぼくらはだめ」メフメトが皮肉っぽい目になって、ブリジットを見る。「でも、公爵はとても悲しそうでしたよ。あなたが昨日、寝室にいないとわかったときには」

彼女はそれには応えなかったが、愚かな心臓が鼓動を一拍飛ばした。

「わたしはこれから閉めきってあった部屋の空気を入れ替えて掃除をするの。あなたも手伝いたい？」厨房の戸口に向かいながら尋ねる。

「うーん」メフメトはあやふやな返事をした。

「それか、ピップを連れて厩舎に用事がないか見てきてもいいわよ」

「うん、そうします！」たちまち顔をほころばせて、もうひとつの戸口に向かって駆けだす。そこからのほうが裏手と厩舎にはずっと近いのだ。「おいで、ピップ、来い！」

犬が彼を追っていく。

「ピップが馬に蹴られないようにね！」ブリジットは少年の背中に声をかけた。

メフメトは元気よく手を振り、犬とともにドアの向こうへ姿を消した。

ため息をついて、厨房のドアに向き直る。ブリジットにはやるべき仕事があった。

午前中はずっと西の棟の二階で三部屋を開放し、きれいに掃除をした。バルの寝室とは反対側にある棟だ。かなりの汚れ仕事で、彼女はモブキャップがないのを残念に思った。バルが昨日彼女の頭から取って以来、行方不明なのだ。

バルが燃やしてしまったのではないだろうか？

三つ目の部屋を掃除していたときのことだった。そこは明らかに物置として使われていたようで、テーブルやほかの家具でいっぱいになっていた。ふたりの従僕が重たいマホガニー材のサイドボードを壁際から動かすと、何か布に包まれたものが現れた。羽目板に立てかけてあったらしい。

ブリジットは埃の積もった布を慎重に外した。

そしてまじまじと見つめ、凍りついた。

それは実物大の少年の肖像画だった。金髪の美しい少年。せいぜい七、八歳というところだが、明るい青のスーツを着て、喉元や手首には白いレースが垂れている。靴はダイヤモンドのバックル付きだ。片足を外側に向け、反対側の手を腰に当ててポーズを取っており、肩から腕にかけて白テンの毛皮の縁飾りがついたピンクのベルベットのケープが垂れさがっていた。もう一方の手は宝石で飾られた短剣を握り、絵を見る者のほうへ突き出している。

少年は大広間のようなところに立っていた。両脇にカーテンや高級そうな家具がある。ブリジットはほかの屋敷で、貴族の子どもたちの肖像画を見たことがあった。それらと違い、この少年はペットもおもちゃも持っていない。子どもらしさをうかがわせるものが、まわりに何ひとつなかった。

大人の世界の中に、彼はぽつんとひとりで立っている。

その青い目はひどく悲しげだった。

「彼女はその頃でさえ、わたしを憎んでいた」

振り返ると、バルがその少年を静かに見つめていた。「何年も前に彼女がこれを燃やしたとばかり思っていたよ。画家の前に座っていたのを覚えている。わたしはじっと立っていることができなくてね。だが、父は肖像画を描かせたがった。彼女はわたしに言った。じっと立っていないと耳を切り落とすわよ、と」そんな冗談を一緒に笑おうとばかりにブリジットに微笑みかける。「わたしは幼すぎてわからなかったんだ、彼女がそんなことをするはずがないのを。もし跡継ぎを傷つけるようなことがあれば、父が彼女を殺しただろうからね。それでわたしはじっと立っていた。画家が絵を仕上げるのに三週間はかかったと思う」

ブリジットは泣きたくなった。バルは〝母〟という言葉を口にすることすらできないのだろうか?

彼のうしろをちらりと見て、ほかの従僕たちが部屋からいなくなっているのを知って安堵する。「どうして彼女はそんなにもあなたを嫌ったんですか?」

「わたしは父の息子だ」バルが肩をすくめる。「見た目が父にそっくりで、彼女は父のことも嫌っていた。それでじゅうぶんだったのだと思う」

ブリジットはまじまじと彼を見た。「でも、あなたはあなたのお父様ではないわ」

「そうかな」バルがつぶやく。その目は疲れ果てているように見えた。「父はわたしを自分の思いどおりに仕立てあげたんだ、結局のところ」

彼女は思わずバルの手をつかんだ。「そっくりだからって、あなたがお父様と同じ人間だということにはなりません。あなたは違う。あなたはお父様じゃないわ」

彼が首をかしげ、眉をひそめる。ブリジットの言葉を信じかねているようだ。

年老いた公爵夫人が今ここに生きていたなら、ブリジットは彼女を叱りつけただろう。

ブリジットは咳払いをした。「その絵をまた飾ってよろしいですか、たとえば食堂に？」

「なんだって？」バルが絵をちらりと見る。「ああ、きみがそうしたければ。父はこれに大金を払ったのだし、上手な画家のはずだ」彼は部屋をぐるりと見渡した。「それにしても、彼女はなぜそれをここに置いたのかな？　彼女はとにかく恨んでいた。わたしの父を憎んでいた。この城を憎んでいた。わたしを憎んでいた」積み重ねられた梱包用の木枠を蹴る。山はがらがらと崩れ、中には壊れた木枠もあった。「わたしが出ていくとき、彼女がうしろから怒鳴るのを聞かせたかったよ。わたしは悪魔そのもので、反吐が出るほど父親にそっくりだと言われた。あらゆる点で、彼にそっくりだと――」

その言葉は小さな、けれどもはっきりとした猫の鳴き声にさえぎられた。

バルが凍りつき、ぐるりとまわした目がブリジットを見る。

彼女は眉をひそめてあたりを見渡した。どこに――？

また、みゃーおという鳴き声。

「聞こえるか？」バルがささやく。

ブリジットは手を振って彼を黙らせた。部屋にはテーブルがふたつ――古くて重たいもので、かなり虫に食われている――それに崩れた木枠と、布の下にはまだもっと絵がありそうだ。

みゃーお。

彼女はもうひとつ残された大きな家具に歩み寄った。男の背丈ほどの、繊細な彫刻が施された戸棚だ。正面のふたつの扉に手をかけたが、鍵がかけられている。

「わたしがやろう」バルが彼女を押しのけ、短剣を取り出した。

「だめ！」彼女は驚いて言った。

だが彼はすでに刃を扉のあいだに差し込んでいて、錠前を壊して開けた。

「まあ」非難するように言う。「何もそこまでしなくても」

「ああ、でも、きみが中を見たいだろうと思ったから」バルが言う。「こんな醜い戸棚はめったに見たことがないな。彼女が自分の部屋に置いていたものだと思う。きみは中を見たいのか、見たくないのか？」

「見たいです」けれども扉を開けて見つかったのは、空っぽのネズミの巣がひとつと埃の山だけだった。

みゃーお。今度はかなり近い。

ブリジットは戸棚の奥に頭を突っ込んだ。猫――あるいは声の感じからすると子猫――が目の前に現れると確信していたが、そこにも何もなかった。

顔を外に出してバルを見る。

彼の青い目が愉快そうにきらめいた。「幽霊猫にお化けの子猫か」

ブリジットは眉をひそめて彼をにらんだ。「わたしは幽霊なんて信じません」

「つまらないな」バルはブリジットの鼻にキスをし、彼女が驚いて目をぱちくりさせている

あいだに、戸棚の奥に身をかがめて何やらごそごそ動かした。

突然、彼の手の中に外された板が一枚現れた。

ブリジットもかがんで奥をのぞく。

見つめ返していたのは赤毛の猫だった。緑色の目を見開き、乳房には虹色の子猫たちが一列になって丸まっている。戸棚の隠された空間にもぐり込んでいたのだ。

「どうやって入ったのかしら？」ブリジットは魅了されてため息をついた。子猫たちはふわふわで、誰がどう見てもかわいらしい時期だ。

「魔法だな」バルが言う。「あるいは戸棚の裏が崩れていたんだろう」

ブリジットは笑い声をあげた。「どういう名前をつけましょうか？」

それを聞いたとたん、彼が体をこわばらせて身を引いた。「何もつけない。われわれのものではないんだ、そうだろう？」

「ええ」ゆっくりと言った。バルを観察しながら、熱に浮かされて彼が語ったことを思い出す。父親が彼に何をしたのか。ペットの猫たち――バルが名づけた猫たち――の末路。彼女は胸が張り裂けそうになった。「でも……」

「では、放っておけ」彼は部屋を横切り、崩れた木枠をまたつま先でつついた。「猫に名前を押しつける必要はない。むしろ失礼じゃないか。猫が名前をつけられたがっているかどう

かなど、誰も猫にきいたことはないんだから」

ブリジットは母猫をちらりと見た。目をなかば閉じて、ごろごろと喉を鳴らしている。それから視線をバルに戻した。放っておくべきだ。わかっている。だけど……。

「子どもの頃は猫がお好きだったんでしょう？」

彼が激高した様子で振り向く。「誰がそんなことを言った？」

「あなたが」やさしく返した。「毒で熱にうなされて。覚えていますか？」

「いいや」きっぱりと首を横に振る。「物事によっては忘れるほうがはるかに簡単だと、わたしは発見したんだ。だからそういう癖をつけた。人に紹介されたときでも、わたしはたちまちその名前を忘れることにしている。忘れっぽいのはとても役に立つんだよ」

笑っていいのか、泣くべきなのかわからない。バルはこれまで、どれだけのことを忘れてきたのだろう？　どれだけのことに耐えてきたのだろう？

「あの」ブリジットは息を吸った。「ご自分でおっしゃったんですよ。四匹の猫を飼っていた、と。プリティ、マーマレード、オパール、それから——」

「タイガー」バルがゆったりとした足取りで近づいてきた。「タイガーはわたしが絞め殺した。父にそうされないように。きみは本当にこんな話を続けたいのか、わたしのセラフィーヌ？」

「わたしの名前はブリジットです」彼女は一歩も引くつもりはなかった。

「いや、違う」バルが彼女の腕をつかんだ。しっかりと、痛いほどに。「今のきみは怒りに燃えるセラフィーヌだ。そしてわたしは罪深きモンゴメリー公爵。知りたければ言ってやろう。きみが無垢な聖人の魂にかけて知りたがるのなら、言ってやる。プリティとマーマレードとオパールとタイガーだけでなく、猫はもっとたくさんいた。何匹もの猫が。いつだって猫がいた。誰が少年のわたしに猫を与え続けたと思う？　父さ。ふわふわの子猫を持ってきて、夜のうちにわたしの枕の上に置くんだ。目覚めると、それがわたしの顔にもたれて丸まっている。わたしを信頼して、ごろごろと喉を鳴らしている。純粋無垢でかわいらしい子猫だ。わたしは名前をつけた。全部に。そして父は、わたしがその猫を愛するようになるまで待った。それがわたしの親友に、唯一の友になるまで待った。それから、わたしの目の前でその首を絞めあげた」彼は額をブリジットの額につけた。目を閉じたが、涙はこぼれるどころか、こみあげてくる気配すらない。「自分がじゅうぶんに年を重ねて力をつけ、賢くなるまでは――わたしにはわかっていた、わかっていた、わかっていたんだ。おまえは愛するものを自らの手で殺さなければならない、と。でないとやつらにそれを利用されるんだよ、セラフィーヌ。やつらはおまえの目の前でその首を絞めあげ、おまえは傷つくことになる。おまえの心の内には悲鳴と絶望と血があふれ、おまえは死を望むことになる。死を愛することになる」

バルはあえいで言葉を切った。口を開いて動きを止める。それから、とても静かにはっきりと言った。

「わかるだろう。そのほうがずっといい。何も愛さないほうがいいんだ」

ブリジットはゆっくりと、慎重に片手をあげた。波打っているバルの胸へ、それから首へ、そして乾いた顔へ。「ええ、わかります。よくわかるわ」

つま先立ちになって、バルの唇にそっとキスをする。やさしくかすめるその感触で、彼に思い出させたかった。ここに立っているのはブリジットで、彼の父親ではないと。

彼女は両手でバルの顔を包み、見あげた。

青い目は眠たげで、少し落ち着いたようだ。

バルが息を吸い込む。

そのとき、視線がブリジットを通り過ぎて扉の開いた戸棚へと移り、彼は笑いだした。ざらついた笑い声を聞き、彼女は恐怖とともにバルを見つめた。

彼がおなかを抱えて指さす。

何か恐ろしいものを予想しながら、ブリジットは振り返った。

見えたのは、母猫がどこかに姿を消して、置いてきぼりにされた子猫たちだった。猫たちは眠っているか、震える脚で立って戸棚の奥の小さな箱を探検している。

「いったい何が？」

「見ろ」バルが声をきしらせた。「やってくれるな、あの女」また笑いだし、何かに取りつかれたかのように部屋をうろうろと歩きまわる。

ブリジットはもう一度かがみ込んだ。

子猫たちの下から、何か白いものがのぞいている。

手を伸ばし、象牙色の長方形の箱を取り出した。あちこちに繊細な彫刻が施されている。かなり古いもののようだ。とてもかわいらしい。これが猫の寝床にされていたのだと思い、彼女は小さく舌打ちした。

「これのことですか？」落ち着きなく歩くまわっているバルに尋ねた。

ふたを開けようとしたが、しっかりくっついているようだ。

「違う、違う」バルが突然横に現れて言った。「きみはモンゴメリー家とその陰謀のことを何も知らない」

彼はブリジットの手から箱を取りあげ、逆さまにして親指の爪で底の部分の飾りを押した。すると箱の横から木片が飛び出し、バルがそれを横にずらすとふたが開いた。

ブリジットは彼の肩越しにのぞき込んだ。

中には封のされた手紙が一通入っている。

「彼女は決して笑顔を見せなかった」バルがその手紙を見つめて言った。「わたしがここを出ていく日にさえも。彼女はベッドに座っていた。カルが横にいた。わたしは彼女が手紙をこの箱に入れるのを見つめた。彼女はこれをずっと持っていると宣言した。彼女が生きているうちにわたしがイングランドに戻ってくるようなことがあれば、この手紙を公表すると。だが、わたしは彼女がそこまで本気だとは信じていなかった。なんと愚かな。彼女の恨みは本物だったのだ。それについては誰も彼女を非難できない。母が死んで一一年近く経ってもなお、その恨みはわたしに毒を盛る。彼女はもう地面の下で腐っているというのに。ブラボ

また一瞬だけ、バルは手紙を見つめた。
ー！」

それからブリジットを見て、ふたの開いた小箱を手渡す。「ほら、受け取ってくれ。これが黒く塗られたわたしの心だ。懺悔《ざんげ》さえ聞いてもらえない、わたしの魂だよ。わたしの記念に、どうか受け取ってほしい」

彼女は象牙色の箱を見つめた。「できません！」

バルが首をかしげる。「なぜだ？」

「なぜって……」彼を裏切る手段を持ちたくないから。「手紙には何が書かれているんですか？」

彼は肩をすくめた。「知らない」

「今、言ったでしょう、お母様がお墓の中からさえも、その手紙であなたを呪っていると」

疲れきった声で返す。

「ああ、彼女ならやりかねない」バルが言った。「だが、本当に知らないんだ。手紙には封がされている。わたしは読んだことがない」

ブリジットは目を細めた。「けれど、もしこの中身が、あなたが彼女はこう書いただろうと思っていることだったら……？」

バルが微笑む。「その内容は、きっとわたしを絞首刑にするだろうな」

彼女の息が止まった。バルは〝きっと〟と言った。〝もしかしたら〟ではなく。確信を持って。公爵が死刑に処されるほどの罪は、ごくわずかしかない。

そして彼はブリジットに、自分の罪の証拠を受け取ってほしいと言う。

そんなものは破壊してと言いたい。その言葉が舌の先から出かかった。

だが、ブリジットは高潔な人間だ。もしバルがそんなにも恐ろしいことをしでかしてしまったのなら……。

「頼んだぞ、異端審問官」彼がささやく。

そしてバルは、その恐ろしい小箱を彼女の手に託した。

15

プルーと心のない王様は毛糸の入ったかごを持っていって魔術師に見せました。

魔術師は毛糸の山を見て微笑みました。「なんと見事な仕事ぶりでしょう、王様！」

王様とプルーは互いに目を合わせ、それから王様は信じられないと言いたげに片方の眉をあげました。

魔術師はあわてて咳払いをしました。「さて次は、月明かりの下で美しい布地を織りあげていただかねばなりません」

王様はまた悪態をつき、プルーはただため息をつきました……。


『心のない王様』


これは出来心だ。もしかしたら致命的な過ちかもしれないが、出来心というのはしばしばそういうもの。少なくとも、彼の場合は間違いなくそうだった。

バルは彼の燃える天使が邪悪な小さな箱を受け取るのを見つめた。バルの母親の苦々しい怒りが、きっちりと優美に詰め込まれた箱。母は社交界における品のよさと彼女が称するものに、とてもうるさい人だった。ブリジットは困惑の表情だ。バルの罪という重荷など、背負いたくないのだろう。とりわけ忌まわしいひとつの罪があることを彼女は知らないわけだが。それでも彼女は果敢にその厄介な箱を胸に抱え込んだ。

彼の崩壊が、身の危険が、あのふっくらとして実用的なハウスキーパーの両手に握られているとわかっているのはいいものだ。ブリジットをあまりに怒らせてしまったら、もし彼女がある日目覚めてバルのことを心底気に入らないと思ったら、細い手首をさっとひねるだけで彼を消すことができる。どういうわけか、それで世界のバランスが取れているように思えた。何しろブリジットは良心を持っているのだ。バルはそんなものは持ちあわせていない。

それに強者にも弱点はある。

「おいで」彼はやさしく言った。ブリジットが仕事の途中なのはわかっている。「労働にいそしんでいるきみを探しに行ったのは、折り入って頼みたいことがあったからなんだ。埃やクモやネズミのことなどしばらく放っておいて、昼食をともにしてくれないかと思ってね」

興味深いことに、彼女は赤面した。「それはできません」小声で返す。

「なぜだ？」

「ほかの従僕たちが」

バルはまばたきをした。「それなら、うちの従僕の全員が昼食に参加してもいい」

「でも、わたしがあなたと一緒にいると……」ブリジットがいっそう顔を赤らめた。

バルはとまどい、首をかしげて彼女を観察した。「昼食というのは文字どおりの意味で言ったんだぞ。だが、なんなら今すぐわたしの部屋に移動してもかまわない――」

「そうではありません」彼女がさえぎった。なんて話のわからない人だろう、と言いたげに目をぐるりとまわす。公正を期して言うならば、彼はしばしばそういう人間に思われるのだが。「昼食にしましょう」

彼は微笑んだ。「すばらしい！」

ブリジットが少しはにかんだように彼を見る。なんと魅惑的な表情だ。

「わたしは埃だらけです。先に手を洗ってきて、食堂で落ちあうということでよろしいでしょうか？」

優雅にお辞儀をする。「ご登場をお待ちしますよ」

彼女がうろたえた顔をした。それを見てバルは誘惑したい気分に駆られ、そばのテーブルにブリジットを押し倒したくなって――。

「いけません」彼女があとずさりした。さらに声を低める。「こんな昼間に！」

なんとピューリタン的な！　下層階級の者たちが、愛の行為を交わすことについてこれほどおかたいとは知らなかった。

昼間ではいけない正確な理由はなんだろう？　バルは食堂に向かいながら考えた。明るさ？　組み敷こうとする相手がよく見えるのはいいことではないか。ここにはベッドがないから、いけないというのか？　だが昨晩のブリジットは椅子の上で彼にまたがったし、あれはとても楽しめた。

あるいは、そう思っていたのは自分だけだったのだろうか？　バルは階段の途中で足を止めた。唐突な、そして非常に受け入れがたい考えが頭に浮かんだ。これまで頭に一度も浮かんだことのない考えが。もしブリジットが、あれを楽しんでいなかったとしたら？

それについて数秒間考え込む。

ありえない。彼女はわたしの上で果てた。それを感じたし、この目でも見た。そして……。わたしはモンゴメリー公爵バレンタイン・ネイピアだ。わたし以上の恋人など、世界じゅうを探してもいるわけがない。

満足して、バルは階段をおりていった。

執事――名前はやはり思い出せない――が階段の下で待ち受けていた。

「ダイモア公爵がおいでです、閣下。書斎でお待ちになっています」

おや、お出ましか。あの老人が田舎の領地――アインズデイルの隣の郡に来ているというので知らせておいたのだが、予想よりもずいぶん早く来たものだ。まあ、いい。それほど熱意があるということだろう。

仕事に戻るのだ、仕事に。

けれども、バルは一瞬ためらった。ダイモアなど追い返して、午後はブリジットとのんびり過ごすという手もある。

ブリジット……彼は目をしばたたいた。そう、ここには彼女がいる。仮面の男たちから守るべき者が。だめだ。のんびりなどと言っている場合ではない。さっさとあいつらを片づけるのだ。

力さえ手に入れれば、明日悔やむことなどなくなる。

バルは執事にうなずいてみせた。「彼に、昼食をぜひご一緒にと言ってくれ」

食堂に入っていき、バルはそこらじゅうがぴかぴかに磨きあげられているのに気づいた。もう彼の記憶にある、あの陰気な部屋ではない。もちろん、記憶は強姦と破壊につながる宴会にまつわるものばかりなのだが。

そこはかつての大広間で、天井は高く、昔の紋章がひさしにずらりと並んでいた。壁にはさまざまな、いずれも悪魔だったに違いない先祖の肖像画が飾られている。バルの父親に与えられたのは石造りの暖炉の上という特等席で、灰色のかつらとシルクの長靴下をつけ、サファイアブルーのローブをまとった優雅な姿が描かれていた。

バルは長いテーブルの自分の席につき、父のうつろな青い目を思った。あのいまいましい肖像画は燃やしてしまってもいい。もう父は城の主ではないのだから。

「モンゴメリー」ダイモアが老人らしくかすれた声で呼びかけながら、よろよろと食堂に入ってきた。「元気そうだな。きみの家での舞踏会のあと、具合を悪くしていたという噂を聞いたが」

「ああ、噂ですか」客に挨拶しようと立ちあがる。「噂など老婦人たちに任せておくのが一番ですよ、どうせ何も考えていないんですから。もちろん、その噂が真実だったとなれば話は別ですが」

「もちろんだ」ダイモアは握手した手をなかなか放そうとしなかった。「だが、そういえばきみのところのメイドから聞いた噂があったな」

「本当に?」バルは微笑んで席に戻った。「メイドの名前を教えてください。通りにその娘を放り出してやります」

ダイモアがくすくす笑う。「きみを見ていると父上を思い出す」

「わたしの母にもよくそう言われました」バルは軽い調子で言いながら、老人のグラスにワインを注いだ。

食堂のドアが開き、ブリジットが入ってきたのを見て、バルは自分の失態に気づいた。

彼女はいつもどおり不格好な黒いウール地のドレスを着て、白いエプロンをピンで留め、白いスカーフを巻いている。どこからどう見ても慎《つつ》ましやかな服装だ。しかし、ダイモアはメイドから仕入れた噂があるとほのめかしていた。例の〝具合を悪くしていた〟時期に彼を看病していたのが誰だったのか、この老人は知っているのだろうか?

自分の愚かしさを呪いながら、バルはワイングラスの陰で薄く笑った。

「こちらがあのすてきなミセス・クラムかね?」彼女がまるで目の前に供された塩漬けニシンでもあるかのようにじろじろ見ながら、ダイモアが尋ねた。

バルは老人をディナーナイフで刺してやりたくなった。それは至極簡単だが、死体の片づけ等々が面倒だ。

ああ、まったく。

「ミセス・クラムはたしかにわが家のハウスキーパーで、われわれの昼食のおともをしてもらいます」彼女のほうに片手を差し出しながら言う。

あっぱれなことに――といっても驚くにはあたらないが――ブリジットは顎をあげ、背筋を伸ばしたままバルの横までゆっくり歩いてきた。彼の手を握ることなく、自らの席につく。自分の知っている姫君たちはもっと落ち着きのない女性ばかりだった、とバルは思った。

彼女に微笑みかける。「こちらはダイモア公爵レオナール・ド・シャルトル、亡き父のよき友人だったお方だ」

そう聞いてブリジットは一瞬目を丸くしたが、彼の言葉について感想を述べるような真似はしなかった。「公爵閣下。お目にかかれてうれしゅうございます」

「こちらこそ」ダイモアが面白がっているような口調で返す。まるで人間の言葉がわかる猫と話しているみたいに。彼はバルに向き直った。「きみにしては斬新な趣向だな、モンゴメリー？ 父上も一風変わった気晴らしが好きだったものだ。ある年の冬、一七一二年だったか一七一三年だったか、そこにいたのはこんな小さな――」

バルは食欲がなかったが、幸いなことに食事が運ばれてきたためにダイモアの話は中断させられた。執事のあとに三人の従僕が続き、サーモン、ビーフ、さまざまなフルーツやパンがのったトレイを運んでくる。

「魚は好きではない」しばらくすると、ダイモアが口の端から血のしたたるビーフの肉汁をこぼしながら言った。「肉こそ男の食べ物だ」

「ええ、まったく」同意しながら、バルはサーモンにフォークを突き刺した。

「それでだ」老人が続ける。「われわれはきみをちゃんと入会させなければならん」

ブリジットが皿の上にがしゃんと音を立ててナイフを置き、ダイモアをにらみつけた。彼女は中国の爆竹みたいに爆発せずに、この食事を終えられるだろうか？

「本当ですか？　入会を？」バルはダイモアに向き直った。「そんなのつまらないですよ。組織を作った一族の一員としては……」

「聖なるルールだ」ダイモアが大仰に抑揚をつけて言った。その口調はむしろ滑稽で、話の内容にはそぐわない。「早ければ早いほどいい。わたしが若返ることはないのだからな」

「たしか、あなたのご子息は……？」純粋に好奇心から尋ねた。こちらを肩で押しのけて権力の座につこうとする者がいれば、放っておくつもりはないけれど。

「ラファエルか？」ダイモアが不快そうな表情になる。「彼は……その任ではない」

おやおや、それは興味深い。バルは自分と同い年ぐらいの少年がいたのをおぼろげに思い出した。彼は肉体的に、あるいは精神的に能力が不じゅうぶんなのだろうか？　だとしたら、間違いなく噂が耳に届いていたはずだが。

「きみのほうがはるかに適任だ」ダイモアが歯にはさまった肉のすじを取りながら言った。

「若い。体が頑丈だ。見た目もいい」

老人の目はなかば閉じられている。

こんなお世辞を真に受けると思われているなら、ずいぶんとばかにされたものだ。彼は微笑んだ。「いつですか？」

ダイモアが肩をすくめる。「春がわれわれのいつもの時期だ、きみも知ってのとおり」

バルは首を横に振った。「遠すぎます。どうせならもっと早く就任したいですね」

老人がにやりとする。「調整してみよう。われわれは以前よりも……自由を尊重するようになったのだよ、ここであの宴会をやっていた父上の時代よりも」

「これまではどこで開催していたんです？」

だが、ダイモアはごまかすように指を振った。「まあ、まあ。それは言えんよ。きみもよく知っているだろうが。入会するまでの辛抱だ」好色とも言える目つきでバルを見ながら、椅子に深く座る。「きみも早くわれわれのもとに加わりたいだろうが、そこは我慢してもらわなければ」

バルは微笑み、ワインを飲んだ。この老人にはとりあえず、〝混沌の王〟で繰り広げられるみだらな騒ぎこそ、彼が入会を希望する理由であると思わせておけばいい。

食事は快いとは言わないまでも、まずまず良好な雰囲気の中で終わった。ダイモアがこれ見よがしに、父の倒錯趣味や母がバルを嫌っていたことなどを口にしたがるのを別にすれば。この老いぼれが肉を喉に詰まらせたら、どんなに世界のためになることか。だが、そんなことは起こらない。まもなくバルは客人を玄関まで見送り、それで万事終了となるだろう。

そのとき、事件は起きた。

ワインのせいにすることもできるかもしれない。ブリジットに気を取られていたせいだと、食事のあいだずっと彼女が漂わせていた非難の空気のせいだと言うこともできるかもしれない。けれども現実を直視すれば、それは愚かさ以外の何物でもなかった。

まったく、愚かしいにもほどがある。

ダイモアはドアのところにいた。片手に帽子とステッキを持って、別れの挨拶をしている。そしてブリジットが向きを変えてバルのそばを離れようとした。

バルは彼女の手をつかんだ。

それだけのこと。完全に何も考えずにやったことだ。ただブリジットに、このいまいましい城のどこかを掃除しに行ってほしくなかった。彼女と静かに話をしたかった。もしかしたらそのあとには、愛の行為にふけりたかった。

そんなちょっとしたことだ。だが、それは多くのことを物語っていた。ハウスキーパーを昼食に同席させるぐらいのことなら、奇妙な性的倒錯として片づけられるだろう。突然、下層階級の者たちと交流したくなったのだと。だが、女性の手を握るというのは完全に違うことを意味している。ダイモアのようにくたびれた老いぼれで、社交界で生きてきた放埓な男にとってさえも。

手を握るのは愛情だ。

そして、それこそが弱みとなる。

ダイモアの血走った目が、ブリジットの指を握るバルの手を凝視する。老人の赤黒い唇が満足げにねじ曲がり、バルは凍てついた空っぽの胸の中に何か奇妙なものがあるのを感じた。呼吸を妨げるようなもの。

それはまるで……。

そう、恐怖だ。

〝おまえは愛するものを自らの手で殺さなければならない。でないとやつらにそれを利用される〟

ならば、いいではないか。自分はブリジットを愛してはいないのだから。

「なぜです？」ブリジットはさっとバルに向き直った。彼が自室のドアを閉めた瞬間、怒りに震えて詰め寄る。「いったいどんな悪霊に取りつかれたら、ダイモア公爵と一緒に食事をして〝混沌の王〟に入会させてくれとお願いするようなことになるんです？　何を血迷ったの？　そんなにいろんな女性とベッドをともにしたいんですか？」

「実を言うと」物憂げに言う。「相手はたいてい少年だ。それもとても若い。少女の場合もあるが」

自分の耳が信じられない思いで、ブリジットは彼を見つめた。

それから口を開いた。正確に、淡々と。「あなたは少年を強姦したいのですね」

「違う」バルは本当に傷ついたように見える。「きみにはすでに話したはずだ、強姦や強姦魔についてわたしがどう思っているかを。もちろん、わたしは子ども相手にそんなことはしない」

ブリジットは彼を見た。大きく息を吸う。もう一度。よけいなイメージを脇に追いやり、言葉も、あの醜い老人も、おぞましい昼食のあいだずっと黙っていなければならなかったことも――彼女をこんなにも怒らせていることすべてをいったん忘れて、今はバルその人を見なければならない。

彼は数歩離れたところに立っていた。金色の髪はうしろでひとつにまとめられ、赤い刺繡の施されたマリンブルーのスーツとテラコッタ色のベストを着ている。彼にしては地味だ。視線はブリジットに据えられている。まるで彼女がよその国から来た見知らぬ女性であるかのように。

バルはしばしば彼女をそんなふうに見ることがある。それが少し悲しい。

「どうして〝混沌の王〟に入会したいなどと?」ブリジットは尋ねた。

「彼ら全員が共通の悪事でつながっているからだ」バルがすぐに答える。「そしてやつらは地位と特権を持っている」

彼女はうなずいた。「彼らを脅迫したいのですね」

「そうだ」バルが聡明な生徒を見つけた校長のように微笑む。「考えてもみろ、機会は無限だ。〝混沌の王〟のメンバーだけでなく、その家族もいる」彼はつながり、もつれ、絡まりあう集団を想像させるように両手を広げた。「彼らには伝統がある。事業でも、結婚でも、議会、教会、軍隊、どこにいても互いをひそかに助けあうという伝統が。〝混沌の王〟はどこにでもいるんだ」

バルが無邪気に微笑む一方で、彼女は恐怖を顔に出さないように必死だった。

「仮面をつけているのでしょう？　誰がほかの王なのかは、どうすればわかるんです？」

「刺青だ。先にイルカの刺青を見せられたら、その相手の頼みは断れない」

ブリジットは眉をひそめた。「でも、あなたの刺青が入っているのは……」

彼が肩をすくめる。「わたしはそれを利用するつもりはまったくなかった。あの連中の誰にも恩義を受けるつもりはなかった」

その声には、彼女が先日耳にしたのと同じ〝混沌の王〟への嫌悪が表れていた。

「でも、入会すれば」慎重に言う。「子どもたちを傷つけた男たちの横に、あなたも座ることになってしまう」

彼がブリジットを見た。その顔にはユーモアのかけらもない。「まさにさっきの昼食で、そんな男の横に座っていたよ」

彼女は喉元にこみあげる酸っぱいものをのみ込んだ。「ええ。そのとおりです」

「やつらから逃れることはできないんだ、セラフィーヌ、ああいう手合いからは。やつらはそこかしこにいる」

「けれど仲間に加わる必要はありません」声がこわばる。「バル。バレンタイン。あなたが彼らの仲間になる必要はないんです」

「わたしだって、そんなつもりはない」彼は明らかに混乱していた。「わたしはただ――」

「彼らのもとに加わるということは、同類になるのと同じです」

バルが彼女を見つめる。まっすぐな美しい眉が寄せられた。バルに人間らしさを取り戻してほしかった。子どもの頃の彼から奪われてしまったものだ。でも、やってみることはできる。そうでしょう？「〝混沌の王〟には加わらないでください。お願いです」

「だが、脅迫する機会なんだぞ……力を得る機会だ」

「あなたにはそのままでもじゅうぶんな力があります」やさしく請けあう。「あなたはモンゴメリー公爵なのですもの」

「いいや、セラフィーヌ」バルは悲しげで、ぐったりしていた。微笑みのかけらもない。「じゅうぶんな力などというものはないんだ、たとえモンゴメリー公爵でも」

「なぜ？」ブリジットはささやいた。「どうしてそんなに力が欲しいんです？」

彼が目をぎゅっとつぶり、震える片手を強く握ってこめかみに当てる。「きみにはわかるはずもない！」

「だったらわからせて！」

バルは目を開けてブリジットの両腕をつかみ、彼女を振りまわすようにしながら、その目をじっと見つめた。「わからないのか？　やつらが見えないのか？　やつらはいたるところにいる——オオカミ、猛禽類《もうきん》、ジャッカル。月に向かって吠える獣たち。とても近いぞ、ブリジット。とても近くにいて、やつらの腐った息の悪臭がかげるほどだ。もしきみに力がなければ、やつらはきみかイブかわたしをベッドの下から引きずり出して、骨まで裂いてしまうだろう。きみはすすり泣く骸骨になって放り出される」彼は息を吸い込み、目のまわるような回転を止めた。突然のことに、ブリジットはあえいで転びかけ、バルがその体を受け止めてしっかりと抱きしめた。彼が耳元でささやく。「わたしは正気を失ってなどいない。連中は世間に紛れているだけで、姿を消したわけではない。たしかに存在しているんだ。だから、わかるだろう、わたしはなんとしても、もっと力を手に入れなければならない。それがやつらから生き延びる唯一の方法なんだ」

バルは震えていた。彼の言っていることを完全に理解したわけではなかったが、ブリジットは守ってあげたいと思った。そんなふうに思うべきではないとわかっていても。

彼女はバルにキスをした。この美しい男に、猫に名前をつけることを拒み、彼女におぞましい罪の証拠が入っている箱を託した男に。唇を重ねながら、自分に言い聞かせる。この先どんなことが起きたとしても、彼と恋に落ちてはいけないと。

それがもうとっくに手遅れだったとしても。

ブリジットは彼の髪を結んでいたリボンを引き抜き、金色の巻き毛を指ですいて、なめらかな手触りを楽しんだ。

バルがうめき、その声が彼女の唇を震わせる。彼は腕の中にブリジットを抱き寄せると、左手をあげて髪からピンを引き抜きはじめた。

一本ずつピンが抜かれていき、髪が落ちてバルの腕にかかる。彼の左手がブリジットの顔をしっかりとつかまえた。唇が押しつけられ、下唇を噛まれて、舌が突き入れられる。彼は赤ワインの味がした。

抱きあげられて部屋がさっと回転した次の瞬間、ブリジットはベッドの上にいた。バルを見あげて言う。「今度はあなたに裸になってもらいたいわ」

彼が真面目な顔でうなずいた。「もちろんだ」

けれども喉元からレースのスカーフを外しはじめると、彼はゆがんだ笑みを浮かべた。

ブリジットは上半身を起こして見つめた。バルは上着を脱ぎ、それを椅子に放って、次に靴を脱いだ。ベストのボタンをわざと乱暴に開け、金色のまつげの下から彼女を見ている。

ベストはすぐに上着と同じ運命をたどった。

バルはかがんで靴下を脱いだ。それから手首の小さな貝殻のボタンを外し、シャツの前のボタンを次々に外していく。続いて両手を背中へまわし、一連のなめらかな動きでシャツを頭から脱いだ。

肩の筋肉が、窓から差し込む日光を受けてきらめく。彼はこの午後をブリジットと戯れに過ごすために下界におりてきた神なのかもしれない。

バルは目を伏せて彼女を見ている。そのままブリーチズの前を開け、床に落とした。

もう小さな下着しか残っていない。下着までもシルクだと気づいて、ブリジットは心の中で微笑んだ。彼女が全身を目で堪能するまで、バルは待った。

そしてとうとう、下着も床に落とした。

もちろん、この姿は前にも見たことがある。彼は裸になりたがる癖があるようだ。とにかくうぬぼれの強い人なのだろう。でも、そのとき彼はブリジットの恋人ではなかった。そのときの彼女は、それほどバルを好きではなかった。

彼は美しい。当然だ。完璧な手足、なめらかな肌。下腹部のものは力強くそそり立っている。彼女のために。

これまで何度、バルはこうして恋人たちから賞賛されてきたのだろう？　いったい何度、この完璧な美しさを見せつけてきたの？

重要なのは、彼がこんなに美しくなくてもブリジットは魅了されていただろうということだ。少なくとも、自分ではそう思う。たとえば右膝にある、ちょっとした白い筋。あれは傷跡だろうか？　それがほんの少し完璧さを損ねているという事実、彼に人間らしさを加えているという事実が……。

なんとも官能的に思える。

これが本物の親密さだ。相手の裸を見るということ。不完全で人間的なものが持つ親密さがそこにある。ほかの恋人たちも、みんなそうしたのだろうか？　まあ、彼女たちはきっと、バルを完璧で美しい物体としてしか見なかっただろう。その美しさの下にある本当の彼を見た女性は、ほかにいたのだろうか？

このぴんと張った腹がたるみはじめても、彼女たちは同じようにバルを好きでいるだろうか？　髪の金色があせていき、青い目のまわりにしわが寄るようになっても？

そうなったら、ブリジットはいっそう彼のことが好きになりそうな気がした。バルが年を重ねていくのを見る機会が自分にあるとは思えないけれど。そう考えて唇を噛み、まばたきをして涙をこらえる。ああ、この人とともに年を重ねられたらどんなにいいか。

「セラフィーヌ？」バルが尋ねた。「どうした？」

「どうもしないわ。わたしが脱ぐのを手伝って、お願い」

彼は言われたとおりにした。ブリジットを引っ張って立たせると、手際よく、彼女が自分でやるよりも早く服を脱がせていく。

バルがどれほど実践を積んできたのだろうということは、あえて考えまいとした。

ブリジットは全裸でバルの前に立つと、彼の両手を引いてベッドへと導き、自分の左側を下にして横になった。同じように横たわった彼の左手が上になるように。

彼が右腕を頭の下に差し込んでブリジットを眺める。「なんだか、きみらしくないな」

「そう？」彼女は尋ねた。「わたしの何を知っているというの？」

それを聞いて、バルの唇がゆがんだ。「きみがあえてわたしに見せるものだけだ」

指を一本伸ばして、彼の唇をなぞる。キューピッドの弓のように、きれいに整った唇だ。

「もし世界じゅうの力を手にしたら、バレンタイン、何をするつもり？」

「言っただろう」言葉のひとつひとつがキスとなって、彼女の指に降り注ぐ。「人はじゅうぶんな力を手に入れることなどできないと」

「いいから教えて」ブリジットは命じた。羊飼いの養女として育った娘が、公爵に命令しているなんて。「あなたは何をするの？」

バルがゆっくりとまつげを伏せた。「世界を旅するだろうな。そしてあらゆる言語を習得する。宮廷で陰謀をめぐらせやすいように」

ブリジットは小さく笑った。あまりにも彼らしい答えだ。

「きみならどうする？　きみがハウスキーパーではなかったら？　この広い、すばらしい世界で、なんでもできて、誰にでもなれるとしたら？」

彼女は眉をつりあげた。「わからないわ。そんなこと、考えたこともなかった。わたしはハウスキーパーでいるのが好きよ」

「いいから教えろ」バルが彼女の言葉を繰り返す。

ブリジットは微笑んだ。「船乗りになるのもいいかもしれない。中国やインドや、海図にも載っていないアフリカへ旅するの」

「本当に？」うれしそうな声だ。

「どうかしら」彼の口に口を近づけてささやく。「イスタンブールへ旅して、オスマントルコの紳士たちが袖口の広くなったローブを着て水パイプをくゆらせているのを、この目で見るのもいいわね」

彼女はそっとバルにキスをした。午後の日差しの中、ゆっくりと、急ぐことなく、唇を押しつけていく。胸の先端が彼の胸をかすめる。この瞬間を記憶に焼きつけたかった。こうして無駄に過ごす時間、彼女の人生ではめったにない、こんな贅沢な時間を。

金色の光の中にいる、この金色の男を。

バルはブリジットの髪をひと房つかみ、それで彼女の胸の先端を愛撫した。キスを深めながら、毛先で快楽の絵を描いていく。

彼女は小さくうめいた。バルに腕をまわして、広い背中のなめらかさを味わう。バルが自分の脚の上にブリジットの腿を引き寄せると、肌の下で彼の筋肉が滑るように動いているのが感じられた。

こわばりの先端が体の中心をつつくのを感じて腰をひねる。

それは奇妙な体勢だった。けれど、とてもくつろげる体勢でもある。

バルが彼女を抱き寄せ、広げた手でヒップを押さえて、ゆっくりと入ってきた。キスをしながら、なかば閉じられた目でブリジットを見つめている。

ヒップに置かれた手に力がこもり、さらに腰が押しつけられた。「かたい、やわらかい。男らしい……」

「女らしい」彼女はささやき、バルの背中に爪を立てた。

彼の唇がゆがみ、笑みが浮かぶ。「暗い、明るい。悪い……」

「よい」首筋をそっと噛んだ。

バルがあえいだ。ブリジットの中にあるものがびくんと跳ねる。「ああ。冷たい、熱い。絶望……」

「希望」彼女は転がり、バルに覆いかぶさると、そそり立つものの上に深々と身を沈めた。勝利の体勢で見おろしながら、両方の手のひらを彼の胸に当て、親指でピンク色の突起をなぞる。

「ああ！」バルが歯ぎしりをしてのけぞり、両腕を頭上に伸ばした。ワシにいじめられるプロメテウスのように。

彼の美しい上半身をまさぐりながら手をさげていき、腰骨に到達する。ブリジットはそこで動きはじめた。そっと体を揺らし、小さな波を起こす。自分の奥に迎え入れたものはほとんど動かさずに、それを包んでいる襞《ひだ》をうねらせる。

ああ、なんと甘い快楽だろう。日光のもとでバルを観察し、脚のあいだの熱を味わい、彼のものが体の奥で旋回するのを感じるのは。

バルの両手が拳に握られ、首がのけぞった。彼は細めた目でブリジットを見ている。急に動かなくなったので、彼女はバルが壊れたのかと思った。

これ以上、耐えられなくなったのではないかと。

少し前かがみになって、もっとも敏感な部分を彼にこすりつけた。前後左右に体を揺らす。やがて全身に閃光が広がり、彼女はうめいた。

バルが同時にうめく。

ブリジットは目を開けて、彼に微笑みかけた。「醜い」

バルがあえいで目をしばたたく。「美しい」

彼女は笑った。もうぎりぎりだ。迫っている、すぐそこまで。「苦い」

「甘い」彼が体を起こしてブリジットを抱きしめ、一体となって転がりながら奥深くまで突き立てた。激しく、速く。ぎらつく青い目にかぶさるように金色の巻き毛が落ち、青白く美しい顔に線を刻む。バルは恐ろしい予言を吐いた。「死ぬ」

彼の猛攻に、ブリジットはばらばらに砕けそうだった。まぶたの裏で光が舞い、体の奥に熱い蜜があふれる。それでもなんとかバルと目を合わせた。快楽にゆるんだ口から、言葉がこぼれる。「生きる」

まるで殴られたみたいに、バルの頭が肩の上でぐるりとまわった。すさまじい苦痛を感じているかのごとく、彼の歯がむき出しになる。バルはうめき、突き続けた。断末魔の中にいるかのようだった。

バルが目を開けて、あえぐように言う。「セラフィーヌ」

ブリジットはごく自然に応えた。「バレンタイン」そして、彼の熱い種子が自分を満たすのを感じた。

16

その夜、プルーと王様はまた庭に向かいました。そこでは機織り機が組み立てられている最中でした。王様は作業員たちに向かって怠けるなと怒鳴りましたが、プルーはしいっとなだめて彼を止めました。「そんなふうに叱りつけられたら、彼らはもっとがんばろうという気にはなりませんよ」

それで王様は怒鳴るのをやめ、作業員たちが仕事を終えると彼らに礼を言いました。それからふたりはどんどん布地を織りあげていきました。どちらも特に上手というほどではありませんでしたが、プルーはときおりかがみ込んで王様の横糸をきつく締めてやり、王様はうなるように感謝の言葉を口にするのでした……。

『心のない王様』

翌朝、彼らはロンドンに向かって発った。バルが早くあの街に帰りたいと思っていたからではなく、彼の手がブリジットの手とつながれているのをダイモア公爵に目撃されたからだった。そのせいで、バルは少しばかり神経質になり、ブリジットとあの赤黒い唇の公爵のあいだにできるだけ距離を空けたほうがいいと判断したのだ。そもそもアインズデイル城に行った主な理由――すなわちヒッポリタ・ロイル――が彼の網をすり抜けて逃げてしまったのだから、そこにとどまる理由もたいしてなかった。

もちろん、ロンドンに戻るもっと小さな動機はほかにもいろいろある。バルの情事がどのように報じられ、街の通りやサロンでどんな噂がささやかれているのかを知りたかったし、彼自身の好奇心も満足させておきたかった。

それから四日後の午後、バルはレディ・アメリア・ケールの応接室へと案内されていた。

「奥様」彼は金色のレースで縁取られた三角帽をさっと取り、深々とお辞儀をしながら言った。「どうか失礼の段をお許しください。お招きにあずかれるような立場でないことは重々承知しておりますが、おやさしい奥様の慈悲のお力で、わたしのようなみじめな男にも情けをかけていただきたく存じます」

レディ・ケールが冷ややかに唇をゆがめる。「閣下。予期せぬ驚きですわ」

「よく言われます」バルはそう言って椅子に腰かけた。勧められるのを待っていたら、ずっと立ったままで会見が終わるかもしれない。「ですが、考えてもみてください。そもそも驚きというのは予期されうるものだろうか、と」

「まあ」氷の微笑さえも、レディ・ケールの顔からは消えている。「愉快な会話ですけれど、なぜあなたがわが家においでになったのかわかりません」

「そうですか？」とても優雅だがとても座りづらい椅子に、バルは深く腰かけ直した。スタイルは機能よりも優先されてしかるべきだけれど、個人的には両方兼ね備えているものがい い。「お互い、知らない間柄ではないと思っているんですがね」

レディ・ケールは美しい女性だ。鼻筋は細く、小鼻も華奢な形をしている。その下の唇は完璧なキューピッドの弓形をしていた。ぱっちりした目はアーモンドの形。年のせいでまぶたは少し垂れさがり、目の端から細かいしわが広がっているものの、それは顔に威厳を加えるという効果をあげていた。

そして彼女の髪は雪のように白い。

娘とは全然似ていない。ブリジットの髪は数年もすれば真っ白になるだろうが、そうなっても母親に似るとは思えなかった。彼女はただ彼女らしく見えるだけだ。燃える天使はいっそう激しく、独特の魅力を放つだろう。

それが待ち遠しい。

だが今、バルはブリジットを産んだ女性がうんざりした顔でこちらを見返しているのを観察していた。

レディ・ケールが完璧なアーチ形の眉を片方だけつりあげた。「ごめんなさい。でも、わたしたちに共通のお知りあいはあまりいないと思いますわ」

「ええ」彼は微笑んだ。「でも特別な人がいます。とても特別な」

ポケットから手紙を取り出し、ふたりのあいだにある低いテーブルに置く。

彼女が手紙にちらりと目をやった。

この前の春、バルはこれを使ってレディ・ケールを脅迫し、妹のイブを貴族のレディたちの集まりに紹介してもらう手はずを整えたのだった。そんなわけで、レディ・ケールは彼が何者なのかよく知っているはずだ。バルは相手の態度を賞賛せずにはいられなかった。彼女は手紙に近づくことも、表情を変えることもしない。

ただ、彼を見ただけだった。

なんとすばらしい女性だ！　バルはレディ・ケールが彼を待ち受けていたような印象を受けた。興味深いことだ。なぜなら、彼女はこちらがすべての切り札を握っているのを知っているに違いないのだから。顔は娘とまったく似ていないかもしれないが、勇敢さという点では、この母娘《おやこ》は実によく似ているのかもしれない。

果敢に歯向かってくる態度はそっくりだ。

沈黙の中で意志の闘いを繰り広げていたところに、ブーツのかかとの音が近づいてきて、応接室のドアが開く音がした。

そこには男がひとり立っていた。長身で肩幅が広い。母親と同じく真っ白な髪を長く伸ばし、うしろでまとめて黒いベルベットのリボンで結んでいる。

タカのような目が、バルとレディ・ケールを順に射た。「母上？」

彼女はバルと向かいあい、息子に背中を見せたまま、唇まで真っ青になった。その目は明らかに嘆願の色を浮かべている。

バルは微笑んで立ちあがった。「ケール卿でいらっしゃいますね」

ケールは一歩も動かない。「あなたは？」

バルはまたさっとお辞儀をした。理由はいろいろあるが、何しろ彼はお辞儀がうまいことで知られているのだ。「モンゴメリー公爵バレンタイン・ネイピアです。以後、お見知りおきを」

ケールが会釈した。「閣下」聞いたことのある名前だが、どこで聞いたのか思い出そうとしているように目を細める。

そのときふたたびドアが開き、小さな女の子がくるくるまわりながら金切り声をあげて飛び込んできた。「おばあちゃま！　おばあちゃま！　市場に行ったらね、ドレスを着た犬が二本足で立って、踊ってたの！　わたしも犬を飼っていい？」

小さな悪魔は父親の膝にぶつかって止まり、バルを見て、指をしゃぶりながら不明瞭にささやいた。「あなたはだあれ？」

「わたしは」見おろして言う。「モンゴメリー公爵だ。きみは誰かな？」

指がぽんと音を立てて口から飛び出した。「アネリス・ハンティントン」

「よろしく」バルは返したが、子どものあとから入ってきた黒髪の女性に気を取られていた。特に美人というわけではないけれど、聖母マリアのような気品がある。

レディ・ケールが立ちあがった。テーブルに置かれた手紙はいつのまにか消えていた。彼女の袖かポケットにしまい込まれたのだろう。「ごらんのとおり、閣下、息子の家族が到着したところですの。お訪ねくださったのはありがたいのですが――」

だが、本日の登場人物はこれでそろったわけではなかったようだ。足早な、決然とした、そしてバルにはかなり聞き覚えのある女性の靴音が近づいてきた。

彼は期待して息を止めた。

彼女が入ってきた。いかめしい顔をして、油断なく気を配り、何が起こっても大丈夫なように覚悟を決めて。

とはいえ、こんな状況とは思ってもいなかったらしい。

バルのまばゆく燃えるセラフィーヌは、玄関から応接室へ来るまでに帽子を取っていた。

そしてケールが何者であれ、彼はばかではなかった。彼女をじっと見て、視線をそらさずに尋ねる。「母上、この女性はどなたですか?」

ブリジットがバルの行き先を知ったのは、ほんの三〇分前にメフメトがぽろっと言ったことがきっかけだった。「よくわからないなあ。レディなのに世話《ケア》がいるって、どういうことなんだろう?」

少年がなんの話をしているのか気づくのに一分はかかったかもしれない。そしてバルがとんでもない場所に乗り込もうとしていると悟るには、それほどかからなかった。

ここまで来るのに、ブリジットはほとんど走りどおしだった。

そのあいだもずっと、バルが彼女の母親を——恋人の母親を——脅迫するつもりなのではないかと気が気ではなかった。裏切りに傷つき、そのことに怒りを覚え、また傷ついて、というのを繰り返していた。

そんなわけで、レディ・ケールの応接室に到着したときには何も計画などなかった。とにかくここへ来て、バルが母親に危害を加えるのを阻止したかったのだ。どうすれば阻止できるかは何も考えないままに。

飛び込んでいったブリジットを五人が迎えた。美しく、よこしまな笑みを浮かべたバル。冷静な顔をしたレディ・ケール。黒髪の女性は好奇心をのぞかせている。かわいらしい少女は指をしゃぶり、片手で背の高い男性の膝をつかんでいた。

その男性の白い髪は、ほとんど銀色に見える。

それが誰なのか、ブリジットにはすぐにわかった。当然だ。彼はレディ・ケールと同じ白い髪をしている。見た目は明らかに貴族で、そして……。

そう、彼はたしかに貴族。男爵だ。

彼が鮮やかなサファイア色の目でブリジットを見つめる。「母上、この女性はどなたですか？」

ああ、レディ・ケール。

ブリジットは母親を見ることもできなかった。頬が熱くなるのを感じる。母はこんなことを望んでいなかったはずだ。このふたりが自分の応接室で鉢合わせするなど。

ブリジットはわっと泣き崩れたかった。

でも、それはできない。彼女はさっと膝を折ってケール卿に挨拶した。「わたしはブリジット・クラムと申します、閣下」

どういうわけか、それを聞いたバルの顔から微笑みが消えた。

「ブリジット・クラム」ケール卿がゆっくりと言う。彼はブリジットの髪の白い筋を見つめていた。この部屋に入ってきたとき帽子を取っていたのが失敗だった。

そもそも、ここに来るべきではなかったのだ。

バルがブリジットと目を合わせ、面白がるように片方の眉をあげてみせる。

彼女は顔をしかめた。

それから無表情を装う。

「あの」ブリジットは明るく言った。「わたしはもう失礼しますわ」

「おや、でもきみは来たばかりじゃないか」バルがぬけぬけと言う。「それも、あんなにあわてて駆け込んでくるとはな。うちのハウスキーパーにロンドンじゅうを走りまわれと命じた覚えはないんだが」

「お宅のハウスキーパー」ケール卿が警戒するように、さっとバルを見る。

「そうなんです、そしてそれ以上とも言えるかな」バルはのんびりと言い、彼女の手を取ると、指にキスをした。

ブリジットはただ見つめるしかなかった。いったい彼はどういうつもりだろう?

「では、一緒に行こうか?」そう言うと彼女の腰に腕をまわし、親密すぎる態度で自分のほうへ引き寄せる。

ブリジットは硬直し、とっさに身をよじって離れようとしたが、バルの力が強すぎてまったく動けない。

そのとき、少女が指を口から出してバルを指した。「わたし、あなた嫌い」

彼が少女を見おろす。「ああ、みんなそうだよ。だけど、わたしがかわいいセラフィーヌをかっさらって好きに誘惑するのは、みんな喜んで許してくれるらしいんだ。わたしがきみもさらっていったら、みんなは黙って見ていてくれると思うかい？」

「バル！」ブリジットはおののいて叫んだ。

同時に少女が口を開けて母親を呼ぶと、黒髪の女性が急いでやってきて娘を抱きあげ、恐ろしい目つきでバルをにらんだ。

「行きましょう、お願いだから」ブリジットはバルの腕を引っ張った。これは茶番劇、ばかげた喜劇だ。けれど、いつ何がひっくり返って悲劇になるかもしれない。そしてその悲劇は永遠に続くことになる。彼女は不意に恐ろしくなった。「お願い」

けれども彼は岩のように動かず、作り笑いで口の端をゆがめてケール卿を見つめていた。

「母上？」ケール卿がささやく。

こらえきれず、ブリジットは年配の女性にちらりと目をやった。

レディ・ケールは目に奇妙な感情をたたえて彼女を見つめていた。それはまるで……切望？　いいえ、そんなはずはない。

彼女が目を閉じる。そして言った。「彼女はわたしの娘です」

全員が口をつぐんだ。少女でさえ、叫ぶのをやめた。

レディ・ケールがサファイア色の目を開けて息子を見た。「あなたの妹よ、ラザルス」

ケール卿がうなずく。ほとんど表情も変えない。

それから彼はくるっと向き直ると、バルの顎を思いきり殴りつけた。

一〇分後、バルは自分の馬車の中でそっと顎に触れてみた。結局のところ、なかなか刺激的な午後となり、とても楽しめた。わずかな痛みは伴ったが。

「わたしが打撃の受け方を知っていてよかったよ。でなければ、ケールはわたしの顎を砕いていたかもしれない」

向かいの――頑として彼の隣に座ることを拒んだ――女性は黙っている。

バルはちらりと彼女を見た。その頬はまだ紅潮し、胸の動きも速い。

ここは慎重に進めたほうがいい。

もっとも、彼にそんなことができたためしはないけれど。

「この顔に傷がついていたら悲劇だ」考え込むように言う。「あらゆる女性たちの眺める楽しみを奪ってしまうのは罪だ――それと多くの男たちの、とも言わせてもらおう。それにしても、彼のあのすばやい動きはどうだ？　あの体格と年齢であれほど速く動けるやつはそうはいない。明日の朝はわたしも警戒しないといけないな。ひょっとしたら、耳か目か鼻を失うかもしれない――」

「やめて」ブリジットがうなるように言った。「いいからもうやめて。あなたはケール卿と決闘なんてしません！」

「いや、絶対にする」真面目に言い返す。「われわれ貴族はこういったことを非常に重く受け止めるんだ、わかるだろう？　いや、きみにはわからないか。きみの母親がどこかの誰かと作った子だからな。相手は誰だって？　厩舎の若造？　旅まわりの商人？　長身でがっしりした従僕？　そうか」バルは息をついた。最後の言葉に彼女が身をすくめたからだ。「従僕か。なんともつまらない話だ。爵位を持ったレディというのは、ひとり残らず若い従僕と寝たがる。彼女はもっと独創的かと思っていたが」

「なぜそんなひどいことばかり言うの？」ブリジットがきいた。

「なぜきみは言わない？」バルは返した。怒りがふつふつとわいてくる。それは彼があの輝く白い髪を見て、それが何を意味するかに気づいたときから、ここ数日間抑えつけていたものだった。「彼女は何をした？　どこかの人目につかないコテージに隠れて猫みたいにこっそりきみを産み落とし、最初に出会った農民にきみを託したのか？　〝あのう、わたしの娘を育てていただけますか、わたしは彼女のことなど知らないふりをして元の暮らしに戻らないといけないので〟と？」

ブリジットの頬がさらに紅潮した。「そんな……そんなことじゃないわ」

脚を組み、さも面白がっている表情を作ってみせる。「ほう？　では教えてくれ」

彼女がぐいと顎をあげた。頑固で誇り高いその表情は、本人は気づいていないだろうが、ほかのどんなときよりも母親に似ていた。「お母さんはいい人だった。育ての父は……不親切ではなかったわ」

怒りが沸騰しそうになるのを、バルはなんとか抑えた。「それはまた刺激的な宣伝文句だな。きみを殴ったのか？」

「違うわ」ブリジットが顔をしかめる。「言ったでしょう、彼は不親切ではなかったと」

バルは続きを待った。

「彼によく言われたわ、おまえはカッコウだ、家の平和を乱すよそ者だって」急いでつけ加える。「でも、お母さんはわたしを愛してくれた。それはよくわかっているの。レディ・ケールはわたしを育ててくれる、いい家庭を見つけてくださった。それに彼女はわたしを訪ねてきてくれたわ」

「本当に？」物憂げに尋ねる。訪ねるくらい簡単なことだ。「何回？」

ブリジットは小鼻をふくらませた。「四回よ、わたしの覚えている限りでは。それ以上は来られなかった。よけいな疑念を抱かせることになったでしょうから」

わざとらしく手を打ち鳴らす。「なんとまあ、寛大な。そしてきみは一二歳で働きに出されたわけだ」

「わたしは働きたかったの」

「きみが？」バルは前かがみになった。今度は作り笑いを浮かべることもしなかった。「嘘をつくな、セラフィーヌ。わたしには嘘をつくんじゃない。本当に一二歳で働きたかったのか、本を読むのではなく？ 彼女はきみを自分と同じ地位にある家に送ることもできたはずだ。あるいは、ほんの少し下の地位とか。そんなのは、この世界ではしょっちゅうあることだ。きみはレディとして育てられてもよかったはずだ。教育を受け、広い世界を見て、ウールではなくシルクを着て。怠け者の愚かな貴族の屋敷の床を磨く代わりに、毎晩踊り明かして暮らしていたかもしれない。彼女はきみから正当な人生を奪ったんだ」

ブリジットが彼を見つめる。肩で激しく息をして、まるで毒と憎しみのこもった言葉を今まで吐いていたのが彼女自身だったかのように。

それから疲れたように目を閉じた。「そして、もしそうだったら——もしわたしがシルクを着て舞踏会で踊り、仕事でこき使われることのないレディだったら、わたしはあなたに出会わなかった」彼女は目を開けた。「それはあなたもわかっているでしょう？」

「ああ、そうさ」ため息をつく。「そしてそれが、それこそが、彼女のもっとも重い罪かもしれない」

ブリジットが頭を振った。「どうでもいいの。もし、とか、こうだったら、とか、こうだったかもしれない、なんて。今のこれがわたしという人間で、これがわたしの生きてきた人生なのよ。あなたには理解できないかもしれないけれど、わたしはこの人生を結構楽しんできた。ハウスキーパーでいるのが好きなの。わたしの人生についてレディ・ケールを責める気はないし、あなたもそうすべきではないわ、バル」

「それでもわたしは納得できない」正直に言う。

「お願い」彼女が目を閉じた。「あなたにはケール卿と決闘なんてできないわ」

バルは微笑んだが、目は笑っていなかった。「わたしにはできるし、するつもりだ、絶対に」

ブリジットが息を吸い込む。顔が真っ青だ。「あなたのお母様の象牙色の箱をカイル公爵のところに持っていくわよ」

全身に戦慄が走ったが、彼はそっと頭を振った。「ああ、セラフィーヌ」

「本気よ」彼女は言った。バルをまっすぐ見つめ、口を引き結び、顎をあげて。「やりたくないけれど、あなたが決闘するというなら仕方がない。やめてくれたら、そんなことをする必要もなくなるのよ」

彼はため息をついた。なんとすてきな女性だ。一生かけて世界じゅうを探しまわったところで、見つけられなかったに違いない。こんな奇跡が自分の屋敷の中にあるなんて、いったい誰が考えただろう？　「わたしは決闘をやめるつもりはない。きみがわたしを裏切るはずはないからな」

涙がブリジットの目に光る。それを見て、バルの凍りついた胸が痛んだ。まるで彼の中で何かが目覚めたかのように。

「わたしにそんなことをさせないで、バル、お願いよ。あなたにレディ・ケールの息子さんとの決闘なんてしてほしくないの」

「きみの兄だ」

「ケール卿よ」

「きみの、兄だ」

彼女がバルを見た。「そんなの関係ないわ」

「あるさ」いかめしい顔で言う。「明日、わたしはそれを証明する。そのために彼を殺さなければならないとしても」

17

朝になると、魔術師は織りあげられた不格好な布をしげしげと見て、こう言いました。

「さて今度は、この布に刺繍をしていただかねばなりません――」

「月明かりの下で」心のない王様はぴしゃりと言いました。「ああ、わかっている。だが、ふた晩も眠らずにがんばったのに、わたしは何も変わっていないように感じている。わたしの心はどこにある?」

「王様がお考えになっているよりも、ずっと近くに」魔術師は訳知り顔で答えました。

プルーはぐるりと目をまわしました……。


『心のない王様』


ブリジットは説得しようとした。大声で言うことを聞かせようとした。懇願もした。何も効果はなかった。

たしかにバルは魅力的な男だ。機知に富み、美しくて、頭がどうかしている。けれど何より彼は頑固で、自分が決めた道ならどんなに間違っていても突き進む。

そしてバルはケール卿を殺すつもりなのだ。よりによって、ブリジットの兄を。

彼女自身、見知らぬ貴族の男性を兄と呼ぶ気にはなれないけれど。

そんなわけで何時間も言いあいをし、怒鳴り、声がかれるほど泣いたあげく、とうとうブリジットに残された手段はたったひとつとなった。

日が暮れてからずいぶん時間が経っていたが、彼女は明かりに照らされたロンドンの通りを急いでいた。帽子を吹き飛ばそうとする強い風のせいで、目に涙が浮かぶ。

もっとも、それは自分に言い聞かせていた涙の言い訳でもあった。

バルがこんなことをやろうとしているのは、すべてブリジットのためだ。それはわかっている。彼なりのやり方で忠誠心を、あるいは愛情と言ってもいいのかもしれないが、それを示そうとしているのだ。バルにとってブリジットの兄を殺すことは、彼女に花束を差し出すようなものなのかもしれない。

彼女は苦笑して頰の涙をぬぐった。セント・ジェームズ広場はすぐそこだ。

広場に足を踏み入れると、そわそわとあたりを見まわした。夜でもロンドンの通りには人があふれている。広場はあちこちが露店のランタンや小さなたき火で照らされ、その火で暖を取ろうとする馬車の御者やかご屋、散歩中の人などが大勢いたが、探している相手は見当たらなかった。伝言が届いていなかったらどうしよう？　彼が街にいなかったら？　なんとかして――。

「ミセス・クラム」

緊張していた彼女は少しぎょっとして、声がしたほうに振り向いた。

ブリジットはカイル公爵が大男だということを忘れていた。陰からぬっと現れた彼を見て、こんなに近づくまでどうして気づかなかったのだろうと思った。

カイルが彼女の顔をのぞき込むようにして頭をかがめる。表情があまりはっきり見えないといいのだけれど。「ミセス・クラムですね？」

「閣下」ブリジットは応えた。「お会いくださってありがとうございます」

「どういたしまして」カイルはそれ以上何も言わず、彼女が話すのを待っている。

ブリジットは息を吸い込んだ。「バルが……つまり……モンゴメリー公爵が今日、決闘を申し込まれました……ケール卿に」

「本当に？」カイルの声は好奇心をのぞかせつつも穏やかさを保っていて、彼女はそのことに感謝した。決闘は厳密に言えば違法行為で、罪に問われればイングランドから永久追放されるのだ。

「公爵をケール卿に謝罪させようとしたのですが……あるいはどうにかして決闘を取りやめてもらおうとしたのですけれど、彼は明朝ケール卿と決闘するの一点張りで」

カイルが咳払いをする。「まあ、そういったことは通常、簡単にやめるわけにはいきませんから」

ブリジットは暗がりの中で、相手の表情をうかがおうとした。男というのはみな、ばかなのだろうか？

カイルは声にならない彼女の非難を感じ取ったようだ。「それを伝えるためにわたしをここへ呼んだのですか、ミセス・クラム？」

「違います」バッグの中を探る。ここぞ核心というところで、さすがに手が震えていた。「持ってきたものがあるんです。それを閣下からモンゴメリー公爵に見せていただければ、決闘をやめざるをえなくなると思います」

ブリジットはバッグから象牙色の小箱を取り出した。

カイルの動きが止まる。

彼の表情をうかがおうとしたが、薄暗くてよく見えなかった。「お約束いただきたいのです、閣下。この箱を決してモンゴメリー公爵に不利になるようには使わないと。彼の命があなたにかかっているんです。彼は……」目を閉じて息を吸う。「彼はわたしにとって、とても大切な人なのです」

「ミセス・クラム」カイルが鋭い口調で言う。「なぜこれをわたしに任せようと？」

「それは」彼女は答えた。「決闘を止めてくだされば、あとはあなたが国王陛下への脅迫状の残りを手に入れる取引材料として、これを使っていただけるからです。この箱の中身はモンゴメリー公爵にとって非常に大事なものです。それに……」唇を噛み、今は泣いてはいけないと自分に命じる。「それにあなたはいい方なので、きっとわたしを助けてくださると信じているからです、閣下。きっと正しいことをしてくださる、わたしとの約束もきっと守ってくださる方だと」

つかのま沈黙がおりた。

カイルが手を伸ばし、彼女の持っていた箱を受け取る。「そのとおりですよ、ミセス・クラム。そのとおりだ」

ブリジットは胸の前で両手を握りしめた。「わたしは決闘が明日の朝だということしか知りません。正確な時間や場所は知らないんです」

「それはわたしが調べましょう。心配はいりません」カイルは向きを変えて立ち去ろうとしたが、すぐに戻ってきて彼女にお辞儀をした。「気をつけてお帰りなさい。あなたの身に災いが振りかからぬように祈ります」

そして彼は影の中へと消えていった。

ブリジットは両腕で自分を抱くようにしてヘルメス・ハウスへ急いだ。先ほどよりも寒くなっている。何かを失って心の中が空っぽになったように感じていた。

バルはいつもこんなふうに感じているのだろうか？

通り過ぎる馬車がスカートに泥をはねかける。ブリジットの目は乾いていた。そしてずきずきと痛む。今すぐに走って戻れば、カイル公爵をつかまえられるかもしれない。すべて間違いだったと説明し、懇願して小箱を返してもらおうか……。

だが、彼女はそうしなかった。ヘルメス・ハウスを目指して、ひたすら歩き続けた。

一度、狭くて暗い小道に入ったときには、さすがに真夜中近くでひとけがなくなっていたが、うしろから足音が聞こえた気がして、スカートを持ちあげて必死に走った。暗闇の中、ヒステリーを起こさないようにこらえてひた走り、小道の出口を目指す。そこを出ると通りは明るく照らされていた。

そしてようやくヘルメス・ハウスに着いた。正面玄関の側だ。いつもは使用人用の出入り口を使うので、こちらからはめったに入らない。

見あげると三角形の切妻壁が見えた。その下の玄関のランタンに照らされて不気味に光る壁に、浅浮き彫りのヘルメス神のレリーフがある。ヘビを巻きつけた剣を掲げ、片方の腕にはケープをかけていた。

その神はバルにそっくりだ。

この屋敷を建てたのは彼なのだから、当然かもしれない。自分に似た神を玄関の上に彫るよう命じ、ロンドンじゅうが見られるようにしたのだろう――裸の彼を。

ブリジットは唇を噛んで彫刻を見つめた。微笑みたい気持ちと、泣かないように自分を戒める気持ちが入りまじっている。なんてうぬぼれた人。なんて美しい、移り気な、うぬぼれた男。

その彼を、ブリジットは破滅させることになるかもしれない。

玄関の階段をあがり、そっとノックする。

従僕のボブがすぐにドアを開けた。彼が今夜の玄関番で、ブリジットはあらかじめ、用事で出かけることを伝えておいたのだ。

「ありがとう、ちゃんと鍵をかけておいてね」

「はい、ミセス・クラム」

帽子とショールを取り、彼女は厨房の横にある自分の部屋に向かった。

この時間のヘルメス・ハウスの厨房は薄暗い。炉のそばの寝床で眠る靴磨きの少年には、今では同居人がいた。アインズデイル城から連れてきた赤毛の猫だ。布を敷いたバスケットの中で、八匹の子猫たちと丸まっている。ロンドンへ帰る馬車にこっそり猫たちを積み込んだのはメフメトだった。ほかの者たちがそれに気づいたのは城を出て数時間が経ってからで、目を覚ました子猫たちが騒ぎだしたせいだった。少年の横に覆いをかけたバスケットが置かれた当初は気にしてにおいをかいでいたピップは、子猫の鳴き声がした瞬間、滑稽なほどびっくりして飛びあがり、激しく吠えたものだ。

ピップはロンドンの街を散歩中にも猫と出会い、その生き物を警戒と畏敬の対象として認識したようだった。

ブリジットが自室のドアを押し開けると、ピップが出迎えてくれた。彼女のベッドの上に立って尻尾を振っている。アインズデイル城ではメフメトとの友情を築いたにもかかわらず、ヘルメス・ハウスに戻ったとたん、ブリジットのベッドをふたたび寝場所に選んだらしい。たとえ彼女がここへ寝に帰ってこなくても。

ブリジットは帽子とショールを壁にかけ、ドアのそばの小さな鏡をのぞいた。陰気な顔をしている。まっすぐな眉は少し毛が多くて重たげだ。鼻はほっそりして目立たない。口もそう。顎はちょっと強そうに見える。彼女は優雅な母親には似ても似つかなかった。平凡な顔とは言わないけれど、美人でもない。

労働者階級の顔だ。

それでも、これがあのすてきなモンゴメリー公爵がベッドのおともに選んだ顔なのだ。明日の朝には決闘しようという男が。愚かで、魅力的で、美しい男。

ブリジットは疲れたようにため息をついた。

目は少し充血し、頬と鼻は外の寒さのせいでピンク色になっている。

彼女は鏡から向き直り、冷たい水で顔を洗うと乾いた布で拭いた。

ふたたび鏡の前に戻ると、乱れた髪を指で慎重に撫でつけていった。笑みを浮かべてみる。そう、これだ。なるべく自然に見える笑顔。

ブリジットは眠っているピップをぽんと叩き、部屋を出ると音を立てないようにそっとドアを閉めた。この屋敷は眠っている。彼女の屋敷だ。掃除をして、磨いて、整えて、手塩にかけた家なのだから。廊下を歩いていきながら、通る人がよく触れるせいでペンキがはげている箇所に気づく。玄関広間に入ると、ピンクの大理石の床を磨いたほうがいいということも気になった。大きな階段をのぼっていく途中、踊り場に飾られたバルの肖像画と目が合う。白テンの毛皮をまとい、唇はかすかに微笑んでいる。彼が外国に行っていたはずの時期、ブリジットはときおりそこに立ってハンサムな顔を見つめながら、レディ・ケールの手紙はどこに隠してあるのだろうと考えたものだった。

それで思い出したけれど、どうせなら、どこに隠したのかバルに直接きけばよかったのだ。

今日の午後、言いあいをしているときに、彼がレディ・ケールに手紙を出していたことがあるという話も出てきたのだから。

二階に着いて、ブリジットはバルの寝室まで歩いていった。ドアを開ける。さっと見まわして、彼がいないのがわかった。メフメトとアトウェルもいない。従者はふたりとも、とっくにベッドに入っているのだろう。

彼女は図書室に向かう廊下を歩いていった。初めてそこを見たときのことを思い出す。部屋の壁という壁に並んだ何万冊という本が、コリント式の金の柱頭のついた何本もの黒い大理石の柱で区切られていた。まさに壮観だった。

持ち主の男と同じように。

以前にもブリジットは古い家柄の屋敷で働いたことはあったが、公爵というのも、これほど豪華な屋敷も初めてだった。特にこの図書室には息をのんだ。もっとも、そんな反応を人に見せたことはもちろん一度もないけれど。

使用人は感情を持たないものだ。

ブリジットはドアを開けて中をのぞいた。

バルがそこにいた。巨大な暖炉のそばで、ベルベットのクッションを積み重ねた上に寝そべっている。着ているのはお気に入りの紫のシルクのローブで、背中には金色と緑色で龍が刺繍してあった。床には赤ワインの入ったグラスがある。近づいていくと、彼が小ぶりの本を手にしているのが見えた。金色の表紙には宝石が飾られている。

バルの肘のそばまで来て足を止めると、彼がようやく目をあげた。「ブリジット」ゆっくりと首を横に振る。今夜は彼の望みをなんでもかなえるつもりだった。「セラフィーヌよ」

彼が息をのむ。瞳孔が開いたのが見えた。「本当か？」

「ええ」ブリジットはシャトレーンを外し、手を止めてそれを見た。「これはレディ・ケールがくださったの。わたしがロンドンへ来たときに」

「ほう」バルが言った。その声はなんだかとても……やさしい。

彼女は青と赤とエナメル製の円盤飾りを親指で撫で、このレディ・ケールからの贈り物を初めて見たときにどれほど誇らしい気分になったかを思い出した。「彼女からは本もいただいたわ。わたしが小さい頃に。『ガリバー旅行記』よ。何度読んだことか」

バルを見あげた。冷やかすように笑っているのだろうと思いきや、彼はただ悲しげにブリジットを見つめている。

シャトレーンをそっと置くと、エプロンのピンを外し、床に落としたエプロンを足で押しやった。「何を読んでいたの？」

「うん？」バルはボディスのレースをほどきはじめた彼女のほうに気を取られていたようだ。「ああ、コーランだ。メフメトの国の聖書さ。ほとんどはとても退屈だが、それはアラビア語の勉強のために読んでいるからということもあるだろう」

「どうしてそれを読んでいるの？」ボディスを脱ぎながら尋ねる。

彼は微笑んだ。「アラビア語の勉強のためだ。それに世界の中でもあの地域では、ほぼ全員がこの本からの引用を口にする。これを知らないと話にならない」

ブリジットはうなずいた。それならわかる。彼女は落としたスカートの外へと足を踏み出した。「いつかまたそこへ行きたいと思う？　イスタンブールやアラビア、コーランの教えに従っている国々へ」

「行けるといいが」バルはそう言って、慎重にコーランを置いた。「あそこはとても暑い。空気はかぐわしく、空はとても青い。食べ物の味はこっちとは全然違う。オリーブやナツメヤシ、やわらかいチーズをよく使うんだ。きみはきっと気に入るよ、わたしのセラフィーヌ。ピンクや金色やマホガニー色のドレスを着て、奇妙な音楽を聴きながらシルクのクッションの上でくつろぐといい。きみに小さなサルを買ってやろう。ベストを着て帽子をかぶったサルだ。きっときみを笑わせてくれる。わたしはそんなきみを見ながら、きみの口にみずみずしいブドウを放り込む」

ブリジットは悲しげに微笑み、コルセットを外した。「そこへはどうやって行くの？」

「船を借りる」バルが赤ワインをひと口すすった。「いや、船を買おう――われわれの船を。青い帆を張って、雄鶏を描いた旗を掲げるんだ。きみの犬とメフメト、彼の猫も全部連れていこう。屈強な船員が五〇人は必要だな。昼間は甲板に座って波間に現れる人魚や怪物を見物し、夜には星を見る。そして夜明けまで、きみと愛を交わす」

「それで、アラビアに行ったあとは？」彼女はシュミーズを脱ぎながらささやき、あとは靴下と靴だけという格好で立った。「次はどうするの？」

笑みが消え、バルは真面目な顔で彼女が靴と靴下を脱ぐのを見つめた。

「さらに旅を続けて、エジプトかインドか中国か、どこでもきみの行きたいところに行けばいい。ぐるっとまわって霧深いロンドンに戻るという手もある。何はなくとも、パイとソーセージはうまいぞ。きみがそうしたければの話だが。わたしがきみとともにいて、きみがわたしとともにいる限りはね、かわいいセラフィーヌ」

ブリジットは目を閉じた。彼はどこまで本気で言っているのだろう？　今、彼が言ったことが、まさにブリジットの夢なのだ。ずっとバルとともにいるということが。

彼女は目を開け、バルの前にひざまずいた。「とてもすてきね」

手をあげて頭からピンを一本ずつ抜き、それを彼の本の横に置く。頭を振って髪を広げ、指ですいて肩の前へ垂らした。

バルは片肘をついて彼女を見つめている。その顔からは表情がうかがえない。先ほど彼女が何をしてきたか、もしかしてバルは知っているのでは？　でも、それなら彼女を部屋に入れただろうか？　イスタンブールやオリーブや青い帆を張った船の話をしただろうか？　したかもしれない。結局のところ、彼はモンゴメリー公爵なのだ。

そんなことはどうでもいいのかもしれない。ブリジットがやったことは、もう取り返しがつかないのだから。

彼女は裸のまま、バルに身を寄せた。彼のシルクのローブのボタンを、慎重に下から外していく。それがすむとローブの両端を大きく広げて胸をはだけさせ、なめらかなシルクの上に彼を横たわらせた。

バルが片方の眉をあげ、問いかけるように彼女を見る。

ブリジットは彼の乳首から取りかかった。ピンク色の突起を舐める。片方ずつ、そっと。続いて体を離すと、交互に息を吹きかけて、突起がきゅっとすぼまる様子を観察した。

バルは息をのんだが、何も言わなかった。

身をかがめ、彼の腰の張り出した部分に歯を当てる。バルはクローブや、その他ブリジットにはわからないエキゾティックな香水のにおいがした。彼が遠い異国で水パイプの煙をくゆらせ、色とりどりのシルクのクッションの上に寝そべって外国語をしゃべっているところを想像する。

彼女のいない土地で。

へそを舐めると塩辛い味を感じ、舌の下で彼の腹部が引きしまるのがわかった。

ブリジットは大きく息を吸い、そのまま舌を下腹部へと滑らせた。両手で彼のものを包んでみる。なんて美しい形だろう。先端は赤くふくらんでいる。手のひらの中で、それはどんどんかたく、太くなって、誇らしげにそそり立った。

先端に口づけると、塩辛さと涙がまじった味がした。前に垂れた髪で隠れて、ブリジットが泣いているのは気づかれていないはずだ。熱いこわばりに唇を押しつけ、口の中に迎え入れる。

目を閉じてバルの味に集中した。口の中に含むのは、ある意味、脚のあいだに受け入れるよりも親密な感じがする。ブリジットのほうは、これで肉体的な快感を覚えるわけではないけれど。

それでも、この行為は確かに歓びを与えてくれるものだ。

口と舌でバルを愛撫しているうちに自分の秘めやかな部分が潤ってくるのを感じて、彼女は小さくうめいた。彼が何かつぶやき、ブリジットの髪を撫でる。

まぶたを開くと、彼女を見つめるバルと目が合った。彼の顔は赤くなっている。

「気をつけて」そうささやいたバルの声はひび割れている。「きみの歯が……」彼が腰をあげた。こわばりがさらに口の奥まで入る。「きみの……」バルはつばをのみ込んだ。「きみの手を動かせるか？　上下に」

彼を頬張ったまま、言われたとおりに手を動かした。

「そう……」彼が鋭く息を吸う。「そんな感じだ。それでいい、セラフィーヌ。ああ、でも吸ってくれないか。同時に吸ってほしい。頼む、ああ、神よ」

バルは首をのけぞらせ、快楽に身を任せている。こんな彼を見たことがある女性は、ほかに何人いるのだろう？

こんな彼をこれから見る女性は何人いるの？

ああ、でも、今はわたしだけ。彼を意のままに動かすのはわたしだけだ。彼の指で髪をくしゃくしゃにされていいのはわたしだけ。

バルがわれを忘れてうめくまで、口と手で愛撫していいのはわたしだけ。

彼が壊れてしまうまで。

バルは上半身を起こし、紫のシルクの中に座ってブリジットを引きあげると、膝の上に座らせて脚を自分に巻きつけさせた。座ったまま向きあい、彼女の奥深くまで身を沈めて、激しく突きあげる。青い目が勝利と欲望に輝いた。

ブリジットは彼の首に腕をまわし、ともに体を揺すった。バルにしがみついて、この瞬間をつかまえようとした。このにおいを、この音を、彼女を見つめる目を、記憶に焼きつけたかった。

バルが手を伸ばし、まだ半分入っている赤ワインのグラスを取って、中身をブリジットの胸に振りかける。

彼女はのけぞり、バルが赤ワインと一緒に胸の先端を舐めると激しくあえいだ。

落ちる。落ちていく。不意に涙がこみあげ、目からあふれ出した。

「バレンタイン。バレンタイン。バレンタイン」全身を駆け抜ける快感におぼれながら、ブリジットはささやいた。「あなたを愛しているわ」

そしてバルも大声をあげながら、熱い精を解き放った。

夜明けは決闘にふさわしい時間だ、というのがバルの意見だった。前夜に眠ることなくそのときを迎えるので、ちゃんと目が覚めているというのがひとつ。彼以外の者はみな、通常とは違う時間に起きなければならないので眠気に襲われる、というのがふたつ目。たいていの人はこんな時間には眠っているので——重要な任務を負っていないたいていの人は、ということだが——決闘を目撃される可能性が少ない、というのが三つ目。そして四つ目の理由としては、夜明けは一日のうちでもっとも美しい時間だから。靄《もや》がかかり、薔薇色の光が地平線の向こうから差してくる光景は本当に美しい。

もっとも、四つ目の理由は一〇月末の夜明けには当てはまらないようだが。

バルは黒い馬に乗って公園を進みながら身震いした。この時期の夜明けは薔薇色というよりも灰色がかっている。それにどうやら雨が降りそうな気配だ。すばやくケールの腕を刺せるといいのだが。あるいはどこかほかの、適切な痛みが伴うが致命傷にはならない箇所を。そしてさっさと屋敷に帰り、熱い紅茶でも飲みたいものだ。

前方の霧の向こうに、数人が立っているようだった。自分の決闘相手だろうか？　それとも、ほかの誰かの決闘とぶつかってしまったのか？　もしそうなら、交渉してこちらの決闘を先にやらせてもらい、雨が降りだす前に片をつけたいところだ。ブリジットの体は温かかった。そう考えるとベッドに残してきた彼女が丸まって寝ている姿が思い出され、世界が少し薔薇色になった。

バルにつきがあれば、決闘から帰っても、まだ彼女はあそこで寝ているだろう。

「モンゴメリー」近づいた彼に、ケールが声をかけてきた。「きみの介添人はどこだ？」

「そんなものはいない」そう言って馬の首筋にさっと脚をまわし、地面へ飛びおりた。「きみがわたしを殺せば、きみの介添人にはわたしの死体を蹴るぐらいで満足してもらわなければならないな」

ほかのふたりの男のうち、ひとりがそれを聞いて笑いだした。眼鏡をかけて灰色のかつらをつけた紳士だ。

ケールがうなった。「わたしは介添人を連れてきた。ゴドリック・セントジョン、こちらはモンゴメリー公爵バレンタイン・ネイピアだ」

セントジョンはお辞儀をしながら、ため息を押し殺したようだった。

バルは三人目の男である医師に紹介され、いつものように優雅な挨拶をした。

「剣を調べてもかまいませんか?」セントジョンが尋ねる。

「どうぞお好きに」バルは剣を鞘《さや》から抜き、柄を前にして肘の先にのせて渡した。ケールと目を合わせる。「さっさとけりがつくといいんだが。きみの妹をわたしのベッドの中に残してきたのでね」

セントジョンが小声で悪態をつき、ふたりのあいだに進み出てバルのほうを向いた。

「きみは頭がどうかしているのか?」

「多くの人はそう思っている」バルは唇をゆがめながら、ケールを観察していた。

ケールは動かなかった。目をぎらつかせてバルをにらんでいるところを見ると、どうやら彼の言葉はちゃんと聞いていたようだ。あんなふうに目が燃えるところはブリジットと少しだけ似ている。この男は本当にここで、こちらを殺す気なのだろうか?

まあ、とにかくやってみるしかない。

バルはにやりとした。「始めようか？」

セントジョンが両者の剣を調べて返す。

遠くから駆けてくる馬のひづめの音が聞こえた。

バルは剣士の構えを取った。筋肉はいつでも動けるように準備万端で、腕は優美に伸ばされ、剣先に死が顔をのぞかせている。

彼はケールの目に微笑みかけた。

相手のほうが腕は長い。

だが、バルは自分のほうが敏捷であることに金を賭けてもいいくらい確信があった。

それに少なくとも八歳は若い。いや、もっとかもしれない。

うしろの足に重心を移し、用意を整えて待つ。

「構えて《アンガルド》！」

ケールが飛び出してきた。猛烈な勢いだ。バルは笑い声をあげながら切っ先をかわし、後退して突破口を探した。

「やめろ！　ただちにやめるんだ！」

馬に乗った男が吠えた。ビール樽でも運ぶ荷馬車馬かと思うくらい巨大なその馬は急に止められたことに抗議してなかば棒立ちになり、ひづめはあとわずかでバルの頭を蹴り飛ばすくらい近い距離にあった。

決闘の当事者ふたりはさっと離れ、剣をおろした。

「これはどういうことだ？」ケールが詰問する。

彼の介添人が冷静に尋ねた。「あなたはどなたかな？」

「カイル公爵ヒュー・フィッツロイだ」馬上の男が答える。彼はバルを見た。「きみに話がある」

バルは剣を振った。「あとにしろ」

「今だ」

バルは片方の眉をあげたが、好奇心には勝てず、カイルのほうへ歩いていった。この男がこんな劇的な演出を好む人間だったとは、ちっとも知らなかった。

カイルがマントのポケットから何かを取り出した瞬間、バルはそれがなんなのかを悟った。おそらく致命的な一撃というのは、常にこうした驚きに満ちているものなのだろう。

「これが何かはわかるな」カイルが言う。

「ああ」口の中に血の味がしたように思ったが、ただの想像だったのかもしれない。「問題は、きみはわかっているのかということだ」

カイルは手の中の小箱に目をやった。「この中にあるものがなんであれ、それはきみにこの決闘をやめさせるにじゅうぶんなものだ、ということはわかっている」目をあげる。「そして、これと引き換えに王子の手紙を要求できるということも。すべての手紙をだ」

「なるほど」バルは顎をあげた。「だとしたら、きみはこの箱の中身がわかっていない。わかっていたら、手紙との交換なんていうけちなものじゃなく、もっとすごいことに利用しただろう」

バルは振り向き、真面目な顔でケールを見た。「この決闘は中止だ。心からお詫びする。わたしは礼儀知らずの無作法者だ。悪党で、嘘つきで、泥棒で、脅迫者で、人殺しだ。それに、そう、きみの妹を誘惑した。きみの家ときみの名誉を傷つけるようなことを言ったことは後悔している」

ケールがバルを見つめ、そっけなくうなずく。

バルはお辞儀をすると、カイルに向き直った。

カイルは好奇心に満ちた目を向けている。「箱の中身はなんなんだ?」

「ああ」黒馬にまたがりながら、バルは言った。「それか。それはわたしの心だ——あるいはその残骸と言うべきか。彼女はきみにわたしの心を渡したんだよ」

18

その夜、王様とプルーはぐったりと疲れた足取りで庭に向かいました。「おまえの父親はわたしを愚か者扱いして、からかっているんじゃないか」王様はうなりました。「もしそうなら、やつの喉をかき切ってやる」

プルーは手にしていた針を思わず取り落としました。「これだからみんな、あなたは心がないと言うんです」

「わたしに心はない」王様は言いました。「おまえは何を期待していたんだ？」

『心のない王様』

これから何をすればいいのか、ブリジットにはわからなかった。

おかしな話だ。彼女は人生の大半を、ひとつの仕事が終われば次の仕事、ひとつの状況が片づけばまた次へ、と一歩一歩進んできた。ブリジットの一日は、目が覚めてから夜にろうそくの火を吹き消すまで、こなすべき仕事の予定で埋まっていた。

それなのに今は？

彼女はロンドンの通りを歩いていた。朝早く、持ち物をすべてひとつのバッグに詰め込んで、それを一方の手に持ち、反対側ではピップがとことことかたわらを歩いている。どこに向かえばいいのかさえわからない。

まわりでは街が目覚めようとしていた。玄関に出てきて掃除を始めるメイドがいるかと思えば、配達物を届ける荷馬車がごろごろと音を立てて通っていく。そしてブリジットは……何をすればいいのかわからなかった。

彼女はカイル公爵から短いメモを受け取っていた。〝終了。全員無事〟それから彼女は屋敷を出てきたのだった。バルが帰ってくるのを待つ気はなかった。彼を裏切ったことへの非難と怒りを受け止める勇気はない。

なんという臆病者だろう。

横で馬車が止まった。

ブリジットは足を止めた。心臓をぎゅっとつかまれたように感じて、あまりの苦しさにそのまま鼓動が止まってしまうのではないかと思ったほどだ。

だが、ドアが開いて顔を出したのはレディ・ケールだった。

ブリジットは目をしばたたいた。

馬車のうしろから現れた従僕が踏み台をおろす。

「さあ、乗って」レディ・ケールが促し、ブリジットは従った。

ピップも飛び乗るとドアは閉められ、馬車は走りだした。

「あなたが犬を飼っていたとは知らなかったわ」レディ・ケールがピップを見つめて言う。

ブリジットもピップを見た。

犬は自分のうしろ足をつかまえようとしてぐるぐるまわっている。

ブリジットは目をあげた。「飼っているんです」

「そうなのね」レディ・ケールが返す。

ピップがブリジットの横の座席に飛びあがり、馬車は少しがたごと揺れた。

レディ・ケールが咳払いをする。「モンゴメリーは決闘を取りやめたわ」

ブリジットはうなずいた。

「わたしが理解している限りでは」レディ・ケールが続けた。「わたしたちはあなたに感謝しなくてはならないわね、ブリジット」

ブリジットは彼女を見た。「あなたが名づけたんですか？」

レディ・ケールが驚いた顔になる。「なんですって？」

「あなたがブリジットとつけてくださったんですか？　それともただ、わたしをお母さんと養父に託して、彼らに名前をつけさせたんですか？　彼らのことはご存じだったんですか？」ブリジットは膝の上で両手を握りしめていた。バルの言葉を思い出し、思わず笑いだしそうになる。「それとも子猫みたいにバスケットに入れて、従僕に持たせて送り出し、誰かわたしを育ててくれる人が見つかればいいと思ったんですか？　その人がいい人か悪い人か、気にしたことはありましたか？」

レディ・ケールの顔は真っ青になっている。「あのあたりには、わたしの少女時代からのお友だちがひとりいたわ。彼女があなたの……お母さんと養父を知っていたの。わたしは近くに行った際に、彼らのコテージを訪ねて話をしたのよ。あなたを産んだとき、あなたのお母さんはその場にいた。あなたを二番目に抱いたのが彼女だったわ。わたしの次にね。わたしが最初にあなたを抱いた。腕の中であなたを揺すって、あなたが黒い髪をしているのを見たわ。わたしの家系は黒髪なの。顔は真っ赤で、くしゃくしゃだった。あなたはとてもおとなしい赤ちゃんだったのよ。わたしの息子は生まれたとたんに叫んでいたけれど、あなたはじっと横たわって、大きな目を見開いてあたりを見ていた。わたしたち、あなたをおくるみで包んだわ。それからわたしは、あなたをあなたのお母さんに渡したの」彼女は自分の両手をじっと見た。「わたしがあなたをブリジットと名づけたのは……わたしの家族の名前のひとつを与えることはできないとわかっていたからよ。ブリジットというのは、わたしの昔の乳母の名前なの。彼女はアイルランド出身で、わたしは彼女のことが大好きだった」

レディ・ケールが目をあげる。誇り高い貴族の頰に、涙が静かに流れていた。

「これまでのふるまいで後悔していることはたくさん、本当にたくさんあるけれど、あなたに対する行いほど後悔していることはないわ、ブリジット」

それを聞いて、ブリジットはわっと泣きだした。

彼女は消えてしまった。

消えてしまった。

消えた。

消えた。

彼のハウスキーパー、彼の大天使、彼の異端審問官、彼のブリジット。

彼のセラフィーヌ。

燃えあがる光。暗闇の中のぬくもり。心と魂を盗んでいった泥棒。

心は取り戻した。何通かの王子の手紙と引き換えに。

バルは象牙色の小箱を見つめながらワインを飲んだ。瓶から直接、ラッパ飲みした。ワイングラスはどこに置いたのか見つからないし、どんなに大声で呼んでも従僕は誰ひとり彼に近づこうとしない。

ハウスキーパーが出ていってしまったせいで、このありさまだ。

ブリジットは〝あなたを愛しているわ〟と言った。バルを愛していると。なんと奇妙ですばらしいものだろう。そして、なんと傷つくものなのだろう、この愛というやつは！　血管に小さなナイフを何本も突き立てられたかのように、体じゅうが痛む。この痛みは好ましいとは言えないが、耐えられる。そう、耐えてみせる、ブリジットが戻ってきて、また彼を刺してくれるのならば。

バルは両腕を伸ばして図書室の天井を見あげた。広大なその部屋は彼の立派な屋敷の中でもお気に入りの場所だった。自分で細部まで設計して建てた屋敷だ。天井には絵が描かれ、金箔が張られている。広い、とても広い天井だ。

そして寒い。

何もかもが寒々しい。

暖炉もじゅうぶんに熱くならない。それが問題だ。そこでバルは何冊かの本——とても美しい本——を抜き出すと、それを火にくべた。金箔張りの表紙の縁が丸まり、彩色されたページは茶色に焦げ、革からはいやなにおいと煙が出ている。ブリジットがここにいたら、彼を叱りつけるだろう。炎に手を突っ込んで、本を救出するに違いない。それでも彼女の指がやけどを負うことはない。なぜなら彼女こそが炎で、常に燃えているのだから。

だが、その彼女はここにはいない。

消えてしまった。

消えた。

消えた。

貴重な本の燃えかすから目をあげると、バルはどういうわけか自分がワインの瓶を叩き割っていたことを知った。裸足でガラスの破片を踏んでいたらしく、床にこぼれたワインに血がまざっている。

あるいは逆なのかもしれない。彼の血管を流れる血にワインがまざったのだろうか？　今の彼は半分ぐらいブドウになっているのかも。

公正なるブリジットはバルに善と悪の違いを説明しようとした。それは彼女にとっては理にかなったことだ。なぜなら彼女は燃えていて、天使なのだから。けれどもバルにとっては、氷と痛みでできた化け物の彼にとっては、彼女がそばにいて説明してくれなければ、何が善で何が悪かわからず、ただ混乱するばかりだ。

でも、ブリジットはもうここで面倒を見てくれない。バルのことも、彼の犠牲者のことも。それでバルはダイモアに手紙を書いた。

「あなたがわたしたちの家に泊まってくれてうれしいわ」テンペランス・ハンティントンこと若きレディ・ケールが、翌朝の朝食のテーブルでブリジットに言った。

ブリジットは唇を噛み、手をつけていない卵料理から目をあげた。昨日、馬車でなんともぎこちない時間を過ごしたあと、レディ・ケールはブリジットを息子のタウンハウスでおろすと、そそくさと帰っていったのだ。ブリジットも昨日は疲れて寝てしまい、ほとんど部屋にこもりきりだった。気分も落ち込んでいたため、彼女のことを最悪な客と思っているであろう見知らぬ人たちと顔を合わせる気にもなれなかった。

けれども今朝、そんな臆病なことではいけないと思い直した。「泊めていただいてありがとうございます、奥様。本当に感謝しています。長居はしないとお約束します。新しい勤め先を見つけるまでのことですから――」

「あら」テンペランスが金茶色の目の上で眉根を寄せる。「まず言っておくと、あなたは好きなだけここにいていいのよ。ずっとでもいいわ、本当に。あなたはラザルスの妹なんだもの。それに、どうかお願い、わたしのことはテンペランスと呼んで」彼女が微笑むと、顔全体がぱっと明るくなった。「わたしたち、姉妹ということでしょう？」

「わたし……」ブリジットは親切な女性の顔から思わず目をそらした。また涙があふれそうになっている。こんなにめそめそ泣く人間ではなかったのに、今はまるで噴水のようだ。彼女は震える息を吸った。「あなたはとてもご親切なんですね」

突然、椅子が引かれる音がしてブリジットは目をあげた。

テンペランスが立ちあがっている。彼女は片手を差し出した。「一緒に来ていただける？あなたに見せたいものがあるの」

手を引かれて、ブリジットは二階へあがっていった。すてきな階段だけれど、バルの屋敷ほど豪華ではない――そんなふうに考えるのは、もうやめなくては。廊下に沿って並ぶのは明らかに家族の私室で、その奥に一対の大きな二重ドアがあった。テンペランスがそのドアを開け、ブリジットは目をしばたたいた。

ここは明らかに、この家の主人夫妻が使っている主寝室だ。

ブリジットはテンペランスを見たが、相手は黙って背の高い戸棚のほうへと歩いていった。その上に並べられたいくつかのものからひとつを手に取り、ブリジットに差し出す。

「アネリスよ」テンペランスが言った。「最初のアネリス。ラザルスの妹。おそらくあなたのお姉さんということになるわね」

ブリジットはその肖像画を受け取って見入った。こちらを見つめている少女は茶色の髪と目、スクエアネックのドレスを着て、首元にリボンを巻いている。

せいぜい四歳くらいだろうか。

ブリジットは目をあげ、テンペランスの悲しげな金茶色の目を見た。

「彼らの父親は……わたしが推測する限り、相当恐ろしい人だったみたいなの」テンペランスは感情を交えずに淡々と話した。「とても厳格な人。精神的に問題もあったのかもしれない。彼はこの家の独裁者だった。アネリスが五歳のとき、病気になって高熱を出した。彼は医者を呼ぶことを拒否した。あなたのお母様であるレディ・ケールがいくら懇願しても、彼は……」唇を引き結んで頭を振る。「アネリスは亡くなった。ラザルスは一〇歳だった」

ブリジットはごくりとつばをのみ込み、テンペランスと目を合わせた。「わたしはアネリスではありません」

「ええ」テンペランスがすぐに応えた。「あら、いやだ、そういう意味じゃないのよ。あなたは彼女の代わりではないわ、もちろん。ただ……」ため息をつく。「ラザルスには、ほかに誰も味方がいなかったの。アネリスの死について、彼はお母様を責めた。本当は……。まあ、それはいいわ。子どもって、こうだと思うと頑固で譲らないところがあるわよね？」彼女はいくらか話をぼかした。「とにかく、ラザルスがお母様と話ができるようになったのはごく最近のことなのよ。何年も、彼は孤独だった。ひとりぼっちだった。彼がかなり威圧的に見えるかもしれないって、わたしにはわかっているわ。とても鋭い感じで、そう、不気味だし」くるりと目をまわしてみせる。「彼の第一印象もよくなかったでしょう、あなたの……ええと……モンゴメリー公爵に決闘を挑んだりして。あれは本当に」テンペランスは小声で言った。「偽善者という感じだったわ、わたしにどうやって求愛したかを考えると。でもね、わたしはあなたが彼に機会を与えてくれたらいいと思うの。あなたは本当に奇跡みたいな存在なのよ」

遠い昔に死んだ姉の肖像画を見つめ、ブリジットは自分もついに家族を見つけたのだろうかと考えていた。

19

プルーはこのふた晩で王様のことを好きになっていました。どんなに恐ろしい気性だとしても。それで彼女は言いました。「わたしが王様に期待するのは英知、公正さ、そしてやさしさです。胸の中に心がないからというだけでは、心ある者のようにふるまえないということにはなりません」

王様は思いきり顔をしかめましたが、プルーは顎をあげ、一歩も引きませんでした。

「結構だ!」とうとう王様は怒鳴りました。

ふたりは作業に取りかかり、その晩はそれ以上言葉は交わされませんでしたが、王様は手を動かしながら考え込んでいるようでした……。

『心のない王様』

バルがいないと何もかも灰色に見えて、数日経ってもブリジットの気分は浮かないままだった。彼女はピップを連れて散歩に出たところで、かたわらの犬は楽しそうな様子で駆けている。今の彼女は男爵の妹ということになるので、散歩には従僕がひとり付き添っていた。

ふつうならそれを面白がるのだが、こうもすべてが灰色だと気がめいるばかりだ。太陽は燦々《さんさん》と照っているというのに。

足りないのはただひとつ。

あと一度だけ、バルと話す機会があればよかったのに。彼が饒舌に言葉の洪水で攻めてくるのにも負けず、自分の思いを説明したかった。彼がブリジットは怒りで燃えていると言うのなら、やさしいキスで驚かせたかった。

何度でも、何度でも、あなたを愛しているとバルに言いたかった。たとえバルから同じ言葉は返してもらえなくても、彼が頭を傾け、青い目がきらきら輝くのが見られるのなら、それでよかった。

だが、ブリジットはバルを裏切ったのだ。彼の最悪の秘密を、もっとも弱い部分を、彼の敵に渡すことで。どんなに正気を失ったとしても、バルは彼女を許しはしないだろう。

決して。

さんざん泣きはらした目に、またもや涙があふれるのを感じる。それを隠そうとうつむいていたので、ブリジットは馬車が横に来ているのに気づかなかった。馬車のドアがぱっと開いた。

ピップが激しく吠えたて、ブリジットのうしろから従僕が叫んだが、彼女はあっというまに馬車の中に引っ張り込まれて、頭から何かをかぶせられた。

それから馬車が動きだすのを感じ、ブリジットはなんとか呼吸をしようともがいた。腕は力強い複数の手に押さえつけられている。ピップの吠え声が次第に遠くへ消えていった。

ただ古いだけのくだらない秘密組織の問題は、人目につかない場所でばか騒ぎを繰り広げなければならないこと、秘儀とやらを真面目な顔で行わなければならないことなど、いろいろある。

四日後の夜、そろそろヨークシャーにあるダイモア公爵領に着こうという真夜中近い時分に、バルは馬車の窓から外を眺め、こんなところにいるよりもヘルメス・ハウスで本でも読んでいたほうがよかったと思った。あるいは、ただ壁を見つめているほうがましかもしれない。

最近の彼はかなりの頻度で壁を見つめていた。

まったくもって気がめいる。ダイモアがどんなにぞっとする儀式を計画しているのか知らないが、あくびをしたり、うたたねをしたりせずに最後まで耐えられる自信がない。

いつでも引き返して、ブリジットの意見を聞きたいところだ。でも、彼女はいない。

もういないのだ。

やり抜くと誓ったものの、儀式を経て〝混沌の王〟を率いる地位につき、裏社会の力を一身に集めるというのはどうにも退屈な仕事に思える。ブリジットがそばにいて、あの燃える目でバルを叱りつけ、なぜこれをすべきで、それはすべきでないのか、彼のどこが間違っているのかを説明し、だから彼は正しいことをすべきだと言ってくれなければ、何もかも退屈にしか思えなかった。

今すぐに馬車を止めてロンドンへ取って返してもいいが、そうしたら自分がヘルメス・ハウスの図書室に火をつけ、この世で彼を安心させてくれる材料をひとつ残らず消し去ってしまうのではないかと思うと、怖くてできない。

ああ、ブリジット。

目を閉じて考える。今のバルの胸の中には痛む心さえない。汚れた心は遠い昔に切り取って、あの象牙色の箱に入れてしまった。そうしていなかったら、たとえ壊れていても何かを感じられるものが胸の中にあったかもしれないのに。

馬車ががたんと揺れて止まった。

バルが目を開けたそのとき、ドアがぱっと開いた。外には何本もの燃えるたいまつと、獣の仮面をつけた裸の男たちという悪夢のような光景が広がっていた。

こうなったら、とにかくやりきるしかなさそうだ。


ブリジットは地獄のような三つの昼とふたつの夜を、馬車の床に転がされてあざだらけになりながら過ごしていた。どこに向かっているのかもわからない。恐怖におびえ、犯されるか殺されるかするのではと想像し、疲れきって、きしむ床の上でうとうとし、起こされてまたしても恐怖におびえるという繰り返しだ。

馬車が止まって休憩を取るときに用を足すのは許されたが、道路の脇で、誰だか知らないが誘拐犯の見張り付きという屈辱を味わわされた。

彼女には水とパンが与えられた。

それ以外はいっさい何も与えられなかった。

そういったもろもろがブリジットの警戒心を募らせた。彼女の兄から身代金をせしめようというのなら、もっとましなものを食べさせるのではないだろうか？　狙いが身代金でないのなら何を求めているのかは、あまり考えたくもない。とにかく長い旅だった。

誘拐犯はあまりしゃべらないものの、ブリジットは四つの声を聞き分けた。馬車の中にふたり、外で馬を走らせているのがふたり。驚いたことに、その全員が洗練された話し方だった。

わけがわからない。

ブリジットは最初に捕まったときにうしろ手に縛りあげられていた。粗い縄できつく縛られ、馬車の床に横向きに転がされて、何度かこっそり結び目をこすって縄をほどこうとした。だが手首を縛った縄は逆にどんどんきつくなり、指は腫れあがって今や感覚を失い、そのことが恐怖を増幅させている。彼女の試みは二日目に誘拐犯に気づかれ、脇腹を蹴られた。そこはまだずきずきと痛んでいる。

恐怖を通り過ぎ、疲労困憊《こんぱい》を通り過ぎ、ふたたび恐怖を通り過ぎた頃、馬車がついに目的地に着いて止まった。

ブリジットは決意していた。こんなふうに死ぬなんて、冗談じゃない。

だから馬車のドアが開き、頭の覆いを外され、燃えるたいまつと裸で仮面をつけた男たちが見えたとき、彼女は戦った。蹴り、嚙みつき、頭を低めて、上からのしかかろうとした男の顎に思いきり頭突きをする。

男が悪態をついてうしろによろめき、ウサギの仮面の下から血がしたたり落ちた。

だが、ブリジットは別の三人の男に縛られたままの腕をつかまれてしまった。

キツネの仮面をつけた男が彼女の前に立つ。ナイフを掲げた肘の内側にイルカの刺青があった。

男の股間からは恐ろしいほど怒張したものがそそり立っている。

ブリジットは身をよじり、背後の男たちに全体重をかけて体当たりした。不意を突かれて三人とも地面に倒れ、彼女は転がって片方の肘で男の腹を突いた。けれども、もう一方の腕をがっしりとつかまれた。キツネ男がさっとナイフを振りおろす。

彼女の服が切り裂かれた。

ブリジットは悲鳴をあげた。両脚をばたつかせて蹴り、嚙みつく。しかしさらに多くの手が彼女を押さえつけ、動きが封じられた。キツネ男が服を裂いて、彼女の体からはぎ取っていく。ついにブリジットは裸で冷たい地面の上に転がされた。焼けつくように熱い涙が髪の中へ流れていく。

彼女の上にひとりの男が立ちはだかった。しわだらけで年老いた体。仮面は残酷な対照をなし、髪にブドウを飾った美しい若者が描かれていた。「この女を連れていけ」

腿をぴったり合わせて、ブリジットは歯ぎしりした。この残忍な貴族どもの好きにさせてたまるものですか。この腐った連中こそ、いまいましい〝混沌の王〟に決まっている。けれども彼らはブリジットを頭上に担ぎあげ、燃えるたいまつに囲まれながらどこかへ運んだ。裸の肩も脚もヒップも、男たちのかたい手につかまれている。いったい何をしようというのだろう?

たいまつの輪の中にある大きな石の上に、ブリジットはおろされた。冷たい石が肌を凍らせる。キツネ男がまた現れ、手首の縄が切られた。だが動けるようになる前に、手首はそれぞれ上の両側にある柱に縛りつけられてしまった。両脚も開かされ、下の両側の柱に足首をくくりつけられる。

ブリジットは生贄なのだ。四肢を開かれ、拘束されて、司祭の前に差し出される準備は整った。

彼女はおののき、おびえていた。今度はオオカミの仮面をつけた男が現れ、ブリジットの上に立ちはだかった。その体は美しくて傷ひとつなく、乳首はピンク色で、胸には金色の毛がまばらに生えている。イルカの刺青は見えない。それは彼が刺青を左の臀部に入れているからだと、彼女にはわかった。

ああ、そんな、神様。

老人がオオカミの仮面の男に長いナイフを渡す。「これが入会の儀式の生贄だ。好きなように彼女を楽しみたまえ。お望みなら、何人かで彼女を分けあってもかまわない。そして最後には殺すのだ」

ブリジットの頭の中にバルの言葉が渦巻いた。彼が額と額をつけてささやいた、あの言葉。

〝おまえは愛するものを自らの手で殺さなければならない〟

バルが彼女の上にナイフを振りあげた……。

20

朝になると、プルーと心のない王様は刺繍をした布を魔術師に見せました。

「おやおや」魔術師はそう言って、布を何度もひっくり返しました。「これはなかなか立派な……その……」

「ライオンだ」王様はあくびをしながら言いました。

「あるいは豚かも」プルーがつぶやきました。

「わたしは三つの試練を完了したぞ」王様は言いました。そして王室づきの医師を呼んで胸の音を聞かせました。しかし医師が何度試しても、胸の鼓動は聞こえてきませんでした……。

『心のない王様』

バルはブリジットの上にナイフを振りあげた。彼のブリジット。彼女の燃える目を見つめる。〝おまえは愛するものを自らの手で殺さなければならない〟

こんなことをするバルを、彼女は決して許さないだろう。一生、永遠に。

だが、これはやらなければならないことなのだ。ブリジットの愛はもう失ってしまったとしても、彼女のすべてを失ったわけではないのだから。今はまだ。これからもずっと。

バルはくるりと振り向き、ナイフをダイモア公爵の腹部に突き立てた。老人の見開かれた目をのぞき込み、うなるように言う。「彼女はわたしのものだ」ナイフをひねり、刃を上向きにして腹を切り裂いた。

すばやくさがって飛び散るはらわたを避け、二本のたいまつを蹴り倒す。次に身をかがめてブリジットの拘束を解き、彼女を引っ張り起こした。ダイモアの醜い死体のまわりで火があがる。そこへキツネ男がナイフを手に近づいてきた。バルは彼の股間を狙ってナイフを振りまわした。残念ながら狙いは外れたものの、ナイフは男の腿の肉をざっくり切り裂いた。

キツネ男があふれ出た血の海にくずおれる。

それを見て、ほかの者たちの動きがぴたりと止まった。指揮する者もなく、何をすればいいかわからない彼らは大混乱に陥った。仮面をつけていても、臆病者は臆病者だ。秘密組織で邪悪な欲望を発散させるしかない、卑怯《ひきょう》な連中ということだろう。

バルとブリジットはアダムとイブのように、裸のまま夜の闇へと駆けだした。ほかにも仮面をつけた裸の男たちが大勢いたが、物見高いのか、それとも何が起きたかわかっていないのか、騒ぎになっているほうへわざわざ走っていく者もいる。こんな夜だから、裸の人間がふたり駆けていても目立たないだろう。

ダイモアは自分の領地にある修道院の廃墟《はいきょ》を宴会の場として使っていた。そこからさほど遠くないところにある古い道に、主人たちを待つ馬車が並んでいる。

裸で乱痴気《らんちき》騒ぎに興じるような輩《やから》でも、貴族というのは遠くまで歩かされるのを嫌うのだ。ありがたいことに、バルの馬車はもう帰り道を向いて用意されていた。彼はオオカミの仮面を破り捨てた。

「アインズデイル城へ！」仰天している御者に命じて、ブリジットを馬車に押し込む。

馬車が動きはじめた。バルは彼女に向き直ると、ひとまず自分のマントで包み、けががないか調べはじめた。肩や腕はあざだらけだ。手首には血がにじんでいる。彼はうなり声をあげながら、ブリジットの手足に残っていた縄を取り去った。泥まみれの小さな足は切り傷だらけで冷えきっている。バルは両手でその足を包んで温めた。左の脇腹にもかなり大きなあざがあり、そこを指でそっと押して具合を確かめる。彼は口からもれる悪態を止められなかった。こんなひどいことをする連中と、自分はさっきまで一緒にいたのだ！　やつらの目をえぐり出してやればよかった。鼻をちょん切って、それを口に突っ込んでやればよかった。なんならあいつらの――。

「バレンタイン」

バルは目をしばたたき、ブリジットが両手で彼の顔を包んで目をのぞき込んでいることに気づいた。「バレンタイン。わたしは大丈夫よ」

目を細めて彼女の顔を探る。バルはばかではない。ブリジットはここに連れてこられるまで、何日もあの連中と一緒にいたはずだ。「本当に？」

彼女がしっかりとバルの目を見つめる。「ええ」

「やつらはきみを強姦しなかったのか？」

「しなかったわ」

「きみに触れたりしなかったのか？」

ブリジットがため息をついた。「拉致されるときにつかまれたわ。縛りあげられたし」

それは気に入らない。「きみがいやがることをさせなかったか？」

彼女がためらう。

バルは全身が凍りつくように感じた。「言ってくれ」

「彼らは……」ブリジットは真っ赤になって顔をそむけた。「彼らはわたしが、その……用を足すときに向こうを向いていてくれなかったわ」

「そうか」なんだ、そんなことか。

バルは両腕で彼女を抱きしめた。「きみにこんな恐ろしい思いをさせて、本当にすまない、わたしのセラフィーヌ。できることなら、時をさかのぼって子ども時代のあの連中を見つけ出し、首を絞めてやりたいよ」

「それは……」彼女が息をのみ、バルの裸の胸に顔をうずめて体を震わせはじめた。

何かの発作を起こしたのだろうか？　彼女は今夜、悪夢にうなされるのではないか？

顔をあげたブリジットは笑っていた。「ああ、バレンタイン、わたしはお返しに何をすればいい？」

バルは心の中を推し量るように彼女を見た。あんな衝撃的な経験をしたあとでもブリジットはやさしく、相手を立てる姿勢は変わらない。今なら何を提案しても受け入れてくれそうにさえ思える。

彼はとびきりの笑顔で言った。「わたしと結婚してくれればそれでいい」

ブリジットも微笑み返したが、その顔は少し悲しげだ。「わたしでいいの?」

「そうだ」真剣に答える。「きみがいい」

けれども彼女はただ頭を振り、ふたたびバルの胸に顔をうずめた。

バルは考えた。自他ともに認める天才であるはずの彼に言える言葉は、これぐらいしかなかった。「すまない」

ブリジットが顔をあげる。「なんのこと?」

そう、これは今こそ言うべきことだ。「ダイモアを殺してしまったことだ」キツネ男が倒れていた血の海も思い出す。「キツネの仮面の男も、たぶん死んでいるだろう」

バルは彼女を拉致した連中のことを考えた。だが、そいつらに仕返しはしていない……今はまだ。ブリジットも、まさか将来起こる殺人についてのルールなど決めていないだろう。だといいのだが。

そう考えてブリジットに微笑みかけると、彼女は先ほどよりもさらに奇妙な表情でバルを見ていた。

「ダイモア公爵を殺したことをすまなく思う必要なんてないわ、あのキツネの仮面の男のことだって」

思わず目をしばたたく。「今、なんと言った?」

「わたしを救うために、そしてあなた自身を救うためにやったことでしょう?」ブリジットは眉根を寄せた。「彼を殺した罪であなたが訴えられないことを心から祈るけれど」

「誰が訴えるというんだ? 目撃者もみな全裸で、乱痴気騒ぎに興じていたんだぞ。そのことを法廷で証言できるなら、してみるがいいさ」バルはもっと重要な点に立ち返った。「だが、よくわからないことがある。どうもきみは、わたしが人ひとり殺すくらいはなんでもない、と言っているように思うんだが」

「それは、その……」ブリジットが唇を嚙む。「そうよ」

ゆっくりと彼女に微笑みかけた。「セラフィーヌ、きみがそのルールを決めたのか?」

「まさか、違うわ、そうじゃない」

燃える聖人の目があまりにも真剣になったので、バルは思わず彼女を抱きしめてキスをした。自分のものだと主張するように唇を奪わずにはいられない。なぜなら一度彼女を失っているのだ。今度失ったら、もう取り戻すことはできないかもしれない。

ブリジットが体を離し、彼を見あげた。目が強い光を放っている。そして彼女は言った。

「お母様の手紙にはなんと書いてあるの、バル?」

それから一時間後、ブリジットはバルの紫のベルベットのコートにくるまってアインズデイル城の暖炉の前に座っていた。彼女が荒野に逃げ出したときに着ていた、あのコートだ。それはミスター・ドワイトの手によって元どおりの姿によみがえっていた。まだかすかにベーコンのにおいは染みついているが、着心地はとてもいい。

ブリジットは風呂に入り、ミセス・スミザーズが手早く用意してくれた食事をとって、今は膝の上に置いた象牙色の小箱を前に考え込んでいた。カイルとの交渉を経て取り戻してからは、この箱はバルが隠し持っていたようだ。

バルは風呂と食事をすませたブリジットに箱を渡して部屋を出ていった。その場に残って彼女が手紙を読むのを見ているのは耐えられなかったのだろう。そう思うとひどく悲しい。ため息をつき、ブリジットは箱に手を伸ばした。逆さまにすると、何週間か前にバルがやっていたのを思い出して、底の飾りを親指の爪で強く押す。すると小さな木片が飛び出してきて、それを横にずらすと箱のふたが開いた。

手紙はまだそこにあった。

だが、封は開けられている。

ブリジットはまばたきを繰り返し、それから目を細めた。なるほど。少なくともカイル公爵は手紙をちゃんと返したわけだ。

手紙を取りあげて開く。

バルの母親の筆跡は美しかった。きれいで、正確で、まるで便せんに繊細な刺繍が施してあるかのようだ。その手紙で彼女は自分の息子のことを生まれたときから悪魔に取りつかれていたと記し、父親殺しの日時と詳細を述べていた。その内容は真実のように思える。

ブリジットは手紙を膝の上に落として、考え込みながら暖炉の炎を見つめた。それからひとつうなずくと、手紙を火にくべた。

便せんが燃え尽きたのを見届けてから、彼女は愛するバレンタインを探しに出かけた。

未亡人の塔は冷たくて暗かった。空の星々はあまりにも遠い。ブリジットが自分のもとを去ったら、きっと一生こんな思いを抱えて生きていくことになるのだろうとバルは思った。冷たく、暗く、孤独で、永遠に星を見つめて過ごすのだ。まばゆい星も手を伸ばすには遠すぎる。

そのとき、ブリジットの腕が彼を包んだ。向き直って彼女を胸に抱きしめ、バルはほっとした。もう一生、ひとりで星など見に来るものか。

バルは彼女の黒髪に顔をうずめ、かすれた声で語りはじめた。最後に一度だけ、これは話しておかなければならない。ブリジットには知る権利がある。「父が彼女を見つけたんだ。イブを。わたしは彼女をジュネーブまで逃がしていた。じゅうぶんに遠い、とわたしは思っていた。ところがどうしたものか、二年後に父が彼女を見つけてしまった。そして連れ戻して、仲間の王たちのもとに引き出してやると言いだし……それでわたしは……そうするしかなかった。短剣を抜いて、眠っている父を殺した。喉をかき切って。でも、母は知っていた。そしてわたしにイングランドを出ていくように言った。彼女が生きているうちに戻ってきたりしたら、この手紙を裁判所に送りつける、と」彼は息を吸った。これでは不じゅうぶんだ。親殺しは恐ろしい罪だとブリジットは考えるだろう。「父かイブかという問題だったんだよ、セラフィーヌ。わかってくれ。父を殺さなければ、わたしはイブをこの手で殺さなくてはならなかっただろう。それはできない。絶対に」

「しいっ」ブリジットが彼から体を離してささやく。「いいのよ。わかったから。聞こえた、バレンタイン？　よくわかったわ」

バルは彼女の燃える目を見た。その炎が祝福の祈りに思える。

彼は両膝をついた。紫のベルベットに包まれた彼女の腹部に顔を押しつける。

「セラフィーヌ。セラフィーヌ。セラフィーヌ。ああ、この世でもっとも愛する女性。もっとも猛烈な天使。お願いだから、わたしを置いていかないでくれ。きみのために白い大理石の神殿を建てよう。きみのために喜びの庭を築こう。船を造って旅に出よう。きみがわたしのそばにいてくれさえすれば、なんだってする」

ブリジットが微笑んで彼を見おろし、頬を両手で包んだ。「バレンタイン、わたしを愛している？」

ああ、来たぞ。はらわたをぶち抜く一撃が。

バルはぎゅっと目をつぶった。こんなにも近づいたと思ったのに、これのせいで彼女を失うことになる。「もしわたしにそれができるなら、わたしはこの世が始まってから今までに存在したどんな男にも負けないくらい、きみを愛しただろう」

ブリジットもひざまずいて彼と向きあった。「あなたはもう、そうしているわ」

バルは彼女を抱きしめた。放したくない。「セラフィーヌ、ああ、わが燃える天使よ。覚えているか？　わたしはきみに言った。もうずいぶん昔に思えるが。わたしには欠けている部分があるんだ。わたしにはできない――」

「いいえ、できるわ、バレンタイン」彼の頰に触れ、その指を見せる。

バルは目をしばたたいた。

ブリジットの指は濡れていた。彼の目が涙を流したのだ。

彼女が微笑んだ。燃える天使のセラフィーヌ。その微笑みはまるで、暗い夜空を明るく照らすようだ。「あなたはわたしを愛している」

「わたしはきみを愛している」驚嘆しながら言う。胸に温かさが満ちあふれるのを感じた。

「わたしはきみを愛している」

「わたしもあなたを愛しているわ」ブリジットがささやき、両手で彼の顔を包んだ。

バルは彼女に口づけた。熱く長いキスをした。それから耳元でささやく。「それはつまり、きみがわたしの公爵夫人になるということかな、いとしのブリジット・クラム？」

彼女がささやき返す。「ええ、そうよ、バル」

バルはブリジットを抱きあげ、運んでいった。彼の大好きな、よこしまでいけないお楽しみが待っている場所まで。

たとえ彼が心を取り戻しても、永遠に変わらないものもこの世にはあるのだ。

エピローグ

城の者たちはすくみあがりました。魔術師とその娘はただちに捕らえられ、処刑されるでしょう。王様のやり方はいつだってそうなのです――迅速に、そして冷徹に。魔術師は王様の心を見つけることができなかったのですから、処刑されることになると誰もが思いました。

けれども、王様はぐったりして悲しげな顔をしていました。「おまえはわたしの心を見つけると約束した」王様は魔術師に言いました。「だが今もなお、わたしには心がない」

魔術師は首をかしげました。目がきらきらしています。「本当にそうでしょうか、王様？」

王様は医師を指し示しました。「わたしの胸の中には心がない」

「心が常に胸の中にあるとは限りません」魔術師は言いました。

その言葉に王様は目を細めました。「戯言を言うな」

「もちろん、そんなつもりはありません」魔術師は言いました。「わたしはあなたの心を見つけるとお約束し、心を差しあげましたよ」彼は娘を見てうなずきました。「この三晩のあいだ、プルーがあなたを助け、導いたのではありませんか？」

「そのとおりだ」王様はゆっくりと言いました。

「プルーはあなたに、もっと穏やかに人と接するよう忠告しませんでしたか？」

「そうだ」

「そしてプルーを知ったことで、あなたはよりよい人間になったのではありませんか？」

王様は今度はただうなずきました。プルーを見つめていたのです。彼女は顔を赤らめ、さっと目をそらしました。

「プルーこそがあなたの心です、王様」魔術師は言いました。「わたしはあなたの心を見つけました」

王様は、たしかにこれまで心はなかったかもしれませんが、愚かではありませんでした。プルーの前にひざまずくと、彼女の手を取りました。「結婚してくれるか、プルー？わが妃となり、わたしの心となって、これからずっとわたしを助けてくれるか？」

プルーは口を開き、また閉じました。「でも、わたしはどこの姫でもない、ただのプルーです」

それを聞いて、王様はにっこりしました。それがおそらく生まれて初めての笑顔でした。「ああ、だが、きみはわたしの心だ、かわいいプルー。そして人は心なくしては生きられない」

プルーは同意するほかありませんでした。そして彼女は誰もそれまで見たことがないようなすばらしい結婚式を挙げて、王様と結婚しました。彼はもう心のない王様ではなく、心ある王様になったのです。

そして魔術師はどうなったのかって？ まあ、彼には本物の魔法は何ひとつ使えなかったそうですが、わたしはその噂は間違いだと思っています。だって、ふたりの心をひとつにできたなら、それ以上にすてきな魔法なんてないじゃありませんか。

あなたもそう思いませんか？


『心のない王様』

二カ月後、セント・ジェームズ宮殿

「オスマントルコ帝国の大使に？」ヒューはシュラグを見つめた。「あのモンゴメリー公爵を？ それは火薬樽に火をつけて放り込むようなものだぞ」

「彼は火薬樽かもしれないが、導火線を握っているのはわれわれだ」年配の男が紅茶をすする。「それにモンゴメリーはそこまで危険ではない。特に今は、あの奥方がそばにいるんだ。彼女に会ったことはあるか？ 彼のハウスキーパーだった女性だが、何しろあのモンゴメリーだからな。彼女と結婚したのには誰もがあきれたが、そんなことはおかまいなしだ。あれは彼がしたことの中でも、もっとも分別のある行動だったよ。ああ、それで思い出した。これをきみに渡してくれと言われていたんだ」

シュラグは机の中をかきまわし、薄汚れた紙を一枚見つけると、それを向かいにいるヒューの目の前に突きつけた。

ヒューは紙面に目を落とした。四人の名前が書かれている。どれも貴族だ。彼にはその四人のあいだにつながりがあるようには思えなかった。

目をあげて、シュラグに尋ねる。「これをわたしにどうしろと?」

「詳しくはわからないが」シュラグがゆっくりと言った。「モンゴメリーはきみに、ここに書いてある全員が〝混沌の王〟のメンバーであることを知らせたかったそうだ」

一方、その頃……

なぜわたしの庭にこんなにうじゃうじゃ子どもがいるんだ、とバルは思った。家の中には大人がうじゃうじゃいるので、彼は外に出てきたのだった。しかもその大人というのは、時期はそれぞれ違っても、積極的にバルを殺そうとしたことのある者ばかりだ。彼らはイブの結婚披露宴をヘルメス・ハウスで開いているところだった。ブリジットからは、誰ともけんかをしないように釘を刺されている。たとえウェークフィールド公爵が相手でも。

ウェークフィールドめ、見逃してやるのは今回だけだぞ。

「わたし、あなた嫌い」聞き覚えのある少女の声がした。

アネリス・ハンティントンがこちらを見あげていた。髪にかわいらしいピンクのリボンを飾っていても、盛大なしかめっ面の迫力をやわらげる役には立っていない。

バルはケール男爵ラザルス・ハンティントンの娘を見おろした。ケールも一度はバルを殺そうとした男だ。妹が公爵夫人となった今でも、ケールはバルを毛嫌いしているようだった。彼の目を見ればそれがわかる。

バルは意地の悪い笑みを浮かべて少女を見ると、ポケットに手を入れた。

「子猫は好きか？」

胸のところだけが白い黒猫をポケットから取り出す。ふわふわした毛の塊のような子猫だ。

アネリスが目を丸くして、子猫の緑色の目を見つめた。

子猫も真ん丸の目で見つめ返す。

「うん、好き！」少女が言った。

バルは丸々とした小さな腕の中に子猫を託し、金のステッキを振りながら厨房にぶらぶら歩いていった。そこが母猫のヘカテと子猫たちの住みかになっているのだ。

子猫はあと七匹残っている。そして庭には、バルの敵である子どもたちがうじゃうじゃいた……。

一カ月後、イスタンブール

外を地中海の太陽がまばゆく照らしている。だが広々とした寝室の中は、床から天井まである窓は大きなアーチ型の日よけに覆われているおかげで、ひんやりとして快適だった。青と黄と白のタイルで美しく飾られた日よけには、床や天井、部屋の中に何本か立っている柱と同じモチーフが描かれている。町のあちこちにある光塔《ミナレット》のどこかから、イマームと呼ばれる僧が唱える祈りが聞こえてきた。その声は耳にこびりついて離れない独特の抑揚をたたえている。

一日の中でもこの時間が、ブリジットは大好きだった。暑くて眠気を誘われるこのひとときを、バルはたいてい一緒に過ごしてくれる。

今日、ブリジットはオークル色のシルクのシーツが敷かれたベッドの上に寝そべって蜂蜜ケーキにかじりつきながら、義理の姉であるテンペランスから届いた手紙を読んでいた。ベッドの足元の床に置かれた飾り房のついたクッションの上では、ピップが気持ちよさそうに丸まっている。

「アネリスはあなたがあげた子猫をスニーキー卿と名づけたそうよ」

バルも自分宛の手紙を読んでいたが、それを聞いて思わずうなった。「卑劣《スニーキー》? あの子の命名感覚は、子どもの頃のわたしに負けないくらいひどいな」

ブリジットは鼻にしわを寄せた。「わたしはすてきだと思うけれど」

「よし、いいぞ」彼が言った。自分宛の手紙に書いてある内容に喜んでいるようだ。

「どうしたの？」ブリジットは上半身を起こそうとして、うっかり蜂蜜のしずくを胸にこぼしてしまった。

悲しいかな、彼女は結婚してすぐ、裸でいるのが好きな夫の趣味に合わせるようになっていた。

顔をあげたとたん、夫の視線が彼女の胸をゆっくりと垂れていく蜂蜜に吸い寄せられた。

「バル……」ブリジットは指で蜂蜜をぬぐおうとした。

彼の手がさっと伸びて、その手を止める。

「だめだ」バルが彼女の上にのしかかって組み敷いた。

目を閉じて頭をさげ、うやうやしく崇めるように彼女の胸に舌を這わせる。

ブリジットは身を震わせた。

「まだ昼間よ」

バルが目を開けた。いたずらっぽく瞳を輝かせて。「知っている。きみの好きな時間だ」

彼女は微笑み、夫の金色の髪を指ですいた。「あなたを愛しているわ」

「そしてわたしはきみを愛している」彼はブリジットの唇の上でつぶやき、それからむさぼるようにキスをした。

手紙が床に落ちる。だが、ブリジットはもう何も気にしなかった。

彼女は今、心から愛する人とともにいる。外の世界のことを考えるのは、もう少しあとでもいいだろう。

訳者あとがき

《メイデン通り》シリーズも、とうとう大台の一〇作目になりました。今回のヒーローはモンゴメリー公爵バレンタイン・ネイピア、ヒロインは彼の屋敷のハウスキーパーであるブリジットです。

ウェークフィールド公爵の妹を誘拐したため、国外追放になったモンゴメリー公爵。ところが彼は、屋敷内に何カ月も潜んでいました。ある日突然姿を現した公爵に、ブリジットは彼の寝室を探って発見した細密画を手にしているところを見つかってしまいます。ところが公爵は彼女を首にするどころか興味を引かれた様子で何かと呼びつけ、ちょっかいを出すように。そんな中、公爵は社交界復帰のお墨付きをもらうために国王の脅迫をくわだて、まんまと成功しますが、勝利の喜びに浸っていたその夜、何者かに毒を盛られてしまい……。

モンゴメリー公爵の悪人っぷりは半端ではありません。ウェークフィールド公爵の妹、フィービーが誘拐された事件（八作目の『愛しき光を見つめて』）では、彼が黒幕だとわかり驚かれた方も多いのではないでしょうか。貴族や王族を脅迫して言うことを聞かせたり、妻までもそうやって手に入れようとしたりとやりたい放題。自ら認めているとおり善悪の区別がつけられず、悪事を働いても罪悪感にとらわれるどころか楽しそうです。

一方、ヒロインのブリジットは髪を覆う大きなモブキャップに黒いドレスという禁欲的ないでたちで、身分という制約を受けながら自分を律して生きています。ですが、生みの母親やその友人のためにモンゴメリー公爵が脅迫の材料にしているものをひそかに探る大胆さも持ちあわせていて、見かけと違った熱いものを内に秘めているとわかります。みなが恐れ、忌み嫌う公爵に心を動かされたのは、彼女にそういう部分があるからこそでしょう。

内に秘めた情熱ゆえにモンゴメリー公爵に惹かれるブリジットと、彼女の熱さに引き寄せられる公爵。一見正反対のふたりは、実は好敵手となりうる似た者同士なのです。自らの欲望に忠実で、本書でも娼婦ふたりとベッドにいるところをブリジットに見せつける公爵ですが、彼女こそ求める女性だと見定めてからは一直線。自分には心がなく、権力を握ることこそすべてだと言いながら、彼女の危機には一瞬の迷いも見せずに駆けつけます。最初はなんというダークヒーローかと思わされるモンゴメリー公爵ですが、実は紛れもなく正統派のヒーローなのだと読者のみなさまにも実感していただけるに違いありません。ただし、意味なく裸になりたがるのが玉に瑕《きず》(?)ですが……。

今回いい味を出しているのは、小さなテリアのピップと異国の少年メフメト。無邪気な行動やおしゃべりで、物語に温かさとユーモアを添えています。どちらも公爵の〝善なる部分〟を象徴しているという意味でも、脇役ながら忘れてはならない存在です。そのほかにもアルフなど、シリーズおなじみの顔ぶれも登場。アルフは八作目でモンゴメリー公爵の陰謀を暴く側にいましたが、今回はなんと彼のために働いていて、相変わらずの抜け目なさを発揮しています。今後も活躍してくれるのではないでしょうか。また、ブリジットの母親はシリーズ序盤から登場しているあの人ですし、兄も……。長く続いているシリーズは、こうやって人間関係がつながってくるのが楽しいところです。一冊の話の中ではどこか消化不良のまま終わった部分がひょんなところで解決されたり、新たな展開を見せたりするのがシリーズ物の醍醐味《だいごみ》ですね。まだまだ続く《メイデン通り》シリーズ、今後ともご愛読いただければ幸いです。

二〇一七年六月

ライムブックス

心《こころ》なき王《おう》が愛《あい》を知《し》るとき

著　者　　エリザベス・ホイト
訳　者　　緒《お》川《がわ》久《く》美《み》子《こ》

2017年7月20日　初版第一刷発行

発行人　　成瀬雅人
発行所　　株式会社原書房
〒160-0022東京都新宿区新宿1-25-13
電話・代表03-3354-0685　http://www.harashobo.co.jp
振替・00150-6-151594
カバーデザイン　松山はるみ
印刷所　　図書印刷株式会社

落丁・乱丁本はお取替えいたします。
定価は、カバーに表示してあります。
 ISBN978-4-562-04499-3 Printed in Japan